Grazia Favata

La rabbia dell'assassino

Youcanprint *Self-Publishing*

Titolo | La rabbia dell'assassino
Autore | Grazia Favata
Immagine in copertina | Opera dell'artista *Anna Torres*
ISBN | 978-88-91183-36-1

Youcanprint Self-Publishing
Via Roma, 73 – 73039 Tricase (LE) – Italy
www.youcanprint.it
info@youcanprint.it
Facebook: facebook.com/youcanprint.it
Twitter: twitter.com/youcanprintit

Le manette erano serrate ai suoi polsi, con il ferro spigoloso che si conficcava nelle vene rigonfie delle braccia. Si contorceva come un animale con un arto incastrato dentro alla tagliola, perché così strette dovevano far male.

Il carabiniere con il pantalone dalla banda rossa e il fregio dell'arma sul cappello lo strattonava di tanto in tanto e lo fissava nervoso, toccando con mano la pistola per sentirla al suo posto, tenendola stretta. Lo piantonava, con ogni nervo attento, avendo il timore potesse fare qualche gesto stranamente pericoloso. Pensò di chiamare il maresciallo. Lo turbava il fatto che quell'anima dannata si procurasse da solo tanto dolore, noncurante persino del sangue vivo che spruzzò fuori con un fiotto quando il ferro finì per incidere la pelle.

Sembrava una bestia generata dalla fantasia più aberrata.

Lo trovarono con il capo chino sulla vittima.

Le mani intrise di rosso, scuro più di una vernice densa di grumi, impastavano sangue e lembi di organi e pelle.

La maglietta di cotone azzurro, che copriva appena le spalle e lasciava nudi i muscoli delle braccia, era cosparsa di chiazze lungo il lato destro del corpo e fino alle scarpe.

Lo trovarono riverso sulla donna agonizzante che aveva accoltellato e ora, forsennato, cercava di compattare con le mani come fosse pongo da scaldare per potere plasmare alla vita, invece che una bambola che si sarebbe freddata e indurita.

Era morta perché l'aveva ammazzata con sette colpi inferti da un lungo e rozzo coltello. Una lama affilata, rigonfia nel manico di scura plastica ruvida. Un coltellaccio, ora un referto, riposto con i guanti in una busta sigillata dalla scientifica.

Sette volte aveva teso con forza la mano per colpire.

L'aveva squarciata, conficcando l'intero ferro aguzzo sotto al seno sinistro, affondando. Un lato squartato, al pari di un quarto di bue adagiato sopra una chiazza di porpora scura impressa sull'asfalto e strisciante a tratteggiare un rigagnolo che, ignaro, scorreva veloce.

I carabinieri, subito accorsi, fecero quadrato con un nastro a strisce bianche e rosse, per non farci camminare sopra nessuno prima dell'arrivo dei soccorsi e della scientifica.

Morì dissanguata, prima che giungesse l'ambulanza con i medici della rianimazione.

Lunghi ricci di capelli neri ricadevano sulla bocca pallida come una pesca acerba.

Se ne andò così, una statua di legno colore dell'ebano, avvolta in un lenzuolo bianco da cui veniva fuori una cascata nera di chiome ondulate.

***

Volevano interrogarlo al più presto. Gli propinarono venti gocce di calmante in due dita d'acqua. L'appuntato rimase attento nel porgergli il bicchiere di vetro, portando pazienza e temendo che potesse farlo cadere e rompere. Lui, convulso, prese la coppa di vetro con le mani scoordinate, congiunte fra le catene tintinnanti.

L'aveva uccisa. L'assassino era Marco Donadio di anni ventisette. Da giorni indefinibili in termini di tempo, era assente dalla vita, noncurante del lavoro e dell'intero mondo attorno a lui. Sua moglie era andata via da casa, portando con sé suo figlio e chiedendo la separazione.

Quella donna, putrida come la melma nella voragine di un pozzo nero, lo tormentava nel pensiero e nel sonno. Lei, maledetta, era riuscita a portargli via, con il suo diabolico avvocato, il figlio di sette mesi, sua unica gioia di vita.

<<Sono Marco>> disse.

<<Mi chiamo Marco Donadio>> e incrociò le mani fra le manette e le bende bianche della medicazione.

Rimase in piedi, a stropicciarsi le dita con le unghia aggrumate di sangue.

Lo sguardo fisso puntava le ginocchia.

Non disse neppure una parola in più.

Rimase zitto, catatonico, inebetito.

Aveva ucciso una donna. La conosceva appena. Ora era una pupa di pezza immobile con lo sguardo spento, come il corpo che strattonò e ciondolò prima di farsi rigido come una canna.

***

Piazzale Ungheria divenne scenario di un fatto di cronaca, con ingredienti di morte, violenza e sangue. Era testimone il quadrato, fatto con strisce di plastica lucida rosse e bianche, presente sopra i resti di una sagoma tracciata con il gesso.

Gli abitanti della zona del piazzale accorrevano e si mischiavano ai passanti per caso, per vedere da vicino dove era stata assassinata "la ragazza di colore".

<<Era tanto brava, quella "negretta", buona ed educata>> dicevano in coro unanime, dopo essersi sparsa la voce della tragedia anche dal salumiere e dal panettiere del quartiere.

Era quella ragazza "tutta denti bianchi", come la chiamavano quei pochi che la conoscevano appena. Proprio lei, la ragazza che alloggiava nello scantinato del palazzo dal prospetto grigio e i marmi di travertino con le venature rosse. Veniva dal Ghana e, da anni, era stata assunta come badante dalla signora Maddalena De Blasi proprietaria dell'intero ultimo piano del palazzo, superattico compreso.

Marco, prima di ammazzarla, quella donna la aveva vista solo una volta mentre usciva dal portone per andare a fare la spesa. Era di pomeriggio, verso le ore diciotto circa.

Due giovani passanti si erano presi cura di punzecchiarla, facendo apprezzamenti sul suo lato posteriore, abbondante e gelatinoso, stretto dentro al jeans sbiadito sagomante le cosce e con l'orlo sfrangiato sopra la scarpa chiusa.

Indossava una maglietta agganciata da un grosso bottone gioiello ricoperto da strass azzurri, lasciante intravedere un reggiseno a balconcino magnificante la scarsezza di contenuto.

Con la dentatura massiccia di bianco avorio, lei aveva salutato e sorriso, senza raccogliere i gesti e le parole dei ragazzi allegri e vivaci. Tale circostanza si era verificata almeno tre mesi prima di quel pomeriggio di sangue.

Da quell'unica ultima volta, non l'aveva più vista.

Poteva anche non esistere più e svanire nel nulla. Non se ne sarebbe neppure accorto.

***

Era già sera ed il caldo si faceva sentire, appiccicosamente intriso di umido. Settembre si era inoltrato e Palermo si illuminava di striature arancione, tratteggiate da un dio sole che non accennava a dare tregua, continuando a brillare ed espandendo fertile pregnanza.

La morte si teneva in disparte, ammantata da un telo bianco che ne rendeva la presenza intangibile.

L'ambulanza era arrivata con le sirene urlanti e ora si teneva pronta in disparte, con il motore acceso e il girofaro lampeggiante sopra il tettuccio, emettendo raggi dorati tinteggianti la scena della sera. Per l'emergenza, teneva i portelloni aperti, aspettando di far rombare i motori al primo cenno di soccorso.

Il medico accertò la morte e la certificò, firmando il foglio del referto.

Terminato il suo dovere andò via mesto, con le spalle che sembrarono cedere sotto il peso della cartella densa di certificati e rapporti.

Si girò per un solo attimo, segnando una croce con gesti della mano destra, dedicando una preghiera silenziosa alla ragazza morta dissanguata.

La prima auto dei carabinieri accorse nell'immediatezza del fatto.

La ragazza era ancora viva e agonizzava.

Subito dopo, strattonò le belle gambe scoperte.

Esalò l'ultimo respiro con gli occhi rivolti fissi al cielo, a graziare col perdono ogni richiesta ignorata di pietà.

Era nera, con la pelle di ebano lucido e i capelli pieni di ciocche a spirale.

Era tanta, in altezza e soda corporatura massiccia, con le natiche abbondanti e morbide.

I denti smaglianti ridevano, come a volere cantare l'ultima nenia per attraversare il mare e giungere fino alla terra dove era nata.

I carabinieri trovarono Marco aggrappato all' ultimo strattone di vita della ragazza.

Intanto Piazzale Ungheria, già pieno di auto posteggiate a schiera, si riempiva di gente che accorreva a guardare cosa fosse successo. Spingeva con i gomiti e si intrufolava, ammassandosi come mandria di pecore gestita da cani pastori. Sembrava attratta dalla curiosa essenza ferrosa che emana l'odore del sangue che evapora rugginoso, evocando alle narici l'erba bagnata falciata dopo la rugiada.

Prima che il sole calasse del tutto per prepararsi ad accogliere il buio, avvolgendo le sfumature ambrate del tramonto, il piazzale divenne un concentrato di fasci di luci, di sirene ululanti e di flash abbaglianti.

Il brusio della gente che affluiva, accalcandosi, assordava più delle sirene accorse in emergenza.

Marco era il nome dell'assassino.

Marco. Lo aveva pronunciato una donna con un velo scuro che appariva anziana decrepita.

<<Marco>>, ripeteva con nenia lagnosa, facendo scuotere mollemente, con il ritmo allentato dalle giunture aggredite dai dolori del tempo, le pieghe pendule e rugose del viso.

<<Marco>>, continuava a gemere, con pianto secco evaporato da occhi infossati tra le insenature delle rughe.

Marco era una bestia feroce braccata. Urlava, si agitava e a tratti e a scatti si ammutoliva, rimanendo immobile.

Quando il corpo della donna venne coperto, avvolgendolo nel telo immacolato, divenne una furia, un licantropo ululante sofferenza alla luna.

Marco si guardò le mani, le strofinò sul viso e continuò a gemere versi da bestia intrappolata.

Si imbrattò, come con un pennello impazzito schizzato via al tatto dell'artista, con gocce ancora fluide e rosse, fino agli occhi che sembrarono uscire fuori il segno tracciato dalle orbite.

Tremava e farneticava, posseduto da uno spirito che entrava ed usciva fuori e dentro dal suo corpo.

All'altezza del cuore, la maglietta azzurra era insozzata di rosso vivo non ancora essiccato.

Scattò come una molla, gridando e prendendo a calci le gomme dell'auto dei carabinieri che dovettero intervenire. Per farlo calmare, lo strattonarono per le manette, con il sangue che continuò a gocciolare dai polsi.

Arrivò il padre di Marco.

Era sceso a comprare il pane per la cena ed era stato attratto dalla folla che seguì, incuriosito.

Rimase impietrito.

Ebbe la forza di chiamare al cellulare le sue quattro figlie e si lasciò schiacciare dal dolore. Per lenirlo, per non scoppiare entro a un cuore che andava sbrogliato come un treno su rotaie oleate, pensò si trattasse solo di un brutto sogno.

Marcella, la minore delle sue figlie, era a casa a studiare e scese subito con le ciabatte ai piedi.

Le altre tre non vivevano a Palermo e, ricevuta la notizia, si chiamarono ripetutamente tra di loro al telefono. Si sforzavano di capire, colpite dal dramma, bastonate come se avessero subito un pugno infame sferzato su un occhio. Stentarono a raccogliere le idee, per organizzare le forze ed arrivare a casa del padre con urgenza.

Marcella, nata tre anni dopo Marco, suo compagno di giochi per tutta l'infanzia e fino alla pubertà, era la più piccola della famiglia.

Le tre sorelle maggiori avevano mostrato di essere gelose di lei. Era la minore, eppure godeva di maggiore considerazione. Probabilmente, ciò che infastidiva loro, era il rapporto fra lei e Marco, legati sin da piccoli. Il feeling che li univa le escludeva da un legame speciale, fatto di complicità e confidenze.

Suo padre, annientato e con le gambe che tremavano sotto un peso più schiacciante dell'età, la chiamò per prima, per farla accorrere subito.

La sorella più grande, in particolare, era quella più esclusa dalle intimità familiari. Era tanto amata e poco tollerata, perché logorroica, pesante e pedante. Era fatta così.

Marcella riuscì ad avvicinarsi a Marco.

Scese le scale, saltando i gradini, incredula alle parole di suo padre <<Tuo fratello ha ammazzato una donna. Scendi subito, è pieno di sangue. Oddio!>> Rimase impietrita. La saliva le bloccò la gola e scariche di panico arrivarono, come magma di duro acciaio, a blindarle il cervello.

In un primo momento si accasciò sopra le gambe ammollate, poi si riebbe, pronta a correre per essere presente. Si trattava di suo fratello. Non era solo sangue del suo sangue, con un DNA codificato, era anche suo amico e suo compagno di giochi, da quando erano bambini.

Non riusciva a capire. Di certo, era uno scherzo. Non poteva trattarsi di Marco. Suo padre era andato in tilt, sicuramente. Si era sbagliato. Forse aveva fatto un brutto sogno. Forse uno sbalzo di pressione o un colpo di calore.

La figura di suo padre accasciato sulle scale di travertino con le striature rosse, le strizzò il cuore. Lo sentì battere forte, con pulsazioni azionate da una centrifuga, in vorticoso moto.

Vide il genitore schiantato e con gli occhi persi nel buio.

Mise a tacere la mente che a raffica la invitava a cedere alla paura.

La sera, intanto, ignara, arrivava.

La luce dell'ambulanza, emettendo bagliori di luci con i colori dall'arancio al limone, la portò verso la direzione esatta ove si accalcava la folla.

Si diresse dritta, con il cuore che saltava fino ad arrivarle alla gola ad ogni passo veloce, verso la meta che l'attirava in un triste presagio da incubo.

Si gettò tra la folla e la squarciò, come Mosè fece con le sue acque.

<<Permesso, permesso>> continuava a ripetere, mentre si speronava al traguardo.

Le giungeva l'eco di quello che diceva la gente che ora, dopo avere guardato sconcertata, cercava il varco per uscire dalla calca e tornare indietro.

<<È un assassino. Povera ragazza. Mi sento male. Quanto sangue. È di colore. È la badante della signora Maddalena. Poverina, l'ha ammazzata. Bastardo e indegno. Assassino rabbioso.>>

Marcella arrivò al quadrato, testimone immobile con le innocenti strisce rosse e bianche, circondato dalle guardie.

Intravide la figura di suo fratello Marco. Era dentro al riquadro. Era lui.

Era Marco, con il naso appiattito e un poco divelto, con i capelli neri e ricci, con gli occhi di clorofilla muschiata. Era suo fratello, lo aveva riconosciuto subito. Inconfondibile. Marco era alto, con le spalle possenti e l'addome pieno di fasce traenti i muscoli allungati.

Rimase lì, piantata e immobile. Essiccata nella gola e risucchiata nell'anima.

Era lui. Intravedeva la sua figura sulla scena del crimine. Pensò fosse uno sceneggiato alla tv, simile all'ultima fiction trasmessa il pomeriggio prima.

Una scena densa e oscena. Una surreale costruzione piena di effetti speciali, psichedelici, montata sopra il palco di una recita eseguita per eccitare menti attratte da sangue e orrore.

Solo ieri divenne un'eternità di passato.

Metabolizzò il concetto di angoscia e si riebbe alla realtà quando comprese che non poteva andare un solo passo più avanti. La testa le girò. I pensieri furono attratti dal lampeggiante posto sopra l'ambulanza che emetteva fasci di luce, accompagnati da una sirena lagnosa a tratti; era una sirena monotona, gemente al ritmo dei suoi singhiozzi.

Un tornello di sentimenti confusi in un carico di angoscia si sciolse dalla spirale, amalgamandosi al vuoto della sua mente.

Una folla di gente andava, correva, veniva e si agitava.

Anche la sua testa barcollò. Non riusciva a regolare l'obiettivo per scattare un pensiero.

Quando lo vide, si fermò per mettere a fuoco la sua immagine. Marco era chino nella tipica posizione a quattro zampe, come fosse un cane in agitazione, arreso al cappio di giustizieri di randagi.

Non riusciva a vedere altro, seppur sforzandosi di voler vedere anche oltre.

Non poté avvicinarsi di più e non poté toccarlo.

Provò a chiamarlo, con le corde vocali tese, non riuscendo a sentire lei stessa la sua voce. Il frastuono intorno era assordante. Umettò la gola, chiamando a raccolta tutto il fiato che riuscì a far uscire dalla bocca. Alzò al massimo il tono, intonando la vibrazione e sperando che lui arrivasse a percepirla, superando le barriere, come un suono spinto solo dall'aria.

<<Sono io, Marcella, fammi capire, è vero? Sei stato tu? Perché?>>

Lo vide andare via, dentro l'auto dei carabinieri.

Il suo viso era imbrattato in una maschera aggrumata di sangue che si asciugava, tirando la pelle.

Lo vide. Il volto contratto metteva in risalto il naso schiacciato. Era stato divelto da una pallonata ricevuta in pieno viso quando, alle elementari, era portiere della squadra dei pulcini che allenava promesse sportive.

Marco andava, a quel tempo, da ragazzino, nel quartiere di Don Padre Pino Puglisi. Un periodo felice quello. L'uomo, che si comportava da santo, aveva l'obiettivo di divulgare la forza della fede e di insegnare il valore dell'amore. Don Pino era un Padre capace di tracciare la via della vita, per discernere il bene dal male, separandone i confini. Il suo amore infinito riuscì nell'intento e piantò il seme della vita in un intero quartiere considerato da sempre un campo di gramigna, infestante erba del male spontanea come la datura allucinogena e mortale.

Lo vide. Era suo fratello. Era lui, agitatissimo. Scuoteva la testa, dando segni di squilibrata movenza.

Piazzale Ungheria si ammantò di fresca luce serale, portando luna e stelle a lenire un caldo umido di cappa afosa.

Tutti domandavano della badante morta. Poche persone nel quartiere la conoscevano. Era africana e ormai da anni abitava in zona. Non sempre passava inosservata ai più curiosi, specie se pettegoli. Più conosciuto era Marco che abitava lì da quando era nato.

Marcella rimase in piedi ad incorniciare il piazzale e a gridare il nome Marco alle nuvole che striavano il cielo. Le vibrazioni, lanciate da Marcella ad espandersi nell'area con la forza del suo dolore, arrivarono a destinazione.

Marco giunse a girarsi, con una intera torsione, dentro la macchina dei carabinieri. Sembrava posseduto, con la testa ad angolo sul collo e le spalle fissate alla spalliera.

Lo sguardo calamitato era stato attratto da lei. L'aveva vista. Ora sapeva che sua sorella era presente. Si era accorto di lei. Lei ci sperò. Un dubbio le rimase. Portò le mani ai capelli. Strinse forte le tempie, nel tentativo di cacciare via una sorte segnata dalla disperazione.

Sentì il morso di una fitta, come inferta da una mannaia dalla lama sottile e fredda.

***

Quando arrivarono telecamere e giornalisti, Marcella Donadio era ancora lì con le braccia ciondoloni e le gambe rigide, senza sapere se andare o se stare.

Con il tesserino di "addetti alla stampa e alla televisione", un gruppo di uomini, con microfoni e fili, gestì la scena del crimine, affacciandosi a guardare oltre la transenna segnata dal nastro.

Arrivò CT23, canale 99, per raccogliere e filmare particolari sul caso da offrire ai telespettatori più attenti. Arrivò con telecamere, microfoni e attrezzature di precisione.

Tobia Caltastello, un giornalista dell'emittente televisiva molto conosciuto ed apprezzato per le sue doti professionali, si adoperò per raccogliere il meglio della cruenta notizia.

Accese il microfono e scompigliò i capelli brizzolati. Rappresentò la scena con la sicurezza determinata dall'esperienza maturata e segnata a solco sulla strada.

Marcella era ancora lì, protagonista ignara della disperazione che cercava di uscire fuori dagli argini e trovare un rigagnolo per dirompere. Il suo cervello pulsava, comprimendo le tempie, ridotto ad un grappolo di materia contenuto dentro una scatola cranica irrigidita dalle contrazioni.

Si accesero luci e flash. Il giornalista Tobia, pur volendo restare impassibile nel suo doppiopetto professionale, riuscì a scartare una lacrima con il polsino della camicia, per evitare di farla scivolare sopra il microfono serrato fra le mani.

I bagliori delle luci artificiali si unirono al chiarore del tramonto arrossato di Palermo, illuminando la salma ancora sul posto.

Gli operatori di CT23, canale 99, fotografarono e filmarono il corpo coperto dal telo bianco.

Tobia, finite le riprese e oscurato il neon delle luci che si spensero a testimoniare la triste fine di una vita, portò le mani a scavare fra i folti capelli striati da fili di argento. Si sentì trafiggere da una scossa dentro il petto e portò le mani a congiungersi, pressandole, per cercare di incastrare in preghiera un dolore da relegare.

Provò a spremere fuori una risposta, per dare un senso a quello strazio che non poteva avere un senso e, quando i microfoni non poterono più dare eco ai suoni, si abbandonò al rumore interno di un pianto senza oblio.

Lo zoom dell'obiettivo, stringendosi, ebbe a perdersi nel nero della riccia chioma della ragazza. Era una donna del Ghana con un nome non facile a pronunciarsi e chiamata Maria. Era lì, inerte e sanguinante, strappata al suo assassino che barriva come un elefante assetato di vendetta nella sua memoria storica.

Marcella si fece forza sugli arti ammollati. Si avvicinò il più vicino possibile al quadrato di plastica bianca e rossa che delimitava l'accesso ai non addetti. Ne aveva il diritto. Poteva mostrare a qualsivoglia autorità il passaporto del dolore vero.

Sentì dentro di sé l'impulso, seppur per se stessa e non per dovere

11

alla legge degli uomini, di cercare e trovare un vero senso al perché una vita uccideva altra vita. La sua non era semplice curiosità. Quella donna era solo una vittima sconosciuta.

Sconosciuto era pure un fratello che, come un Caino qualsiasi, aveva squarciato a morsi di lama una vittima che era solo un agnello sacrificale.

Marcella la guardò, spenta e immobile nel sangue ancora vivo. Pianse per lei.

Suo fratello aveva sbagliato ad uccidere una donna sconosciuta. Aveva peccato ancor più che se avesse ucciso la donna che meritava di morire.

La riflessione, come un bagliore di luce venuto fuori da un lampo, la relegò nel suo intimo, vergognandosi.

Si raccolse, non riuscendo a trovare le forze per andare via.

Rimase sospesa, rigida, irta in piedi.

Arrivò, prima che la portassero via, a vedere che avvolgevano il cadavere come un fagotto di mummia entro al telo bianco.

Ciocche lunghe e ondulate di capelli neri come la criniera di un cavallo arabo pendolavano oltre una sagoma imbalsamata dal rigore e destinata a subire il vaglio della vivisezione in autopsia.

Lei che amava come suo fratello Marco la fierezza di ogni essere animale e per primo esemplare il cavallo, pensò "Ha il pelo setoso e nero come quello di Furia".

Si sentì sciocca, con quel pensiero non molto appropriato alla circostanza che intendeva esprimere il concetto di quanto fosse bella e preziosa.

Maria del Ghana era tutta lì, una criniera selvaggia e ondulata.

Povera, sfortunata e ora senza futuro.

Tutta lì, rara come una farfalla fra la neve.

***

Sulla scena del crimine arrivò Gastone De Blasi, figlio della signora Maddalena proprietaria dell'attico e superattico dello stabile dove viveva Maria. La ragazza uccisa lavorava da sua madre.

Non sembrava disperato, lo era sul serio.

Sua madre godeva del conforto di quella donna. Ora Maria non c'era più, svanita in un soffio rubato alla vita. Quell'essenza evaporata al ritmo del respiro, con il capello riccio ondulato a colpi di spazzola e phon, era la badante che accudiva e trattava sua madre meglio di lui, degli altri figli suoi fratelli, della sua stessa moglie, delle sue cognate e di tutti quanti loro messi insieme.

Maria dedicava all'anziana genitrice tempo prezioso. Giornate dense di tempo, incastonate da gemme d'amore e perle di dedizione. La vecchia signora di figlie femmine non ne aveva partorito. Solo tre figli maschi e tutti sposati. Le loro mogli erano le sue nuore che forzatamente chiamava "figlie mie".

<<Loro mi augurano la morte per riscuotere>> diceva.

<<Maria, invece, mi augura la vita per vivere. Lei è la mia badante e, fino a quando campo io, lei sarà come e meglio di una figlia. Sarò io la sua badante, io baderò a lei.>>

Maria, la chiamava. Era una figlia amata e preziosa ed era stata uccisa col sangue della violenza.

Il figlio della signora Maddalena, Gastone De Blasi- un signore biondo, medico anestesista, con il suo stile snob come il suo nome- pensò al peso enorme creato dal danno e alle conseguenze di un dramma generante dramma. Una mietitura di vittime costrette ingiustamente a provare incommensurabile dolore. Pensò a se stesso, a sua madre, a Maria e a quel maledetto assassino che conosceva da sempre. Pensò a tutto quello che ne sarebbe derivato in futuro e si contrasse. Il dolore lo schiacciava, sotto il peso che generava. Maria era morta nel peggiore dei modi, ancor più di una morte annunciata da un cancro infame.

Nessuno sapeva pronunciare il suo nome di nascita. Lei, tutta denti e sorriso bianco, accettò di farsi battezzare dall'anziana signora sua madre con il nome di Maria. Era grata di aver ricevuto dalla santa dama il privilegio di portare il nome della Vergine.

Tutte le vergini sono e rimangono innocenti, se un aguzzino non le violenta scannandole.

Anime abusate, nel vano tentativo di degradarle, nella vana speranza di renderle degne della stessa vigliaccheria del predatore infame.

Donne meritevoli, per il sol fatto di esser donne, di essere possedute fino alla morte. Violentate, massacrate, insanguinate al sacrificio d'amore, come fosse sempre il dolore del parto.

Il debole che è femmina, diviene vittima sacrificata dal forte che è maschio.

Eppure, quella ragazza chiamata Maria, era una fontana colma di acqua tranquilla.

Gastone De Blasi se ne rendeva conto, ora che l'aveva perduta.

Si era rilassato, sapendo sua madre accudita al massimo e contenta di vivere al meglio ogni giorno acquistato dalla vecchiaia.

Maria divenne una figlia preziosa, sempre presente a casa ad assisterla. Da più di tre anni, ormai, la lavava, la pettinava, le preparava il pesce a pranzo ed il the nel pomeriggio con i biscottini che sfornava caldi fatti apposta per deliziare il palato e al contempo tenere sotto controllo il colesterolo.

Aveva preso l'abitudine di sedersi accanto a sua madre, una vecchia signora viziata dalla nascita, per coccolarla. Insieme, guardavano la televisione o ascoltavano la musica nel vecchio mangiadischi ancora funzionante, incassato nel suo bel mobile intarsiato.

Un giorno rimase ad osservarle mentre cantavano con voce squarciata dalle stonature, agitando la testa.

Preferì spiarle senza farsene accorgere, ridendo con la mano a premere la bocca per non fare rumore, divertito nel vederle contente come ragazzine in disco dance.

Con il computer frutto del diavolo, poi, avevano imparato a sperimentare una forma diversa di comunicare e divertirsi. Maria scaricava film, novelle a puntate, musica e, scoperta più recente, infilava dentro i CD per ascoltare i libri parlati o i libri recitati.

Da quando era arrivata a Palermo, aveva come casa venti metri quadrati del sottoscala dello stesso palazzo. Era un localino pulito e pagato a poco prezzo, anche se di fatto abitava nell'appartamento solare e spazioso della signora.

Glielo aveva procurato il dottore De Blasi. Era stato scelto perché era a buon prezzo, si trovava al centro di una Palermo piena di storia e, soprattutto, per alloggiare il più vicino possibile all'anziana donna.

Il dottore, non potendo smontarle casa e portare sua madre a casa sua e di sua moglie, che già si lamentava per qualsivoglia più piccola cosa, l'affidò nelle mani di Maria.

Dopo pochi giorni, spontaneamente, Maria si offrì di non lasciarla sola neppure la notte, data l'età e il desiderio di accudirla con il massimo della dedizione. Sua madre era felice e catturata da quella strana aria di allegria che la ragazza trasmetteva. Amava guardarla e vederla così scura e bella, con la bocca piena di denti bianchi e freschi che brillavano con accenno di sorriso. Sicuramente era diversa da tutte le altre badanti che aveva avuto nel tempo.

Sua madre e Maria si erano legate col sentimento puro del rispetto che crea amicizia.

Alla sua mente riaffiorò il ricordo del primo colloquio di lavoro. Aveva messo molti annunci e risposto a decine di telefonate di donne poco convinte, piene di pretese e di limiti.

Maria arrivò con cinque minuti di anticipo. Emanava una grazia che proveniva dal suo sorriso bianco madreperla, fosforescente come una conchiglia adagiata alla profondità a risucchiare, avida, rari bagliori di luce.

Era abbondante e prosperosa, nel suo sorriso enorme e nelle natiche che ondeggiavano entro ai jeans sbiaditi.

Profumava di naftalina e lavanda, sferzanti quanto un forte patchouli.

Sulle chiome lunghe e nere, quel giorno, portava un copricapo a bandana bianco, con le frange composte entro ai ricci neri.

L'aveva scelta subito in prova, senza tanti dubbi, ad intuito, a simpatia, chiedendo referenze solo pro-forma.

In meno di ventiquattro ore ebbe la certezza di avere scelto bene.

Una settimana dopo si sentì felice, certo di sapere che sua madre Maddalena- tanto pretenziosa, capricciosa e degna di essere trattata da regina- stava bene nel fisico e godeva, cosa sempre più rara negli ultimi tempi, di ottimo umore.

Maria si attivava al massimo per la signora e faceva di tutto per vederla divertita e serena. La faceva riposare e la spronava a camminare, perché il moto le faceva bene. Le imbellettava il viso con cipria in polvere e vaporizzava, su pelle e vesti, fresche acque di gelsomini e rose.

L'anziana madre si nutriva di salute e Maria si sentiva serena e protetta.

La chiamava "signora Maddalena" e scandiva il nome con un suono dolce come un canto.

Alla signora raccontava tutto, come fosse una nonna cui essere grata. Era la sua fonte di cibo e benessere e l'unica spalla su cui trovare pace e sollievo. Era il suo rifugio e quello della sua famiglia nel Ghana. Grazie alla generosità della grande dama che metteva a disposizione tutto ciò che era in casa- ed era tanto- Maria non aveva necessità di comprare alcunché e mandava alla famiglia nel villaggio tutto il mensile che Gastone De Blasi metteva in contanti nelle sue mani. A tanta abbondanza, aggiungeva le mance che figli e nuore elargivano per esternare un sentito senso di gratitudine.

Era Gastone De Blasi che la pagava e che portava a casa ceste di roba fresca. Era lui che riscuoteva la pensione abbondante di sua madre. Era lui che pagava i venti metri quadrati di casa di Maria, anche se sapeva che alla ragazza l'alloggio non serviva. Lei, pur di avere il conforto del calore che assieme si davano con mamma Maddalena, avrebbe dormito pure dentro un sacco a pelo. A Maria, dispiaciuta per quello spreco, disse che la casetta del sottoscala la teneva perché, per i pochi soldi che costava, valeva la pena non disfarsene e tenerla disponibile.

Un giorno, aprendo la porta e facendolo entrare, Maria lo intrattenne con mille gesti e frasi con parole incomprensibili.

Si adoperò per far capire che "Avrebbe voluto leggerle un libro, perché la vecchia signora era una donna di cultura e amava molto la lettura prima di diventarle la vista tremolante".

Maria capiva bene e parlava meno bene l'italiano. Sapeva leggere solo sillabando e per mettere assieme un rigo impiegava il tempo necessario a far passare la voglia di sentire anche la più fantastica delle storie.

Si esprimeva bene, però, con tanti gesti e con più fatti che parole.

A Maria dispiaceva e più volte si era crucciata di questa sua mancanza. Per questo motivo aveva cercato su internet un bel romanzo o racconto "letto dagli altri che sapevano farlo bene e incantare" in cassetta di cd, come diceva lei. Lo trovarono e lo ordinarono, utilizzando la carta prepagata del dottore. Lui, da buon figlio, aveva imparato a sorridere e ad assecondare ogni capriccio della madre. Gioiva nel vederla star bene.

Le donne attesero che il cd ordinato via internet arrivasse. Si distesero comode sul divano per ascoltarlo, letto bello e servito, perché loro due non riuscivano a farlo. Apprezzarono le voci suadenti che rendono bene le scene e lasciano dentro il sapore della storia.

Si contrasse alla memoria di questi ricordi, Gastone De Blasi, figlio della vecchia signora. La badante di sua madre era stata uccisa dal ragazzo che aveva visto nascere nella stessa palazzina.

Sorrise, come con un ghigno, per soffocare ricordi di vita, per dare spazio ad un lutto senza colori, in memoria di una donna dalla pelle nera come onice.

Pianse quando venne chiamato per l'identificazione del corpo della ragazza.

Due agenti carabinieri gli fecero da scudo, per introdurlo tra la folla.

La trovò morta a terra, con le sue belle gambe nude coperte dal telo bianco della morte. Le si preannunciava l'obitorio, in attesa di una probabile autopsia, a disporsi a cura della Procura.

A quell'ora sua madre cenava.

Da bravo figlio amorevole, passava tutti i pomeriggi per salutarla e portarle il necessario. Quando poteva e usciva prima dal lavoro, si soffermava a parlare e a confortarla.

Si compiaceva nel vederla serena, arzilla e ben curata. Aveva compiuto ottantadue anni in primavera e portava i capelli a caschetto sopra le spalle, tingendoli di nero corvino.

Le mani, snelle, affusolate, tutte nocche e grinze, mostravano uno smalto rosso rubino spennellato ad arte. Tre anelli e una fede facevano contorno ad una danza tremula che rendeva ogni gesto lento e raffinato, come il passo arrancato di una tartaruga.

Sul tavolo della cucina stanziava un cestino colmo di lacche, cotone idrofilo e solvente.

Gastone De Blasi riuscì a toccare il corpo insanguinato di Maria. Le prese il polso senza battiti, per accertarsi se fosse morta. Era priva di vita.

Ebbe il coraggio di guardarla e di indugiare. Il suo corpo era caldo di sole e freddo di vita.

Notò gli squarci aperti, le chiazze di sangue ed il sorriso con i denti serrati.

Sentì l'essenza dell'energia staccata dalla presa della vita. Pianse. Rivoli lucidi scesero silenziosamente a disperdersi tra i peli dei baffi ingrigiti.

La identificò. Nessun parente poteva essere presente. Era lei. Era morta.

Gastone De Blasi provò quel genere di rabbia che non si rassegna alla vita spezzata senza un preavviso e senza un motivo.

<<Perché? Perché? Perché?>> impazzava la sua mente che si lasciava andare ad un dolore che tirava le tempie in una crescente terribile emicrania.

Vide Marco. Il ragazzo era nato e abitava nella palazzina al quarto piano. Lui, proprio lui, era l'assassino.

Lo aveva visto la prima volta dentro al passeggino, con il nastro del ciuccio legato a un grosso bavaglino.

Ora era lì, in piedi, attorniato da agenti, con le manette ai polsi.

Emetteva un rantolo sordo e cadenzato, come fosse il verso di uno strano animale. Una tigre saziata della sua preda e lorda di sangue.

Una morsa stretta, con un brivido, si insinuò lungo la schiena, salendo da un cerchio concentrico attivato dalle viscere.

<<Perché?>>

Lo incontrava e lo salutava, anche più volte al giorno. Prendevano assieme l'ascensore, invitandosi sempre l'un l'altro ad entrare per primo in segno di rispetto.

<<Prego si accomodi. No prima lei.>>

<<Ha bisogno di una mano per i sacchetti?>>

<<Ci penso io a chiudere le porte.>>

<<Buongiorno. Buona sera. Come sta? Tutto bene?>>

Avrebbe scommesso che era un bravo ragazzo.

Era coetaneo di sua figlia Carla.

Soffrì con maggior pena nel constatare di avergli da sempre voluto bene.

<<L'ha ammazzata. È stato lui>> e il dolore al cranio gli compresse il cervello, avvitandolo in una stretta morsa.

Provò uno strano senso di pena, misto a quel senso di sconforto che prova lo spettatore impotente che nulla può fare per cambiare una scena densa di irreparabile morte.

Portò le mani ai capelli e, con fare poco elegante per uno snob, li scompigliò. Massaggiò le tempie e si domandò come dirlo a sua madre, ottantaduenne piena di esigenze, bisogni, orari, medicine, capricci. Si rese conto di quanto prezioso fosse il lavoro di Maria. Meritava di essere pagata più del doppio di quanto le dava. Realizzava ora come il denaro non era stato un mezzo sufficiente a poterla ricompensare col giusto. Maria aveva il potere di una medicina in pillola miracolosa. Una cura continua e densa di tempo per ogni particolare da dedicare alla vecchia signora. La notte l'accompagnava in bagno e le faceva bere un sorso d'acqua. Di giorno, ritmava sul tavolino del tinello la base che intonava una nenia di canto e raccontava la storia allegra, anche se povera, della sua gente di colore.

Si sentì smarrito, pensando che sua madre sarebbe potuta morire di dolore. Il senso della sua vita sarebbe cambiato di colpo, senza possibilità di scelta.

Danno sopra danno. Come avrebbe potuto sostituire Maria, prima che sua madre ne morisse a sua volta?

Quel ragazzo aveva ucciso più di quello che aveva cercato di ammazzare.

Andò via, necessitando di salire in fretta a casa per riprendersi dal colpo, per ingoiare un cachet ed affrontare la sua pena di figlio.

Pensò alle unghie laccate color ciliegia e immaginò l'anziana donna con lo smalto sbiadito e scardato e i capelli grigi, arruffati e sporchi.

Cercò di trovare un modo, le parole giuste, una frase, una scusa, una bugia, per evitarle un trauma. Riuscì a pensare solo<<Perché?>>, forse per dare un'anima all'impotenza del dolore.

Marco poteva essere suo figlio. Lo lasciò lì, sedato dagli infermieri, svuotato su una barella lignea.

Al di là della barriera di protezione, molta gente ingiuriava l'assassino, inorridita dalla scena, gridando parole di sdegno. Un uomo anziano gli sputò contro, creando una bolla viscida sull'asfalto, in segno di disprezzo.

Piazzale Ungheria rimase immobile, sotto le luci dei fari che illuminavano tristemente le trattorie e i locali che attendevano gli avventori per la cena e lo svago.

Domani, in molti, avrebbero potuto testimoniare e dire di avere visto la tragedia in prima fila.

Intanto che il piazzale si intratteneva con telecamere e microfoni, la gente ancora presente sul luogo continuava a porsi domande e chiedeva, facendo mucchio con i gruppi, avida di conoscere particolari inediti.

Quando si fece tardi, le auto con le sirene accese si dileguarono, facendo largo fra la folla, portando tutto via.

Di colpo, la strada calda e densa si svestì, lasciando sospesa una cappa di morte e di tanfo di sangue.

A piedi, la gente si diresse a camminare, attenta, fra i marmi di pietra lastricati della strada.

I parcheggiatori fuori del piazzale, abusivi e abili, si apprestarono alla consegna delle chiavi, intascando la mancia e assistendo gli utenti nella manovra di uscita dal posteggio.

***

Marco venne tradotto in arresto dai Carabinieri.

Con molta pazienza e una buona dose di forza, gli agenti riuscirono a staccare Marco dal petto massacrato della povera donna, ormai esalante l'ultimo respiro. Non opponeva semplice resistenza. Strattonava se stesso, come a volersi strappare, e si dibatteva con la forza della disperazione.

Il tenente Andrea Giuliani della caserma a due passi dal Piazzale Ungheria si attivò perché fosse condotto nel carcere dell'Ucciardone di Palermo.

Arrivò sul luogo del delitto nell'immediatezza dei fatti, con le sirene spiegate e due macchine piene dei suoi agenti.

Riempì l'intero spazio del piazzale.

Fu il primo a scendere fuori dalla macchina ancora rombante.

Dispose i suoi uomini a raggiera, per prendere visione della situazione, pronti ad intervenire, impartendo ordini e facendo scoccare le sopracciglia.

Comandava con lo sguardo, con gli occhi più neri della notte e grandi come quelli di un lupo, con l'arcata che si innalzava perentoria.

I suoi uomini avevano imparato a capirlo al volo e lui comprendeva i suoi uomini.

Si guardavano nelle pupille e, con un solo cenno a destra o a sinistra, si scambiavano l'intenzione delle azioni, con arma alla mano e sangue freddo entro le vene.

Come un orologio perfetto, con gli occhi che si davano l'esatta posizione del bersaglio come fossero lancette di segnalazione, erano una squadra in sintonia.

A volte, a seconda del caso concreto, il messaggio era dato con voce scandita e secca <<Un quarto alle nove. Alle dodici e venti.>>

Da appena dieci mesi era arrivato al comando di quella stazione e già era diventata sua. Aveva intrecciato rapporti con tutti gli agenti e gli uffici, sapendo prendere ogni essere per il giusto verso.

Il tenente Andrea Giuliani aveva fascino e carisma e lo sapeva, tanto da usarlo al meglio per ottenere ciò che voleva con un solo sguardo.

Era sempre presente, anche quando non era in servizio. Lui era consapevole di possedere questo grande pregio.

Per essere, bisogna esserci, diceva ai suoi uomini.

Passava dalla divisa alla giacca di pelle nera. Indossava scarponi anfibi e agganciava il casco argenteo alla sua moto grande e scura.

Si introduceva fra corridoi e stanze, portando una scia dietro di sé di uomini e profumo. Tutti lo salutavano e chiedevano di parlare con lui, tanto che non c'era niente che lui non vedesse e non sapesse.

Ordine, disciplina, dedizione e impegno erano le parole chiave.

Andrea Giuliani, capitano della stazione, detestava lamentele e chiacchiere inutili.

Puntava tutto con lo sguardo, con la mascella contratta, con i gesti del capo, con le narici allargate, mostrando una forma di sdegno tale, quando una cosa era fatta come non si doveva, da non lasciare spazio al respiro.

Anche i bagni, prima latrine, adesso rilucevano della odorante scia che inebria il senso del pulito.

I cestini non traboccavano più di carta appassita.

Neppure un solo mozzicone si vedeva più in giro, mentre prima le cicche infestavano ogni angolo di pavimento, lasciando olezzo di puzzo stantio.

Il tenente Andrea Giuliani arrivò sulla scena del delitto. Trovò tutto lì, a finire di consumarsi.

L'immondo reato si era consumato.

Con la stessa maestria di un primario chirurgo, indossò un guanto di lattice per raccogliere il coltello- arma del delitto giacente sull'asfalto- e lo inserì in una busta da referto. La chiuse per bene e la consegnò, accompagnandola con un gesto dell'occhio ammiccante, ad un'agente della scientifica.

La ragazza agonizzava l'ultimo respiro.

L'assassino, riverso sul suo corpo, si abbarbicava a sangue e budella. Una marea di gente accorreva ed urlava, evocando lo stesso frastuono di scimmie urlatrici che avvertono la tempesta.

Il tenente Andrea Giuliani, da ufficiale comandante, finito il pericolo, allentò la tensione che impegnava l'emergenza degli agenti. Era orgoglioso della sua squadra composta da uomini e donne di grande prontezza e coraggio.

Con voce schiarita, per fare onore al rito, si pose avanti all'arrestando, avvertendolo della facoltà di nominare un difensore di fiducia.

Con il cellulare alla mano destra e la sinistra che strofinava la fitta peluria appena cresciuta irta sopra il cranio, si mise in contatto con la Procura di Palermo.

Rimanendo in linea ed attento tutt'intorno, fece un cenno con la testa per ordinare alla scorta di andare via in fretta.

Il Maresciallo Antonio Prestia pose una mano sulla testa di Marco, spingendolo in giù e facendolo entrare nella vettura con il capo protetto. Prese posto accanto a lui e chiese all'autista di partire a sirene spiegate.

Sentì la mano appiccicosa e intrisa di grumi di sangue. Non disse nulla. Rimase con le dita aperte, con fare indifferente.

Dietro seguiva l'auto di scorta.

Il tenente Giuliani rimase altre due ore buone sul luogo del delitto.

Dava ordini in diretta con gesti e con occhiate e, contestualmente, concordava il disporsi con la Procura.

Eseguirono il sequestro della macchina, del cellulare, del personal computer, delle foto e di altro materiale significativo.

Avendone valenza probatoria, fu disposta, altresì, perquisizione sulla persona di Marco, della sua attuale dimora di residenza e altri accertamenti, tra cui quello di verificare se il coltello arma del delitto fosse stato prelevato dalla attuale dimora.

Per non trascurare alcun particolare rilevante, Andrea Giuliani prese copia dei documenti di testimoni oculari, fece foto e assistette al rilievo dei dati del luogo del delitto.

Lasciò che un tecnico procedesse alla chiusura dei verbali di sopralluogo, per dirigersi di corsa in caserma.

Aveva poco tempo per dare esecuzione alle formalità. Era necessario mettere nero su bianco. Doveva farlo per informare, secondo procedura, il pubblico ministero della Procura di Palermo dell'arresto di Marco Donadio e per organizzarne la traduzione al carcere dell'Ucciardone.

Doveva sbrigarsi a redigere il verbale. Aveva l'obbligo di

trasmetterlo, per la forma, al pubblico ministero incaricato dottore Pignatelli, perché questi a sua volta potesse chiedere conferma dell'arresto al giudice per le indagini preliminari.

Non era per questo che fremeva, però. Al giudice per le indagini preliminari bastava solo verificare che l'arresto fosse stato eseguito in maniera legittima, per emettere come provvedimento un'ordinanza di convalida.

Non era il tempo che lo assillava per le incombenze di effettuare comunicazioni e notifiche immediate, era la sua natura. Era il suo modo di impostare il lavoro e di volere avere tutto presente ai suoi cinque sensi, più il sesto, che si vantava di possedere.

Per la forza dell'impatto la tempestività è fondamentale. Lui ne era cosciente.

Non riuscì ad interrogare il ragazzo, stante le condizioni di choc in cui versava. Dai documenti in suo possesso, riuscì ad identificarlo.

Arrivato in caserma, prese posto alla sua scrivania e compose, dalla cornetta del telefono fisso, il numero della Procura.

Contestualmente, attese di avere comunicazioni dal carcere dove Marco era stato tradotto all'annessa infermeria. Aveva lasciato un messaggio e il numero, sapendo che il direttore avrebbe chiamato, appena rientrato, direttamente al suo cellulare.

Il grande carcere, posto a guardare il porto e il mare, ignaro, aprì il robusto e pesante portone a Marco.

Il direttore, immediatamente, dispose che venisse portato in infermeria al suo ingresso, dopo avere espletato le incombenze di rito.

I medici si adoperarono sottoponendo Marco Donadio ad esami di sangue e urine, al prelievo di liquidi biologici, al prelievo di capelli e peli pubici, a test per epatiti, aids e droghe varie, chimiche e non. Bendarono i polsi e medicarono le escoriazioni.

Si fecero parecchie foto.

Il dottore Carlo Di Girolamo, direttore del carcere, aggiustò la cravatta, chiamò lo psicologo di turno e si diresse in infermeria per sincerarsi delle condizioni del carcerato che aveva commesso tanto efferato omicidio.

Appena ricevuto il suo messaggio, chiamò il tenente Giuliani che lo informò su ogni particolare del caso e sui contatti presi con la Procura.

***

Il pubblico ministero incaricato, dottore Massimo Pignatelli, letto il verbale del dottore Andrea Giuliani, ufficiale di polizia giudiziaria, fece

22

richiesta al giudice per le indagini preliminari per la convalida degli atti.

Era un brutto caso e si raccapricciò a guardarne le foto sconcertanti.

Come era suo vezzo, passò le mani diafane fra le tempie sparute di peluria. Si alzò in piedi e sembrò ancora più alto, come una canna che porta il fardello di una bandiera.

Si attivò a nominare d'ufficio un bravo legale, scegliendolo nella persona dell'avvocato Emma Sallustio.

Nell'immediatezza, altresì, nominò un suo consulente d'ufficio specialista in psicologia.

Affidò l'incarico a un professionista nuovo, per evitare i soliti noti con i tempi e le parcelle dilatate. Lo scelse nella persona della dottoressa Marina Mattei, scorrendo una lunga lista di nomi di consulenti iscritti all'albo.

Formulò a verbale una serie di quesiti da rivolgere al professionista incaricato, tenendo conto delle circostanze del delitto, ponendosi come fine la ricerca delle motivazioni che avevano indotto il Donadio alla particolare manifestazione di violenza.

Cercò di individuare un movente. Le ipotesi formulate si dissolvevano come aspirate dalla grande cappa del buon senso. Le supposizioni elaborate sfumarono tutte- dal movente passionale, allo scippo, alla droga, alla vendetta, alle sette di Satana- perdendo vigore all'esame obiettivo.

Esaminò pagine di verbali con le dichiarazioni rese dai testimoni che videro Marco Donadio colpire e insanguinare un corpo fino a togliergli la vita, eppure continuava a sfuggirgli la plausibilità di un valido motivo.

Furono ascoltati vicini, parenti accorsi, persone presenti sul luogo e conoscenti. Fogli su fogli densi di parole e particolari e niente che prendesse la sostanza di una ragione determinante il delitto. Ogni ipotesi cadeva senza forma, come un sufflè risucchiato e ammosciato.

Pensò a come impostare l'accusa.

Da pubblico ministero non cercava le prove, dato che erano evidenti, pesanti e schiaccianti. Guardò le foto allegate al fascicolo. Girò e rigirò i documenti fotocopiati. Il dottore Giuliani aveva inviato gli allegati in pdf. Lui li aveva salvati su pennino e stampati su carta, anche se le copie mostravano immagini sgranate per il toner della stampante mal funzionante, dato che preferiva il cartaceo da stropicciare.

Notò l'impegno e la precisione tecnica, senza sprechi di parole ed aggettivi. Conosceva il tenente, perché un collega glielo aveva presentato, e per la prima volta trattava un caso con lui.

Ricordò la sua presenza massiccia, il capello rasato a lama, il sorriso stampato in viso e la battuta pronta a sferzare.

Per il caso in esame, il punto da cui partire non era chiaro. Al pubblico ministero, da un paio di anni trasferito alla Procura di Palermo, mancava il movente che potesse giustificare un crimine così cruento.

Dal suo maestro di diritto penale aveva imparato a porsi il problema "dell'imputabilità" del soggetto, prima di affrontare un caso di omicidio volontario.

Era la regola, l'archetipo giuridico, dato che: "ogni individuo raggiunge la capacità mentale perché dispone di qualità naturali che lo pongono in grado di regolare, in maniera libera e consapevole, le azioni che compie".

Una sorta di libero arbitrio giuridico che lascia la scelta di agire, ma che punisce e ingabbia chi sbaglia con la volontà di commettere reato.

Al dottore Massimo Pignatelli, per il caso di specie, mancava il motivo dell'azione posta in essere da Marco Donadio. Per questo aveva il compito di indagare sulla sua capacità mentale, presupposto naturale del concetto giuridico di imputabilità.

Era stato in grado Marco di comprendere il comando "non uccidere" e di osservarlo?

Nel momento stesso in cui uccideva Maria, era cosciente e volontario?

Era consapevole che avrebbe scontato le conseguenze giuridiche della sua condotta?

Ad ognuna di quelle coltellate sferzate con violenza ad infilzare la lama dentro organi e carne, Marco era capace di intendere e di volere?

Sarebbe stato rappresentato come imputabile oppure non imputabile?

Firmò le richieste e fece le fotocopie di tutto il fascicolo, per portarsele a casa ed essere libero di segnarle a piacimento con la matita rossa e blu.

Si impose di non sminuire la considerazione da dare al caso, perché scontato nell'evidente omicidio volontario.

Il Donadio aveva ucciso con premeditazione? Era uscito da casa armato con la volontà di uccidere e proprio quella donna?

Altra ipotesi era quella che Marco Donadio avesse commesso reato di omicidio preterintenzionale.

Si pose il dubbio. L'azione commessa dal Donadio era andata oltre la sua intenzione, tanto da derivarne un evento dannoso più grave di quello da lui voluto?

Si mise nei panni della difesa di Marco. Si domandò come l'avrebbe impostata lui stesso, se avesse rappresentato il colpevole. Guardò l'orologio e pensò che era troppo tardi per ordinare da mangiare e da bere. Si aggiustò la cravatta e si disse che era giusto introdurre qualcosa nello stomaco. Non amava guardarsi allo specchio e vedersi sempre più asciugato e smagrito. Doveva ricordarsi di mangiare ad orari pressoché stabiliti e costanti. Doveva imporselo. Oggi era già tardi, ma domani avrebbe staccato dal lavoro in tempo utile per ricordarsi di ordinare qualcosa ad ora di pranzo.

Marina Mattei diede seguito all'incarico ricevuto ed inviò una e-mail alla Procura, intestandola alla cortese attenzione del dottore Massimo Pignatelli.

Subito dopo averla letta, il pubblico ministero le inviò, di rimando, in allegato, i verbali con i quesiti formulati su un piano squisitamente tecnico giuridico, con la richiesta implicita che fra i suoi compiti di consulenza ci fosse quello di scavare entro ai rapporti della vittima e del suo carnefice. Esplicitamente, chiese una descrizione dettagliata della personalità di Marco Donadio.

Concluse, motivando: "anche al fine di vagliare le capacità cognitive del soggetto sottoposto a perizia alla data odierna, nel passato e al momento della commissione del fatto".

Evidenziò i parametri rigidi del concetto di imputabilità, onde richiedere un parere particolareggiato sul soggetto in questione.

Le prove che Marco avesse ucciso la ragazza erano di sconcertante evidenza.

Il dottore Pignatelli dispose la richiesta di un paio di intercettazioni ambientali e telefoniche. Ritenne opportuno mettere sotto controllo anche l'utenza di casa Donadio. Al comando dei carabinieri effettuò una richiesta dettagliata nei particolari per le utenze, per gli orari e per le ubicazioni.

Richiese, altresì, esame autoptico, anche se rabbrividiva alla sola idea di disporre autopsia su un cadavere. Lo ritenne necessario, al fine di accertare sulla vittima presenza di tracce di rapporti sessuali e droghe sintetiche e non, farmaci compresi.

Allo scopo, preparò l'incarico di nomina di un consulente tecnico che scelse nella persona del dottore Ettore Marone, dandone immediato avviso, conformemente alla normativa in ambito di accertamento tecnico non ripetibile. Al medico legale affidò, inoltre, il compito di esaminare lo stato fisico del detenuto, anche in merito all'assunzione di droghe e farmaci.

25

***

Il giudice per le indagini preliminari di Palermo, dottoressa Giovanna Salento, in udienza, emise decreto di convalida per l'arresto in carcere di Marco Donadio che aveva accoltellato e ucciso la giovane del Ghana di anni ventitré con l'aggravante dei motivi abietti e futili. Lesse tutto il fascicolo e notò lo scrupolo con cui il pubblico ministero aveva predisposto il lavoro.

Quel ragazzo alto, magro, emaciato, non era solo preparato ed sperto di dottrina e giurisprudenza. Il giovane magistrato possedeva in più il quid dell'entusiasmo che si palpava nella richiesta della ricerca della verità da sezionare.

Lui porgeva le cose con garbo, dettando un taglio di pretesa di indagine cui non ci si poteva sottrarre.

Nelle sue richieste, infatti, il dottore Pignatelli chiedeva nella forma e pretendeva nella sostanza, dando per presupposto che l'eccesso di rigore fosse dovuto al rispetto del caso da affrontare.

La dottoressa Salento ritornò così a leggere con scrupolo tutte le "carte" del fascicolo, dato che meritavano una nota di attenzione in più. Apprezzò i toni e quella sorta di sensibilità che si struggeva fra la pena della vittima e quella per il suo carnefice. Il tutto, rigorosamente, in veste tecno-giuridica.

Erano anni che leggeva roba scritta a cura di giudici, avvocati, periti, giornalisti, consulenti. Su dieci, nove volte giudicava che fosse robaccia da cestinare. Questo era un lavoro di pregio. Si sentì ritornare all'inizio della sua carriera; a quel tempo era piena di fervore.

Questo caso riuscì a turbarla. Quando vide le foto, capì perché.

***

Per quasi due giorni, Marcella, le sue sorelle e suo padre rimasero chiusi in casa a piangere, senza avere il coraggio di porsi e porre una sola domanda.

Annichiliti e senza risposte.

Le sorelle maggiori erano arrivate dal nord Italia dove vivevano, con molti bagagli, figli piccoli e pochi soldi in tasca.

Nel pomeriggio del secondo giorno, Marcella chiamò suo padre in camera da letto.

Una convocazione ufficiale, perché aveva da dire cose importanti.

<<Papà, non è possibile continuare con tutte le tue figlie e i loro

bambini in mezzo ai piedi. Guardati intorno, sembriamo accampati. Con loro rischiamo di sprecare intere giornate in doccia, pranzo, cena, pappine, cose da fare e da comprare.

Marco ha bisogno di noi, dobbiamo concentrarci, non disperderci>> disse e guardò suo padre che ascoltava e non parlava.

<<Mandale a casa dai loro mariti. Per piacere.>>

Giovanni Donadio calò la testa in senso di assenso e guardò negli occhi Marcella. La fissò come a volerla scoprire, leggendole dentro, per misurarne il dolore e paragonarlo al suo.

Sentì dentro di sé una forza devastante, gonfia di un tormento che non può finire e che può trasformarsi solo in altra forma di dolore della stessa potenza.

Si accorse di quanto era bello il viso di sua figlia, scarnito dalla sofferenza, con gli occhi di intenso verde come quelli di Marco. Lo sguardo di Marcella era denso come una calamita. I capelli castano scuro, legati a coda, fluttuavano al dondolare del capo, fendendo l'area. Ammirò la sua bellezza. Un giunco flessuoso in un corpo dalle rotondità accennate.

Passarono parecchio tempo a cercare su internet siti di avvocati e notizie in merito a come si svolgesse la procedura in casi simili.

Marcella manovrava i tasti e consultava un sito dietro l'altro, sperando di capire cosa fare, mentre lui, da buon nonno e padre, veniva distratto ad ogni momento per mettere mano al borsellino di pelle striata e logora.

Alle diciannove e trenta, Giovanni Donadio telefonò alla rosticceria di Via Mariano Stabile. Ordinò una teglia di pizza margherita, "panelle" alla palermitana con la farina di mais e fritte, patatine croccanti e tagliate al coltello, patate al forno con cipollotti e rosmarino. Chiese due polli allo spiedo ben cotti e irrorati di abbondante "salmoriglio" composto da origano, sale, pepe, limone e olio extravergine d'oliva.

Prese venti euro dal borsellino logorato, si tolse le pantofole, si infilò una giacca e scese in portineria con l'ascensore. Al portiere, suo coetaneo e amico del burraco della domenica pomeriggio, chiese la cortesia di comprare, con quei soldi, al bar all'angolo della strada, un chilo di sfogliatine con la glassa di zucchero sopra.

L'amico si adoperò, solerte e devoto. Lo avrebbe consolato, se avesse potuto lenire una parte del suo dolore. Comprendeva che avrebbe sofferto ancora di più se gli avesse consentito di scendere fra la gente che conosceva lui e conosceva Marco.

Corse a comprare i dolcetti e si impose nel rispetto del peso e nel ricevere scontrino e resto, con precisione massima.

A fine cena, Marcella portò a tavola il thermos di acciaio pieno di caffè, con le tazzine di ceramica sopra un vassoio di legno africano.

Da capo famiglia, padre e nonno, Giovanni Donadio prese fiato, si alzò in piedi, determinando un minuto di silenzio, e parlò.

<<Marco è in galera e forse ci resterà per sempre. È un grande dolore e forse è l'ultima delle pene che dovrà subire a causa del suo gesto. Forse, con la giustizia e con la società poco attente, potrà pareggiare i conti ed espiare. Forse. Di sicuro, la sua coscienza non troverà mai pace e lo tormenterà fino a sfinirlo e a finirlo>> disse e prese fiato.

Marcella provò a zittire ogni rumore intorno.

<<Ho preparato queste buste per voi>> continuò <<sono pochi soldi, per il viaggio. Desidero che andiate a casa a sistemarvi, serenamente, riprendendo la vita di sempre>> e prese altro fiato.

Sembrava dispiaciuto per quello che stava per dire.

Marcella, tenendo a bada la vivacità dei bambini, vigilava per il massimo silenzio e per tenere alta l'attenzione.

<<Io e Marcella dobbiamo concentrarci e pensare a Marco. Andate tranquille, ci sentiamo al telefono la sera. Vi telefono io, per tenervi informate su tutto. Andate.>>

Si sedette, versò l'acqua nel bicchiere e prese la solita pillola. Si alzò, baciò tutti, trattenendo le lacrime, e si ritirò nella sua camera.

***

La nomina all'incarico di consulente del pubblico ministero la riempiva di carica e di energia. Voleva considerare l'investitura come un segnale di buone prospettive per il futuro.

Da tempo aspettava di assumere un lavoro che la coinvolgesse. Si era laureata e abilitata da oltre tre anni e si trascinava a scrivere rapporti di routine, senza che nulla di concreto e di particolare le fosse affidato.

Sentiva, pressante, la mancanza del bene entusiasmo. Il tocco magico di quel "con Dio dentro di sé", ovvero di quella sorta di "possessione divina" che rende ogni cosa densa di gioia, di interesse, di eccitazione. Entusiasmo. Era l'entusiasmo che era scemato nella sua vita. Sentiva la necessità di tuffarsi dentro un grande immenso mare svuotato dell'acqua e colmato di entusiasmo. Più miracoloso di una medicina speciale.

Si presentò in carcere e chiese di parlare con il Direttore. Mostrò la copia originale dell'incarico notificato dalla Procura a lei, dottoressa Marina Mattei.

Chiese di essere messa in contatto con il detenuto e con i medici che avevano in cura Marco Donadio.

Educata, efficiente e compita, la guardia carceraria la fece accomodare nella sala della direzione.

Ritornò con il fascicolo in mano. A registro risultava la sua nomina quale CTP del PM, ovvero consulente tecnico di parte del pubblico ministero, il magistrato che rappresenta l'accusa nel processo. La guardia fece quasi un inchino di deferenza, ma non poté fare a meno di lanciarle un'occhiata furtiva densa di interesse. Dentro la divisa che lo tratteneva, la guardò per intero, da sopra a sotto. Non poté farne a meno, dato che era una delle femmine più belle che avesse mai visto di presenza. Una meglio di quelle della televisione.

Marina Mattei si mise a sedere. Sapeva di piacere, per i seni prosperosi al punto giusto, per le natiche alte, per le gambe tornite e i capelli tendenti al rosso. Sapeva di piacere, ma non se ne voleva curare più di tanto.

Era abituata ad essere guardata e, anzi, lo pretendeva come se le fosse dovuto. Dei complimenti faceva selezione e apprezzava solo quelli che riguardavano la sua preparazione, le sue scelte, la sua intelligenza. Adorava gli apprezzamenti che esprimessero un certo fascino, insomma. Gli altri li scartava come non classificati, spam da cestinare.

Quell'uomo, alto tanto quanto basta per farglielo considerare nano, non lo degnò neppure. Si limitò a dire<<Grazie>>, andando a sedere.

Nell'attesa iniziò a prendere appunti e a leggere documenti, in evidente impazienza di entrare subito nel vivo di quel lavoro, senza perdere tempo prezioso.

Guardò l'orologio per monitorare il tempo impiegato. Smanettò col telefonino ed inviò un sms senza importanza, per mettere a tacere quella strana smania di attrattiva per il caso che la coinvolgeva. Pensò di saperne molto poco e desiderava entrare in quanti più particolari possibili. Il caso era intrigante.

***

Il tenente Giuliani arrivò in caserma con una buona ora di ritardo, rispetto al tempo annunziato dal maresciallo Antonio Prestia.

<<Arriva subito. Dottoressa Mattei, si accomodi>> disse, con accento che tradiva origini partenopee, invitandola a prendere posto nella sua stanza.

<<Sta comoda?>>continuava a chiedere tutte le volte che le passava

29

avanti, come se lo facesse apposta, con fare sempre più galante e con il sorriso smagliante di maschio con la divisa addosso che dona fascino.

Quando si aprì la porta, tutti i presenti si misero sugli attenti.

L'attenzione di Marina Mattei, che volgeva gli occhi altrove per evitare di incontrare lo sguardo ardito del maresciallo, fu attratta da un rombante battere di tacchi.

Se lo trovò davanti, alto almeno due palmi in più sopra la sua spalla, energico e indaffarato.

Dava ordini con gli occhi, parlava al cellulare e segnava con la penna a sfera numeri su un notes tascabile.

Portava il capo con il capello corto un centimetro appena, irto, lucido e nero. Era massiccio, ben impostato, con gli occhi color della notte e la pelle ambrata temprata dal vento e dal sole sopra la moto e la strada.

Vestiva spesso di scuro e questo era uno dei motivi, assieme al portamento e la cadenza del suo passo, che gli fece affibbiare, incollandoglielo addosso, il nome di pantera.

Per i suoi amici e la sua squadra lui era il "tenente pantera".

Su di lui avevano provato pure a costruire barzellette del tipo: "La sai l'ultima differenza fra polizia e carabinieri? No? La polizia guida la pantera, mentre la pantera guida i carabinieri".

Non facevano tanto ridere, forse. Se la pantera ruggiva, infatti, il sangue nelle vene si bloccava e condensava.

Gli agenti, uomini e donne della caserma, si sentivano orgogliosi di appartenere alla sua squadra. Scattavano e si attivavano ai suoi ordini "a mezza parola", anche solo con un suo sguardo.

Il tenente Giuliani discuteva al telefono. Non si interruppe, continuò.

Con un gesto e il movimento degli occhi, invitò la dottoressa Mattei a seguirlo nella sua camera.

Marina Mattei varcò la soglia e si fermò, irrigidita alle caviglie e con la mano aggrappata a reggersi alla tracolla della borsa da lavoro, pesante di carte.

<<Si accomodi>> disse, accompagnando il gesto della mano con la penna.

Riuscì ad imbarazzarla. Sperò che lui non ci avesse fatto caso, attento come era a concludere la telefonata.

Si mise a sedere, incrociando le gambe, e sperò che si sbrigasse. Gli ordini di base li aveva già impartiti e il maresciallo partenopeo, uscendo, ammiccò e chiuse la porta.

Cercò di mettersi comoda, sprofondata sulla poltroncina avanti alla scrivania del comandante, anche se fremeva dentro, mentre si tratteneva assumendo un atteggiamento di indifferenza.

30

Scavallò e accavallò le gambe con la stessa grazia di portare una gonna, invece che un jeans logoro e sbiadito, seppure di marca. Lui non arrivò neppure a sedersi. Rimase in piedi. La guardava a tratti, con la coda dell'occhio, come se fosse semi trasparente.

La dottoressa Mattei attese quasi trenta minuti prima di poter spiegare i motivi della sua visita.

<<Vengo dalla Procura, sono uno psicologo consulente tecnico di parte del dottore Pignatelli e lavoro al caso di Marco Donadio. In Procura la stampante a colori non funziona e il dottore Pignatelli desidera che io abbia copia a colori delle foto che lei gli ha allegato in pdf. Le ritengo essere essenziali all'espletamento del mio lavoro. Può farmi la cortesia? Io stessa provvederò a farne avere una copia chiara al dottore Pignatelli. Attendo?>>

Fece fatica a schivare lo sguardo di lui che la inchiodava alla tappezzeria, procurandole un senso di disagio.

Cambiò posizione. Pensò che la sedia fosse scomoda fino a sentirne l'anima di ferro e provò la sgradevole sensazione di percepirsi come nuda, con le lunghe gambe penzoloni.

<<Potrebbe anche inviarmi il file in pdf e io stessa provvederei a farne la stampa a colori per me e il dottore Pignatelli, come preferisce.>>

Il tenente Giuliani attese che finisse di parlare e, senza toglierle lo sguardo da dosso, pigiò un tasto che emise una sorta di suono a trillo.

Arrivò un carabiniere che si mise sull'attenti e prese l'ordine di fare, in duplice copia, le fotocopie a colori delle foto contenute nel fascicolo Donadio.

L'agente ritornò dopo pochi minuti, con le copie nella mano destra che porse al comandante.

Il tenente Giuliani inserì le prime in una carpetta di colore rosso. Chiuse i lembi e scrisse sopra: "Per il dottore Massimo Pignatelli".

Le altre copie le spillò con cura e le custodì in una cartellina blu di cartone rigido, scrivendo sopra: "Alla pregiatissima dottoressa Marina Mattei".

<<È stata servita, dottoressa, ci sono tutte le foto in duplice copia, che altro posso fare per lei?>> chiese e lo sguardo si fece diretto, come se la puntasse direttamente dentro alla sua bella bocca.

In un foglio bianco, scrisse nomi e numeri di telefono. Glielo porse.

<<Provveda per organizzarsi bene all'interno del carcere>> disse e si dichiarò disposto ad aiutarla. Avrebbe preso subito contatti col direttore, per metterla nella condizione di gestire al meglio il caso.

La dottoressa Mattei si indispose. Senza celare la sua irritazione rispose di scatto.

<<Nessun trattamento di protezione. Sono una professionista e non pretendo avere benefici e poteri di favore.

Il mio compito è quello di indagare fino in fondo, se è il risultato di un buon lavoro che interessa al pubblico ministero.>>

L'atteggiamento di Marina Mattei si fece malizioso, in risposta a quello che proveniva dall'uomo.

Il tenente Giuliani si sentì pungolare e raccolse i toni di sfida.

Tappò con la mano il telefonino che gestiva all'orecchio destro e sorrise con denti bianchi di perle che fecero contrasto con la sua essenza di felino bruno.

<<Dottoressa, mi scusi. Non volevo sminuire il suo ruolo professionale. Parlo per esperienza e so che al carcere Ucciardone di Palermo non l'aspetta un compito facile.>>

La guardò con occhi carichi di ardore, senza distogliere lo sguardo da lei.

Marina Mattei, infuocata alle gote, tentò di camuffare con un colpo di tosse la vampata di calore che attanagliava la gola.

<<Mi rimetto, in ogni caso, a fornirle qualsiasi supporto lei abbia necessità di avere da me o dai miei fidati. Fra i miei agenti ci sono donne addestrate al pari di uomini dello stesso valore. Rimango a sua disposizione. La faccio accompagnare.>>

<<Vado. Un compito difficile è vero. Questo è un caso di femminicidio anomalo. In genere, nei casi di femminicidio tipico, il carnefice uccide la compagna, la moglie, la fidanzata, l'amante. Per questo motivo non si riesce a dare un senso al gesto del Donadio. Lei, tenente, dall'alto della sua esperienza, riesce a fare previsioni sullo sviluppo del caso?>>

<<Allo stato degli atti non potrei pronunciarmi. La fase delle indagini è tutta da espletare. Per il prosieguo mi atterrò agli sviluppi del caso, senza escludere che il pubblico ministero si determini per una direttissima. Si tratta di omicidio efferato, aggravato da futili motivi.>>

Si accorse che Marina Mattei seguiva con bocca dischiusa ogni suo gesto e ogni sua parola, come attonita, attenta a comprendere bene cosa volesse esprimere.

Continuò.

<<A noi il compito della ricerca di un movente, quanto meno per capire e dare pace a chi cerca la pace. Dottoressa, le faccio i miei migliori auguri per il suo lavoro e rimango a sua disposizione.>>

Le porse un biglietto da visita, con un numero di cellulare scritto a penna.

<<A questo numero, che è quello che ha tutta la caserma ed è riservato alle cause di servizio speciale, ci sono sempre. Per lei, poi, a tutte le ore. Lo troverà acceso!>>
L'accompagnò alla porta.

<<Obbligata>> disse, raccogliendo il guanto della sfida, affascinata dal tenente pantera morbido, scattante e con movenze feline cariche di effluvi ormonali.

<<In bocca al lupo>> disse lui, ricambiando con un sorriso dal fascino galante, secernente molecole attrattive.

<<Grazie tante, il lupo è mio amico!>> esclamò di rimando lei.

Chiuse la porta quando la sagoma di lei scomparve alla sua vista. Andò dritto alla scrivania. Sedette. Indugiò con la mente a visualizzare la scena che si chiudeva con un'obbligazione di ringraziamento, carica di sguardi loquaci.

***

La dottoressa Marina Mattei ebbe modo di vedere in faccia per la prima volta Marco Donadio all'udienza di convalida dell'arresto, disposta dal giudice per le indagini preliminari. Era ricoverato in infermeria.

Una badante di colore del Ghana, chiamata con nome italiano Maria, era stata assassinata senza un motivo apparente, sebbene in ogni caso futile.

Marco Donadio, il suo carnefice, appariva con lo sguardo sperduto nel vuoto e non rispondeva neppure dietro comando, in apparente stato confusionale.

Marina Mattei attraversò tre cancelli, fu sottoposta a due perquisizioni e attese una buona mezz'ora.

Consegnò i documenti per essere registrata e venne introdotta in un reparto dove fu invitata ad accomodarsi in una sedia del corridoio.

Quando si aprì la porta posta avanti a lei, intravide un uomo seduto su una lettiga con flebo e una serie di monitor che indicavano le frequenze del battito cardiaco.

La notte del suo arresto, Marco non dormì un minuto e fece rimanere tutto il reparto sveglio, per una crisi incessante. Almeno così disse l'infermiere del carcere, stremato, riservandosi di mostrare le cartelle cliniche compilate dai signori medici.

Aveva iniziato a gridare. Si era fatto male, comprimendosi il polso ferito sotto la garza bianca inzuppata di rosso.

Una crisi dietro l'altra, ma ora andava meglio. Era più calmo e le ferite ai polsi iniziavano a cicatrizzarsi.

Marina Mattei si mise a sedere. Si trovò tra le mani una serie di accertamenti consegnati dall'uomo col camice da infermiere.

Il suo viso era più bianco del color della cera, privato di luce e aria, chiuso dentro a quei locali stantii di muffe.

Lo guardò con la pena che si dedica ad un carcerato privato della libertà.

Lo percepì come volontariamente sepolto entro un tempio senza tempo.

Smise di osservarlo. Avvertì che l'uomo si era accorto del suo sguardo pressante e curioso.

Si trovò tra le mani, reggendo il peso con le due braccia, una mole cospicua di lastre, esami di sangue e urine, elettrocardiogramma, tac encefalo, visite, prescrizioni, cure assegnante e cure effettuate.

Le guardò con cura, appoggiandosi alla sedia accanto per sistemare i documenti già esaminati.

Tutto nella norma. Organicamente, tutto lasciava presupporre che il ragazzo presentasse una salute di ferro.

Mancavano le prove alcoliche e tossicologiche che il laboratorio doveva finire di esaminare.

Per lei, però, che si occupava della salute della mente, gli esami effettuati non erano la prova che il ragazzo non fosse malato.

Alle undici in punto, il corridoio si riempì di uomini dal passo svelto, calpestanti un linoleum verde chiaro. Era il direttore del carcere, con il tenente Giuliani e il dottore Pignatelli.

Marina Mattei si affrettò a ricomporre le carte per compattarle ordinatamente, prima che i loro passi si fermassero avanti al suo cospetto.

Avanzavano come a comporre una strana squadra, con il direttore tondo e morbido, il tenente pantera possente e scattante e il dottore Pignatelli biondo, quasi albino, alto e smagrito.

Due guardie erano avanti e due dietro.

Il dottore Massimo Pignatelli avanzava portando una borsa che reggeva con il braccio sbilanciato in basso, talmente pesante da rendere le sue spalle asimmetriche.

Lei si alzò e salutò, stringendo le mani ai tre uomini. Le guardie si posero in disparte.

<<Manca la dottoressa Giovanna Salento, giudice per le indagini preliminari, e l'avvocato Emma Sallustio per la difesa>> disse il dottore Pignatelli guardando l'orologio.

<<Attendiamo.>>

Con calpestio di tacchi sul linoleum verde sbiadito, il corridoio si riempì della presenza del gip e del cancelliere pelato che la seguiva con un fascicolo stretto fra le braccia.

Si presentarono e si salutarono. Compiti, si accostarono avanti ad una porta chiusa astante il corridoio illuminato dalla fredda luce di una lampada al neon.

Parlò il dottore Di Girolamo, per spezzare l'imbarazzo del silenzio e degli sguardi.

<<L'avvocato della difesa sta arrivando. È già qui. Un'agente la sta accompagnando. Prego, faccio strada, incominciate a prendere posto.>>

Li fece accomodare, aprendo la stanza. Era bianca e dipinta di fresco; si sentiva l'odore tipico che emana l'idropittura.

Un uomo era seduto di spalle avanti ad una scrivania abnorme, allungata da parete a parete, e con poco spazio per il passaggio. Una flebo e un paio di monitor erano collegati a fili penduli sparsi sul pavimento.

Era lui. Era Marco Donadio.

Presero posto, evitando di rivolgergli troppi sguardi di curiosità.

Tennero un atteggiamento impettito e distaccato.

Il dottore Pignatelli dispose le sue carte sul banco.

Un agente accostò una sedia per l'avvocato che stava per arrivare, preceduta dal rumore di tacchi che provenivano dal lungo corridoio.

L'avvocato Sallustio indossava un soprabito grigio su pantalone e blusa di seta bianca. Le scarpe, anch'esse grigie, producevano il tic tac di un ritmo che incalzava affrettandosi.

La dottoressa Salento si rivolse al cancelliere pelato che, dietro suo invito, incominciò a scrivere i preliminari a verbale, per non sprecare tempo prezioso, iniziando col dare le presenze.

Arrivato l'avvocato Sallustio della difesa, nominato d'ufficio dal dottore Pignatelli, il cancelliere pelato la invitò ad accomodarsi con un gesto della mano.

Quando si introdusse Marco Donadio a verbale, gli agenti si adoperarono di accostarlo avanti al giudice. Impacciato da fili, tubicini e cateteri, intervenne l'infermiere con la faccia di cera che chiuse la farfallina della flebo e staccò ogni legame con il groviglio pendule.

Raccolse i fili a matassa, riponendola sopra una sedia accostata al muro.

Marco, interrogato, non rispose, neppure per dare le sue generalità.

Restò chiuso in se stesso, come se fosse ebete dalla nascita.

Immobile e catatonico, emise un suono cupo e incomprensibile; una sorta di grido strozzato.

Più volte spronato a parlare e interrogato, riuscì solo a dire, con tono e sguardo assente, <<No>>, raggomitolandosi nel silenzio.

A tratti sobbalzava, gridava, dondolava la testa e ritmava con un rantolo "no", "no", "no". Poi sbottò in pianto, lungo, rumoroso, isterico, senza ritegno.

Intervenne pronto l'infermiere emaciato che versò trenta gocce in mezzo bicchiere d'acqua che accompagnò alla bocca di Marco, inducendolo a bere.

L'interrogatorio non andò oltre. Marco Donadio non era in condizioni tali da poter parlare, neppure per potersi avvalere della facoltà di non rispondere.

La dottoressa Salento emise ordinanza di convalida.

L'avvocato Sallustio prese atto e ripose il fascicolo nella diplomatica di cuoio.

Il dottore Pignatelli chiuse il fascicolo d'ufficio, ripose il matitone nell'astuccio e restituì la biro nera al cancelliere pelato che gliela aveva prestata.

Preceduti dalla dottoressa Salento, uscirono composti e lenti dalla stanza, lasciando Marco Donadio in preda ai singulti di un pianto sconsolato.

Avanti la porta socchiusa ove si svolgeva l'udienza, il dottore Di Girolamo, il tenente Giuliani e la dottoressa Mattei erano intenti a discutere di regole e regolamenti, in attesa che l'udienza si concludesse.

Per ultimo uscì il cancelliere pelato con il grosso faldone retto con entrambe le mani.

Si fermarono a scambiare poche parole in corridoio, formando un cerchio.

Il dottore Pignatelli guardò l'orologio. Era tardi e doveva andare. Il dottore Di Girolamo accompagnò i suoi ospiti fino all'ultimo cancello prima dell'uscita. L'avvocato Emma Sallustio si diresse a prendere la macchina, con passo svelto e ticchettante. Il gip e il cancelliere pelato si infilarono svelti in un'auto di servizio condotta dall'autista.

Marina Mattei e Andrea Giuliani si trovarono uno di fronte all'altro, avanti al grande portone del carcere nello spazio antistante.

<<La trovo bene, dottoressa. Lo sa che mi deve un favore che può ricambiare solo accettando il mio invito a cena?>> disse il tenente, tenendo stretta tra le sue la mano di Marina Mattei.

Lei impallidì. Ritrasse la mano e disse, impacciata e con le gote più rosse di una mela matura, <<Non posso, il lavoro mi attende. La saluto.>>

Scappò via, senza girarsi indietro, con il cuore in gola e piena di imbarazzo, per essersi comportata come una liceale deficiente. Era crollata sotto il peso di uno sguardo denudante, come un pugno di borotalco lanciato sotto la pioggia incalzante.

***

Intanto che il tempo passava, la stampa, i giornalisti e ogni addetto ai lavori, parlavano, scrivevano e trasmettevano reportage e filmati che riprendevano il caso.

Tobia Caltastello aveva mandato in onda, ripetendo la notizia durante le varie edizioni del telegiornale, un servizio montato con tecnica e professionalità. Toccò le corde del cuore dei suoi appassionati telespettatori.

A pochi giorni dalla morte di Maria, la trasmissione televisiva nazionale "Quale Potere" inviò reporter per riprendere quanto più materiale possibile sul caso. Venne intervistata gente di diverse razze ed età.

La palazzina grigia con i marmi travertini sfumati di rosso di Piazzale Ungheria, fino al giorno dopo il fatto, fu presa di mira da curiosi e cronisti.

Il piccolo scantinato di Maria venne perquisito a fondo, con le sue poche cose buttate all'aria. Le famiglie dell'intero stabile vennero interrogate. Dal marito alla moglie, dal nonno a carico alla cameriera ad ore, furono sentiti tutti.

Decine di pagine di verbali scritti e firmati. Ore e ore impiegate e risme di carta dense di interrogatori di gente ascoltata. Cento voci e mille ipotesi, ma il delitto non aveva ancora un movente e il fatto turbava le coscienze dei bigotti.

Agli inquirenti si demandava la soluzione del caso.

***

La dottoressa Marina Mattei si presentò alle nove in punto per essere ammessa a colloquio con il detenuto Marco Donadio.

Varcato l'immenso portone di quell'inferno pieno di anime dannate, chiese di parlare con il direttore.

<<È importante, dica che sono la dottoressa Mattei, consulente del dottore Pignatelli della Procura di Palermo. Riferisca quanto detto, il dottore Di Girolamo conosce il caso>> disse, assecondando con un pizzico di malizia la guardia alla ricezione.

L'uomo, senza fiato, puntava lo sguardo sulla sua bocca, sui seni, sul

37

ventre, sulle gambe, fino ad arrivare ai piedi calzati dentro sandali blu.

Puntava lo sguardo e boccheggiava, tentando di riaversi dalla folgorazione per essere stato, suo malgrado, abbagliato dalla bellezza.

Lo sguardo ai raggi x della guardia sembrò arrivare a penetrare le costole sotto gli indumenti. In evidente stato bavoso, l'uomo con la divisa si adoperò per servirla a dovere, come meritava. Diede precedenza assoluta alla signora dottoressa e compose il numero privato del direttore.

<<Pronto dottore, mi scusi, c'è la dottoressa Mattei della Procura. È la consulente di parte del dottore Pignatelli. Dice che è importante. Dice che lei la conosce.>>

Rimase zitto e attento ad ascoltare gli ordini del direttore e a rimirare con occhiate illanguidite la figura della donna, come a volerle comunicare <<Mi piaci tutta, dalla testa ai piedi.>>

Intanto, la sala della ricezione si affollava di gente, in attesa di potere essere ammessa a colloquio.

Entrarono donne, madri e mogli dei carcerati.

Lo spazio divenne angusto e ingombrato nella confusione di ceste, sacchetti, valigie, buste, pacchi, sporte e qualche bambino.

Entrarono uomini e ragazzi.

La guardia, in piedi e in flaccido attenti, era ancora al telefono a prendere ordini dal direttore.

<<Sì, dottore. Sì. Ho capito. Agli ordini. Provvedo subito. Certo direttore.>>

Posò la cornetta del telefono e si asciugò la fronte con un fazzoletto gualcito che tirò fuori dalla tasca del pantalone della divisa.

Uscì fuori dalla guardiola, tarchiato e pelato, e si diresse verso la dottoressa con passo strascinato.

<<Dottoressa, mi segua, faccio strada, l'accompagno>> disse con voce acquosa e lo sguardo sempre più rapace, mentre continuava a strascinarsi in avanti.

Ad un tratto si fermò e la fece fermare. Si era bloccato, come se un perno di ferro si fosse inceppato dentro l'anca. Per sbloccarsi dovette battere un colpo con il pugno chiuso della mano destra sulla gamba, creando uno scatto di cigolio arrugginito. Marina Mattei pensò fosse ossidato, come la pistola mai lubrificata che portava al cinto dentro la fondina.

Fece un gesto con la mano, per scusarsi senza parole. Poi continuò a dire <<Arrivi in fondo a questo corridoio, consegni i suoi documenti ed il tesserino alla guardia ed aspetti.>>

Il suo sguardo furbetto si trasformò nell'occhietto languido di un morbido peluche.

Meritava un grazie dalla dottoressa grande stangona. Ne avrebbe parlato agli amici del bar per farsene vanto.

Marina Mattei non rispose e fece un accenno di sta bene con il capo.

La guardia loquace continuò a parlare con fare mortificato e occhi bassi, imponendosi di portare rispetto ad una donna bella, importante e intoccabile.

<<Il direttore le manda incontro una guardia per portarla fino al suo ufficio. Il direttore la sta aspettando.>>

Marina Mattei dovette fare uno sforzo per darsi un contegno e per rimanere seria e non ridere. Quella sagoma di uomo con la gamba arrancante continuava a sobbalzare, come un personaggio da fumetto.

Avrebbe voluto dargli una bella pacca sulla spalla per scusarlo e toglierlo dall'imbarazzo, ma si trattenne.

Ringraziò con una mezza occhiata di freddo distacco. Mise sulla spalla la tracolla della borsa da lavoro, pesante di carte. Abbottonò la giacca blu, attenta a che le asole accogliessero i bottoni argentei, ed oltrepassò il cancello del corridoio.

Il dottore Di Girolamo la stava aspettando davanti alla porta, in piedi.

La salutò con una stretta di mano piena di vigore.

<<Si accomodi, la stavo aspettando. Ho finito ora di parlare con il dottore Pignatelli. La saluta. Prego, si metta comoda. Ho bisogno di capire come posso agevolarla, perché lei svolga al meglio un compito tanto delicato>> disse.

La mano era intrisa di sudore, tanto quanto la fronte del viso opulento. Se ne accorse e la ritrasse, infilandola, dispiaciuto, nella tasca del pantalone.

Marina Mattei, mostrando indifferenza, strofinò la mano destra umidiccia sul jeans e prese a sedere su una robusta sedia in pelle posta avanti alla scrivania.

Il dottore Di Girolamo, corpulento direttore, sprofondò il suo peso sulla solida poltrona presidenziale.

Marina Mattei, per un attimo, si sentì rimpicciolire. Si trovò al cospetto del posto a sedere più imponente che avesse mai visto, più alto del trono di un re.

Osservò con cura ogni particolare intorno a sé, approfittando del fatto che il dottore avesse ricevuto una telefonata di lavoro.

Dal basso della sua sedia normale, alzò lo sguardo per scrutare un uomo che era il direttore di quello strano posto emanante essenza di muffa stantia, stordita dallo spray al tabacco spruzzato nell'aria.

Lo vide per come era, robusto e panciuto, con i capelli bianchi e sparuti e la folta barba ingrigita.

Si era già accorto di quanto fosse gelatinoso e tondo quel giorno, quando arrivò con il tenente Andrea Giuliani. I suoi gesti erano lenti e stanziavano in aria. Lo sguardo, al contrario, lanciava lampi vivaci e acuti che si incrociavano e si fondevano con i toni morbidi e pieni di note calde della voce.

Il direttore, quando ebbe finito di parlare al telefono, tirò fuori, dal cassetto cigolante della scrivania color noce scuro e piena di intarsi, un fascicolo.

Marina Mattei estrasse dalla diplomatica una carpetta con gli elastici rossi.

<<Ho chiamato questa mattina in laboratorio. Molte analisi ancora non sono pronte. Il biologo mi ha anticipato di non potere escludere la presenza di droghe e alcool. Staremo a vedere>> disse il direttore.

Schiacciò un bottone di una strana scatola a centralina di luci lampeggianti e chiese <<Ha fatto colazione?>>

Marina Mattei non fece in tempo a scuotere la testa che si aprì la porta e si introdusse una sagoma di uomo anziano con un vassoio ben stretto tra le mani. Poggiò sul tavolo l'ingombro d'argento massiccio ed andò via.

Il dottore Di Girolamo spostò di lato le carte.

Con cura da vero gentiluomo, le porse un piatto di cobalto blu con fregi in oro contenente cornetto, caffè ristretto e nero in tazzina di ugual fattura e una fragola intinta in golosissima cioccolata fondente.

La Mattei la mangiò, dopo aver preso il caffè. La introitò dentro le labbra per condurla alla gola, dopo averla rigirata per ammirarla come fosse un ninnolo.

Il dottore Di Girolamo rimase fisso ad osservare la bocca aperta a cuore per accogliere il frutto e adagiarlo fra lingua e palato, prima di essere inoltrato per il tunnel nascosto sotto l'anello della gola.

Quando si accorse di essere guardata, arrossì, consapevole di avere turbato quell'uomo anziano che inghiottì, deglutendo, il frutto di un pensiero proibito.

<<Direttore, le mostro i quesiti posti dal dottore Pignatelli>>disse, pronta a darsi un contegno per coprire l'imbarazzo.

Tirò fuori dalla carpetta il verbale con le richieste poste a base dell'incarico.

<<Per fare questo lavoro ho bisogno di colloquiare con il detenuto, ma lui non sembra collaborare>> disse ed osservò l'uomo grondante perle di sudore che non riusciva a tirar fuori parola per il groppo in gola.

Pensò di essere stata, suo malgrado, causa scatenante pensieri non consoni e arditi.

<<Non posso quantificare quanto tempo occorra. Ho bisogno di effettuare una serie non precisata di colloqui col detenuto, per dare risposte concrete al dottore Pignatelli> disse Marina Mattei, scandendo forte quel nome che era una potenza di garanzia.

Il dottore Di Girolamo prese con cura la tazzina dal vassoio, tenendo il più possibile a bada il polso tremolante.

<<Le faccio preparare un pass speciale con la validità di un mese e con la possibilità di rinnovarlo, se necessario>> disse, delegando la sua cortese disponibilità a far colpo sulla bella donna.

Marina Mattei ringraziò, non osando sperare tanto.

<<Capisco quanto sia importante comprendere se l'assassino è uscito da casa armato di coltello con l'intenzione di uccidere proprio quella badante e perché>> proseguì a dire il direttore per allontanare il silenzio, facendo un sunto delle parole dette dal dottore Pignatelli al colloquio telefonico di quella stessa mattina.

Si allargò nelle spalle, attratto inconsciamente dagli ormoni femminili che si espandevano nell'aria in once che penetravano il suo istinto. Gloriosamente, aveva detenuto il titolo di maschio alfa e ora il tempo impietoso lo portava, mollemente rassegnato, a languire nei ricordi.

Quella donna aveva avuto su di lui un effetto miracolo, sepolto nel tempo di un matrimonio lungo e annoiato.

Marina Mattei, mentre il dottore Di Girolamo parlava e continuava a girare il cucchiaino nella tazzina del caffè già freddo, fu incuriosita da una schiera di sigari allineati dentro una scatola d'argento. L'attraeva l'etichetta posta su ognuno di quei tubi composto da foglie di tabacco pressate, come un sigillo che marchiava quanto fossero di pregio.

Ne avrebbe preso volentieri uno per scartarlo con cura ed accenderlo dopo cena, ma non cedette alla tentazione di chiederlo al direttore, per evitare di creare altre forme di imbarazzo.

Intanto lui continuava a parlare.

<<Un'altra realtà potrebbe essere questa che voglio esporre al dottore Pignatelli>> esclamò, trattenendo pancia in dentro ed esponendo petto in fuori.

<<Mi ascolti. Il Donadio esce da casa sconvolto con un coltello ed uccide la prima vittima malcapitata gli si pari davanti. Ma il soggetto cui doveva scaricare la rabbia era la ex moglie che lo aveva tradito e abbandonato. È semplice! È questo, in sintesi, lo spunto da cui partire per dare una soluzione al caso. È uscito da casa con l'intento di

uccidere?>>

Prese fiato.

<<Una vittima a caso e, al posto di Maria, poteva esserci chiunque?>>

Marina Mattei lo osservava attenta, mentre lui continuava a parlare.

Sembrava convinto, pur sapendo di ammucchiare parole, dando sfogo ai suoi ormoni confusi. Quella dottoressa aveva tutti i numeri per essere tanto dominante da inebriare e sfinire. Da uomo maturo ne apprezzava le qualità, pur consapevole di desiderare almeno trenta anni di meno per essere virile e riproduttivo, come natura comandava che fosse.

Il dottore Di Girolamo la guardò.

Colse il suo sguardo dedito ai sigari.

Sorrise per mascherare il tenero e ardito imbarazzo e pensò di farne dono a lei. La immaginò con il tubo cubano fra le belle labbra calde e rosse mentre ne aspirava il fumo.

<<Li prenda, se riesce a fumarli. Io ho smesso da tempo, mi conforto solo a guardarli.>> Sospirò.

La dottoressa Mattei non se lo fece ripetere. Ne prese uno. Ringraziò e lo ripose con cura dentro l'astuccio della penna a sfera, desiderando salvaguardarlo e non permettere che si sfaldasse fra le mille cose contenute dentro la borsa più sformata di una cesta.

<<È un bel compito il suo.>>

<<È vero>> rispose lei.

<<Vada, ha passaggio libero. Senza orari. Troverà il suo pass all'uscita. Lo consideri già fatto>> disse, pieno di fervore.

<<Consapevole che lei comprenda il mio scrupolo per la salvaguardia della sua incolumità, mi auguro che lei si atterrà, scrupolosamente, alle regole che riceverà. Disporrò, per pura precauzione, mi comprenda- in genere evitiamo, dato che i carcerati, a Palermo, ci tengono al rispetto- che un agente resti presente ai colloqui. È una precauzione, considerato che, incontri ripetuti nel tempo, espongono a maggior pericolo. Non escludo, inoltre, che il ragazzo sia pericoloso e di indole violenta.>>

Deglutì emettendo una sorta di rantolo e si congedò.

<<Buon lavoro e mi faccia sapere.>>

Si alzò di scatto in piedi, facendo molleggiare le rotondità.

Si parò avanti a lei per accompagnarla alla porta, come conveniva ad un vero galantuomo.

Marina Mattei sorrise, scompigliando con la mano i capelli, non sapendo cosa dire e ansiosa di defilarsi. Ringraziò e raccolse nella diplomatica i suoi appunti.

L'agente avanti la porta ebbe ordine dal direttore di accompagnarla fino all'infermeria e di rimanere a sua disposizione, facendole da guardia del corpo. Come un soldato, il secondino si mise sull'attenti per eseguire gli ordini impartiti dall'alto. Impettito, si ammantò di responsabilità. La seguì, un passo dietro a lei, non perdendola di vista un solo istante, dirigendola con la voce che si imponeva, scandendo: "a destra, a sinistra, dritto".

***

Dall'infermiere di turno Marina Mattei apprese che Marco Donadio stava riposando ed era cosciente, anche se in leggero stato di sedazione.

L'agente carcerario che le faceva da guardia del corpo, intanto, scambiò due parole con il collega all'ingresso della sezione.

Dato l'incarico ricevuto, si infastidì, accorgendosi che, mentre parlava, l'uomo stava rimirando la sua protetta dalla testa in giù. Disse poco, ma fece intendere, con un paio di gesti e parole grugnite, di essere super tutelata dal direttore che le aveva concesso libero accesso.

La fecero entrare in una stanza predisposta alle visite. Era una grande sala dalle pareti di conci di tufo spessi, illuminata con due neon al centro del soffitto che si riflettevano sulla scrivania di plastica verde e su due poltroncine, anch'esse verdi e di plastica.

Una lettiga, con un grosso rotolo di carta bianca sopra, era accostata al muro, entrando a destra.

Non c'era altro in quella sala impregnata del "tanfo" stantio dell'umidità che la riempiva di densità, togliendo spazio anche all'ossigeno.

Marina Mattei prese posto su una poltroncina verde.

Dalla diplomatica di pelle tirò fuori una cartella che tenne in mano, con lo sguardo attento alla porta; la spalancò una guardia che entrò spingendo in avanti il carcerato Marco Donadio.

Marina Mattei osservò la scena e lo sguardo mortificato del detenuto.

Comprese i timori e il punto di responsabilità del dottore Di Girolamo e non disse nulla.

L'uomo con l'uniforme bloccò Marco Donadio al fianco della lettiga, come ad un cavallo cui si stringe la morsa. Si rivolse alla donna.

<<Ha un'ora di colloquio, da questo momento. Sono le undici e sette minuti. Buon lavoro>> disse con tono militare e si diresse verso l'uscita.

<<Lei si sbaglia>> rispose di getto, con tono forte che non riuscì a smorzare.

Si rese conto di essersi innervosita.

<<Per il compito affidatomi dalla Procura di Palermo, il direttore Di Girolamo mi ha concesso un pass speciale valido trenta giorni e senza limiti di orari. Vada a controllare, gentilmente, se ne accerti.>>

La guardia si mise sull'attenti.

Fece sdraiare il detenuto sul lettino ricoperto da carta bianca e senza pieghe.

<<Controllerò, dottoressa, intanto le auguro buon lavoro>> rispose, modulando il tono della voce.

Prima di uscire rivolse uno sguardo alla guardia piantonata, per raccomandare attenzione.

Rimase con il detenuto. La guardia assegnata si accostò in disparte e lei si impose di considerarla "come se non ci fosse".

Marina Mattei ebbe una sensazione di sbandamento. Deglutì l'aspro boccone di tanfo di muffa abbarbicato alla mucosa.

Con tono lieve e movimenti lenti, invitò il detenuto a stendersi bene e a rilassare i muscoli.

La sedia di plastica verde e leggera, usurata dal tempo, scricchiolò. Ebbe il timore che si spaccasse. La sollevò con due mani, la sistemò al lato sinistro della lettiga e prese l'altra dall'aspetto meno corroso, anche nel colore di un verde più vivo. Si mise a sedere.

Aprì la cartella e tirò fuori un blocco di carta e una penna.

Per lunghi istanti il silenzio divenne greve.

Marco Donadio si accorse di essere osservato e sollevò il capo, stirando il collo.

Quando arrivò il tempo di parlare, dalla diplomatica prese un registratore grande un palmo che accese e si presentò.

<<Sono la dottoressa Marina Mattei. Sono un consulente. Sono uno psicologo nominato dal pubblico ministero, dottore Massimo Pignatelli della Procura di Palermo.>>

Marco Donadio, tutto proteso e facente forza sulla muscolatura del collo, la guardava immobile, con lo sguardo fisso.

Le sorse il dubbio che avesse capito e continuò, scandendo la voce, <<Mi ha capito? In poche parole, dovrò studiare il suo caso e riferire al magistrato.>>

Lo scrutò con attenzione, ammirandolo, come fosse una statua di bronzo, scolpita da un artista.

Marco Donadio rimase muto a fissarla per un numero indefinito di secondi. Diede un colpo di palpebre e chiuse gli occhi che iniziarono a lacrimare. Rilasciò la muscolatura del collo, riversando il capo sul cuscino quadrato e spesso un dito.

<<Mi sente? Signor Marco Donadio, vuole provare a collaborare? Può rispondere alle mie domande?>>

Rimase in attesa di una sola reazione.

L'aria divenne più rara.

Il tanfo di ammuffito continuò a espandersi, sputato dalle pareti. Marco Donadio risollevò il capo. Con occhi privi d'espressione, guardava il vuoto, come fosse assente.

Ancora il silenzio si impose come unico spettatore di una scena immobile.

Lentamente, muovendo un briciolo d'aria, si distese, allungando i piedi sulla lettiga.

Parlò con tono artefatto.

<<Ma lei chi è? Che vuole? Chi la conosce?>> disse e passò il polsino della camicia ad asciugare i resti di una lacrima sfuggita.

<<Bene. Io prenderò qualche appunto, intanto lei inizi a parlare liberamente. Inizi a presentarsi con nome, cognome e via discorrendo.>>

Con tono alto, assunto come a dare il via ad una corsa, incalzò <<Si presenti.>>

Il ragazzo ritirò le gambe, fece come ad alzarsi per andare via e rimase bloccato dallo sguardo deciso della donna. Come a ripensarci, iniziò a sistemarsi bene, rilassando la muscolatura.

Con flemma lenta e soporifera determinata dai tranquillanti assunti, tirò un sospiro carico di dolore.

<<Ma perché parla con me e perde tempo con me? Sono un assassino, il giudice lo sa, tutto il mondo lo sa. Cosa devo dire? Mi lasci in pace, se ne vada>> e gli occhi ricominciarono ad inumidirsi, brillando di verde.

Rimase impietrita e strinse forte la penna, fino a fare scattare la molla.

<<Desidera che il nostro colloquio si interrompa qui? Lei ora reagisce ed è in grado di parlare, vuole continuare?>> chiese, per significare di avere tempo e pazienza a sufficienza.

Marco Donadio prese a piangere. Le lacrime, scendendo mute, erano gocce d'acqua disperse in rigagnoli in mezzo a peli di barba incolta e impastata.

Sembrava non si lavasse, pettinasse e cambiasse d'abito dal giorno del delitto.

<<La donna è morta. Non si è salvata. A me non resta che la maledizione eterna, il rimorso di una colpa che mai potrà essere perdonata.>>

45

Il dolore si espresse in rantoli e singhiozzi secchi.

Marina Mattei provò a riprendere il dialogo, ma invano. Il ragazzo non rispose a nessuna altra domanda.

Provò a monitorare un tempo dilatato all'infinto e rotto solo dai singhiozzi.

<<Riferirò al dottore Pignatelli. Ci vediamo domani>> e stoppò il registratore.

Raccolse tutte le sue cose dentro la borsa da lavoro che mise a tracolla e andò via, con la guardia piantone dietro.

Sbirciò l'orologio e si disse che aveva tutto il tempo necessario per fare un salto in Procura.

Si ritrovò all'aria aperta, con il suo pass in tasca.

Attraversò la strada e si immise nella Via Crispi di fronte al porto.

Prese al volo un taxi. Pagò sette euro e si fece lasciare quasi sotto le scale del Tribunale.

Il dottore Pignatelli la ricevette subito, facendola accomodare.

***

L'avvocato Emma Sallustio, difensore nominato d'ufficio, ricevette l'avviso a cura della Procura che fissava l'interrogatorio di Marco Donadio.

L'orologio a quarzo, in cornice cesellata d'argento, segnava le ore dieci.

Seduta sulla comoda poltrona della scrivania, ammirò la sua immagine riflessa sui vetri della libreria a sei ante, posta di fronte.

Quel giorno era il suo compleanno. Era un giorno feriale e pieno di impegni e ci teneva ad essere particolarmente a posto.

Dopo il lavoro, avrebbe festeggiato con tutti i suoi cari, con una cena e la torta con tante candeline in fila, da spegnere soffiandoci sopra.

Dal parrucchiere si era fatta passare la piastra sui lunghi capelli, già lisci e lucidi, che ricadevano sulle spalle, adagiati sul classico tailleur blu scuro col pantalone aderente.

Per stare fuori tutta la giornata aveva indossato la scarpa comoda e alta. Riteneva il tacco essenziale, perché le allungava la coscia tornita sotto il sedere bombato come una anguria e la rendeva più affusolata, innalzandola al metro e settanta.

Il trucco era il solito. Appariva naturale, anche se c'era una buona dose di fondotinta sull'incarnato e una spolverata di cipria ambrata del colore della pelle carnosa e tendente al bruno.

Si piacque. Era a posto. Poteva anche nascondere il numero delle candeline, spegnendole con un soffio.

La soddisfazione si specchiò negli occhi color visone, allargati come mandola tornita dal bordo bianchissimo di frutto lattiginoso.

Prese in mano la cornetta e compose il numero di telefono di casa Donadio.

<<Pronto? Buongiorno, sono l'avvocato Emma Sallustio, difensore nominato d'ufficio per la difesa di Marco, posso parlare con un familiare di Marco Donadio? Lei è la moglie?>> chiese, col tono denso lasciatole dalle sigarette fumate prima che si decidesse a smettere sul serio.

Marcella subì un colpo al cuore e rispose d'impulso:<<Sono sua sorella Marcella. Marco abitava con me e con mio padre Giovanni. Le mie sorelle vivono fuori Palermo. Può parlare con mio padre, glielo passo>> e porse la cornetta al genitore.

Si accorse di tremare, agitata come una anguilla, con la coda di capelli bruni dondolante ad ogni suo fremito.

<<Pronto? Signor Donadio, sono l'avvocato Emma Sallustio. Ho ricevuto nomina d'ufficio per la difesa di suo figlio. Le spiego. La Procura, per questo venerdì ventinove, alle ore dieci, ha fissato l'interrogatorio di Marco e, se non intendete sostituirmi con un legale di fiducia, ho la necessità di incontrarla oggi stesso. Se è possibile per lei, vorrei incontrarla nel primo pomeriggio, alle quindici.>>

Rimase in attesa che l'uomo emettesse un fiato.

Giovanni Donadio ascoltò con attenzione le parole dell'avvocato tanto cortese. Tentò di camuffare un nodo che lo strozzava alla gola. I battiti del cuore andavano forti e senza controllo.

<<Mi faccia capire. Se è una difesa d'ufficio vuol dire che non si paga e, dato che non si paga, l'avvocato non si impegna?>>chiese con estrema semplicità.

Emma Sallustio sorrise.

<<Non è così, le faccio comprendere. Dato che la difesa deve essere garantita per ogni atto del processo, se la parte non nomina un suo legale di fiducia, la pubblica accusa, il pubblico ministero, d'ufficio, ne nomina uno a garanzia degli atti da espletare. È chiaro? Se Marco non provvede, ripeto, a nominarne uno di sua o di vostra fiducia, io sono nominata per la sua difesa.>>

<<Comprendo.>>

<<Un punto, però, deve essere chiaro, anche l'avvocato d'ufficio si paga, a meno che Marco non venga ammesso, per il reddito dichiarato, a gratuito patrocinio. In questo caso, e solo in questo caso, io come altri colleghi saremo pagati con spese a carico dello Stato. Porti i documenti

attestanti il reddito e verificheremo insieme se può essere ammesso a gratuito patrocinio. È chiaro?>> ed attese conferma o richiesta di ulteriori spiegazioni.

<<Ora ho capito>> rispose Giovanni Donadio.

<<Vorrei puntualizzare, però, che non sempre l'ammontare della parcella corrisponde alla qualità della difesa>> disse l'avvocato e si rimirò sui vetri della libreria, lisciando i capelli profumanti di shampoo. Il signor Donadio ammutolì. Pensò fossero giuste le parole pronunciate dall'avvocato. Si sentì rassicurato dal fatto che fosse donna e che dimostrasse di sapere il fatto suo.

Annuì, con un sospiro lento e liberatorio.

<<È stata chiara. Ho compreso. Mi ispira fiducia. Sono consapevole che Marco potrà contare su una buona difesa>> disse.

Si era rilassato ed il suo cuore aveva ripreso il ritmo consueto.

Appuntò con cura nome, cognome, indirizzo e numero di telefono, per l'appuntamento delle quindici.

Salutò l'avvocato con tono grato e riconoscente, ripetendo grazie.

Prima che il minestrone cuocesse sul fuoco, a fiamma alta, Marcella era pronta, con doccia fatta, capelli asciutti e l'accappatoio umidiccio di colore bianco addosso.

Faceva caldo.

Giovanni impiegò tempo per cercare e mettere in ordine i documenti di Marco sistemati in scatoloni impilati nell'armadio.

Con pazienza, inforcò gli occhiali a causa della presbiopia, e mise in ordine documento su documento.

Cercando fra le carte di Marco, trovò il "ricorso per separazione dei coniugi" che giorni prima che succedesse il fattaccio la moglie gli aveva fatto firmare senza dargli altro scampo, sconvolgendogli l'esistenza.

Cedette alla tentazione di leggerlo. Lo fece, superando lo scrupolo che voleva trattenerlo. In altre circostanze non si sarebbe permesso, per il rispetto dovuto alle cose di suo figlio. Lo scorse, rigo dopo rigo. Si sentì indignato, per l'ulteriore mortificazione inferta da quella donna che avrebbe tradito l'essenza intima di ogni uomo. Si sentì bruciare dentro lo scoramento che provò per suo figlio. Marco pagava un fio pesante, per avere conosciuto prima e sposato dopo Marianna Costanza.

Trovò una lettera di contestazione inviata da un cliente. Era una grossa ditta che revocava l'incarico di lavoro a Marco, a causa della sua manifesta inadempienza ai termini del contratto. "Ha ragione" pensò "Marco non aveva più la forza neppure di andare al suo amato lavoro."

Prese altre carte, pensando fossero importanti. Trovò un faldone, lo svuotò e infilò tutto dentro. Si sentì soddisfatto.

Uscirono da casa alle quattordici e quarantacinque.

Andarono col motorino scassato di Marcella che non fece storie per mettersi in moto e, quasi per miracolo, partì al primo colpo.

***

Marina Mattei riavvolse la cassetta e pigiò lo start per azionare la registrazione di Marco Donadio. Il dottore Pignatelli volle ascoltarla due volte. Lei girò e rigirò il nastro, per ripeterla.

<<Almeno ora reagisce, non ha più lo sguardo catatonico che aveva prima>> disse sollevata, <<nutrivo il timore che si chiudesse a riccio.>>

<<Mi dia un minuto di tempo, faccio subito, è urgente.>>

Il dottore Pignatelli si assentò per un quarto d'ora abbondante. Si scusò al suo rientro.

<<Tutto a posto>> disse, <<almeno la forma è rispettata.>>

<<Anche la forma può assumere la sua importanza>> rispose la dottoressa Mattei, <<se è posta come "sostanza", "ad substantiam". È una regola del nostro diritto.>>

Il dottore Pignatelli sorrise.

<<Vedo che è preparata>> disse.

La guardò con ammirazione. Marina Mattei indossava una giacca blu, nonostante facesse caldo e la massa di capelli dorati la coprisse ad avvolgerla nella sua già rovente bellezza.

<<Ho apprezzato, dalla registrazione, il rispetto che lei ha riservato alla tutela della difesa ed il suo scrupolo per la regola che, appunto, diventa sostanza, poiché la sua inosservanza viene sanzionata con l'invalidità degli atti compiuti>>disse con tono sofferente.

Quella mattina era bianco come la carta, pure alle nocche delle mani.

<<Se la regola è stata servita e rispettata, è la sostanza che ci difetta>> rispose Marina Mattei che, da quando aveva assunto il caso, vi si dedicava quasi esclusivamente, studiandolo fino a tarda notte.

<<Dottore Pignatelli, non so lei che idea si sia fatta. Io, più leggo e rileggo gli atti, più non capisco come Marco Donadio abbia potuto commettere un omicidio con tanta violenza>> disse ed accavallò le belle gambe tornite e snelle, per assumere contegno e per tentare di mettersi comoda.

<<Dottoressa Mattei, non riesco a farmi nessuna idea. Per mia regola professionale, ho imparato ad andare preparato ad ogni fase del processo, specie se in Corte di Assise e per un caso di omicidio. È il

49

delitto più devastante che possa esistere. Chi può giustificare un omicidio? È, tra i reati, uno dei più abietti, tanto quanto la pedofilia, se non peggio>> disse e sembrò confondersi con l'aria, emaciato e diafano.

<<Che intende dire?>> chiese Marina Mattei, spronando una risposta che potesse non lasciare dubbi nel distinguere un delitto abietto rispetto ad un altro altrettanto odioso.

<<Intendo dire che, anche nel reato di pedofilia che rende non vita il percorso di crescita di un bambino, c'è la possibilità di un recupero, come per tutti gli altri reati, anche i peggiori. La morte violenta, però, è morte, senza possibilità d'appello, senza possibilità di porre rimedio. La vita non ritorna alla vita per rinnovarsi, se è stroncata dalla morte.>>

Marina Mattei fece una pausa di riflessione. Scandì la voce, pesante come piombo.

<<Omicidio, pedofilia. Quale dei due reati è "più devastante"?>> e continuò<<Parlo delle conseguenze. Invece di tante regole di forma e di sostanza potremmo introdurne solo una valida per ogni presunto delinquente, ovvero punire il colpevole per le conseguenze ingiuste che ha determinato, in misura direttamente proporzionale alla sofferenza prodotta. È il criterio di pagare a peso le conseguenze ingiustamente cagionate. Un tot di male si ripaga con altrettanta espiazione di male. Tot con tot. Mi sembra possa essere una regola di tutta giustizia, non trova? Senza sconti e sofismi vari che accolgano eccezioni, escamotage e cavilli furbetti.>>

<<È un buon criterio>>, rispose sorridendo il dottore Pignatelli.

Il suo viso non acquistò colore, solo un poco di luce pallida.

Alzò il bavero della giacca e continuò a parlare, abbandonandosi allo sfogo.

<<Magari potesse servire, applicandolo nella pratica, a portare più giustizia nelle aule di un Tribunale. Il vero fatto è che troppe regole, tutte dettate a dare certezza, si disperdono nell'ambito di una tutela che troppo spesso punisce il debole e premia lo scaltro. Non sempre la legge determina giustizia. È il cavillo o l'eccezione che spesso sovverte la sorte di un processo, non la valenza dell'azione che ha distrutto un bene che spesso rimane tutelato solo nella carta>> disse e la sua voce si fece più cupa e sofferente.

Marina Mattei lo ascoltò, con la convinzione che avesse ragione tanto come uomo che come magistrato.

La giustizia umana non viaggiava parallela alla giustizia divina.

Pensò alla aberrante e biasimata legge del taglione e si chiese se fosse giusto o meno amputare la mano al ladro.

E se al pedofilo accertato come tale si comminasse la sanzione della castrazione? Almeno quella chimica? Una pillola e via, per tutti gli stupratori e i super "oloturia terrestri", autori di violenze sessuali. Una compressa piccolina, per non far scoppiare carceri immonde come gabbie per bestie. Senza sconto alcuno al processo e a tolleranza zero. Tolleranza zero. La legge del taglione che esegue giustizia.

Non per voler sminuire, ma dare il dovuto valore al rispetto di una legge uguale per tutti, scevra da ipocrisie.

Ricordò il caso, successo all'incirca due anni prima che il reato fosse derubricato e che lei si laureasse, di un povero padre di famiglia che si dovette fare sei mesi di duro carcere per guida senza patente, mentre invece un ragazzo patentato, figlio di papà, brillo al volante di una potente auto, rimase libero, pur avendo ucciso due pedoni inermi sulla strada.

Come era stato ripartito tra loro il peso della giustizia?

Un nodo di impotenza le strinse la gola.

Rimase zitta e tenne per sé le osservazioni sulla legge arcaica dell'occhio per occhio e del dente per dente.

Marina Mattei realizzò immediatamente il timore di trovarsi avanti a troppa gente con la mano amputata o magari entrambe, in mezzo a ciechi con lingue mozzate.

Immaginò una schiera di esseri con la scritta "ex pedofili" impressa in fronte che correva a rincorrere farfalle, tenendo tra le dita teneri mazzolini di viole.

Custodì quei pensieri per sé, difficili da sostenere, e rimase zitta, timorosa di non essere compresa.

<<Ora vado>> disse, <<Devo organizzarmi il lavoro, devo andare.>>

Strinse la mano al dottore con il desiderio di uscire al più presto all'aria aperta, per sbottonare la giacca e fare evaporare i fumi del cervello in moto. Ebbe la sensazione di sentire la mente ronzare come un motorino acceso, con il rischio di bruciare, nel tentativo di aspirare a vuoto.

Uscì fuori dal palazzo del Tribunale, confondendosi fra la gente in mezzo al traffico.

***

Marco chiuse gli occhi, come a volersi concentrare.

Congiunse le mani incorniciate fra le garze bianche sbavate di rosso

51

sanguinolento e acquoso di siero.

Iniziò a parlare.

La sua voce tremolava flaccida, artificiosa, imbottita di tranquillanti. Passava dal silenzio ai pianti disperati e alla stupida demenza da bullo svuotato.

La dottoressa Mattei cercò di comprendere. Quel ragazzo era sommerso dai moti interni della distruzione. Viveva tra le macerie lasciate da un crollo di morte, senza speranza alcuna di poter rimediare e ricostruire.

"Anche la scienza è impotente, se lascia il dolore dell'orrore senza medicina", pensò.

Sentiva l'animo del ragazzo subissato dalle eruzioni dei vulcani, scosso dai terremoti, risucchiato dagli uragani e inondato dalle tempeste.

Lo aveva lasciato annichilito e frignone e lo ritrovava con un cervello risucchiato alla ragione.

I conti non tornavano.

Aveva letto e aveva con sé, dentro la borsa, pagine di verbali di testimoni che rappresentavano Marco come un ragazzo equilibrato e normale.

Lo ascoltò, stupita che si decidesse a parlare.

<<Lo faccio solo perché non ho più nulla da perdere e per farle il favore di farsi un nome spendibile per avere spremuto la mente di un assassino. Mi dica, magari le piaccio e sono il suo tipo?>>

<<Spiritoso>>rispose lei <<ma il tempo passa in fretta e lei rimane fermo e bloccato>> disse, assumendo un atteggiamento d'indifferenza.

<<Se io non concludo niente, lei non conclude niente>> rispose sorridendo senza un suono, mostrando l'arcata dei denti.

<<La potrà consolare che in questo niente potrà passare una vita in galera, scherzando. Veda lei che risate>> disse e si alzò.

Ricompose le sue carte, preparandosi ad andare via.

"Aiutati che Dio ti aiuta", pensò, ricordando le parole del dottore Pignatelli.

Si soffermò a valutare la sorte segnata di chi non combatte, all'agonia di chi si arrende nella vita, alla rassegnazione fuori come dentro ad un carcere.

In fondo era la pura verità.

Chi si arrendeva era perduto. Arreso nella vita e nella reclusione; perfino nella morte, seppur attesa.

Provò più pena per quelli che non sapevano vivere, rispetto a coloro che non sapevano morire.

"Morire, seppur è difficile solo il pensare di essere morto, è un dolore possibile da sopportare se vissuto come uno stato di grazia che, senza soluzione di continuità, porta da una condizione ad un'altra di esistenza e consistenza", pensò.

La morte incute timore ai vivi impreparati ad affrontare l'evento quando se la trovano davanti e passivi tentano di fuggir via, consapevoli in quel preciso istante di scomparire per sempre, senza aver lasciato traccia di ricordo alcuno.

La vita è avventura. È il percorso ove necessita arrangiarsi, per salvarsi dal naufragio o dalla peste.

Soccombere alla vita diviene soccombere alla morte, con l'incertezza del limbo. È la condizione dell'ignavo che si conduce senza la speranza di un paradiso o il tormento di un inferno. È la resa incondizionata, senza un preventivo di spesa, inconsapevole delle meraviglie a scoprire. Una sorta di sconfitta, senza possibilità di speranza, senza la voglia di desiderare e senza entusiasmo.

Avrebbe meritato l'ergastolo Marco Donadio? Avrebbe pagato per le conseguenze dirette e indirette del suo operato? Avrebbe tentato di adoperarsi per un sorta di riscatto soggettivo? Era in grado di fare i conti con le regole di una società che vede sempre il più debole e il più delicato soccombere? Oppure era il mostro da rinchiudere a vita in gabbia?

Marina Mattei era in procinto di rimettere a posto le carte ed andare via, quando lui parlò.

<<Mi scusi> disse <<non vada via>> e si distese, attardandosi a trovare una posizione comoda.

Si adagiò ed iniziò a parlare, come a volere trovare una sorta di sollievo. Di certo, non cercava di trovare alleati per ristorarsi. Il suo inferno bruciante allontanava anche i diavoli come amici di conforto. Il suo intento era dare voce alla sofferenza.

<<Mi chiamo Marco Donadio. Ho ventisette anni e sono nato a Palermo. Mi ritenevo un ragazzo normale e, in poco tempo, mi sono ritrovato ad essere un fallito. Ho fallito nel lavoro, nella vita, nella famiglia. Soprattutto, ho fallito come padre.>>

Gli occhi di Marco brillarono delle sfumature del muschio bagnato dalla rugiada evaporata alla notte svanita.

Alzò la testa per dare uno sguardo alla donna.

La dottoressa Mattei prendeva appunti, nonostante il registratore fosse acceso, e lui continuò <<Non so lei, ma io credo nell'astrologia. Sono un ariete, ho l'ascendente in capricorno, una marea di pianeti in leone e due in gemelli. La luna è in cancro e il sole in scorpione. Ho una

miscela di pianeti mal mischiati e mal riposti, scombussolati fra loro, come pezzi di puzzle in caselle fuori posto. Il mio tema natale, che rappresenta la foto dei pianeti presenti al momento della mia nascita, è di sicuro un disastro. Ho fallito già al momento della mia venuta al mondo.>>

Un bagliore incupì di scuro i suoi occhi.

La dottoressa Mattei rimase in silenzio, lasciandolo dire senza interrompere, completamente ignara di problematiche astrologiche.

<<Mi ascolti, dottoressa, non perda tempo con me. Io non ho concluso niente di buono nella vita. Ho incominciato a fare. Ci ho creduto e mi sono fatto in quattro. Poi il buio totale. Ad un certo momento ho distrutto tutto. È stato più forte di me, non ho potuto farci nulla. È una maledizione? È una condanna già scritta?>>

Le lacrime ricominciarono a scendere, destando fastidio, fuori controllo.

Drizzò le gambe e si girò, tentando di mettersi a sedere sulla lettiga, strattonandosi.

Rimase in quella posizione scomoda.

Col tacco delle scarpe, dondolando, si mise a battere sul ferro pesante della struttura della branda, con ritmo stonato e rumoroso.

<<Lei>> e la indicò con gli indici delle due mani chiuse a preghiera, <<lei è qui perché mi vuole strizzare il cervello, vero?>> e incominciò a ridere forte, talmente forte che contrasse una fitta.

La dottoressa Mattei rimase ferma, impietrita dal non senso di quella risata piena di isteria.

La guardia si fece attenta e vigile e lei la tranquillizzò con un gesto sereno della mano.

Avvertì uno strano senso di nausea, attanagliata dall'odore di muffa che si abbarbicava alla gola seccata dall'arsura.

Muri intrisi come spugna germinavano organismi micro e invisibili attecchiti nell'umido.

Quando Marco Donadio decise di smettere di ridere e piagnucolare al contempo, disse <<Rido perché lei farà un sacco di lavoro che non varrà niente. Che bello, vero, essere fortunati come lei. Una strizza teste che entra in carcere, passando ore con uno squallido assassino, per fare un lavoro inutile. Se ne vada. Ora. È ancora in tempo.>>

Man mano che incalzava, gli occhi diventavano più grandi e più lucidi e le guance prendevano colore.

Marina Mattei rimase zitta, immobile, senza scomporsi di una piega.

Ritenne fosse arrivato giusto il momento di andare.

Mentre la guardia si avvicinava al ragazzo per portarlo via, cercò il suo sguardo e disse con voce ferma: <<Tornerò presto. Nel frattempo, lo strizzi da solo il suo cervello e si concentri a cercare dentro di sé l'episodio più bello della sua vita. Ne parleremo alla prossima seduta.>>

Cercò di modulare il tono della voce, trattenendo ogni emozione potesse trasparire fuori.

Ritornò a raccogliere le sue cose, allentò due bottoni della giacca scura abbottonata fino al collo e uscì all'aria aperta, oltre il grande portone.

Per allentare la tensione, respirò forte.

<<Un caso tipico di rabbia. Il ragazzo è un vero concentrato di rabbia repressa. Appena arrivò in studio, andrò a guardare la casistica dei delitti commessi in stato di rabbia>> disse, parlando a se stessa.

Allungò il passo e si diresse a piedi verso l'ufficio.

Camminò per la Via Crispi, guardando il porto e le navi alte quanto palazzine a sei piani. Prestò ascolto alla sirena roca di un'imbarcazione da crociera che annunciava la sfida di piacere con il mare.

Si fermò ad un bar pieno di marmi e luci. Ordinò un cornetto ed un latte macchiato.

Fu attratta dalla fragranza di burro fuso misto alla vaniglia. Si espandeva da una teglia di cornetti appena sfornati, portati al banco dal cameriere che li dispose alla vista dietro al vetro.

***

Il calendario segnava il letargo dell'estate. Dispettosa, Palermo assumeva i colori del rosso più acceso.

Il mare si manteneva piatto come una tavola e a mezzogiorno la temperatura arrivò a circa trenta gradi.

Marina Mattei si preparava ad uscire. Alzò il volume della televisione per ascoltare al telegiornale le notizie del giorno.

Sentì che parlavano del caso di "Marco Donadio, il ragazzo che aveva ucciso, accoltellandola al petto, la ragazza del Ghana chiamata Maria."

Si trattava del suo caso.

CT23, canale 99, trasmetteva il reportage del giornalista Tobia Caltastello che, sul fatto di cronaca, aveva ricostruito un intero servizio.

L'ascoltò trattenendo il fiato e lo giudicò ben fatto. Era denso di particolari stimolanti curiosità sulla vicenda.

In primo piano apparvero le foto di un ragazzone atletico e robusto con i capelli ondulati, folti, scuri, lucidi e grandi occhi di un verde intenso.

Il servizio così presentava il caso: "La Procura indaga sui rapporti che legavano la vittima all'omicida. I familiari di quello che viene definito uno spietato e sanguinario omicida, nonché gli amici, lo descrivono come un ragazzo educato, premuroso e gentile. Ancora oscuro è il movente. Marco Donadio, attualmente, è detenuto al carcere dell'Ucciardone. Il giudice per le indagini preliminari di Palermo, dottoressa Giovanna Salento, ha emesso ordinanza di custodia in carcere per Marco Donadio. Così ha motivato il provvedimento: "Un soggetto dalla personalità violenta, incapace di reprimere gli impulsi". All'omicida è contestata l'aggravante "per futili motivi". Le prove a suo carico sono schiaccianti. Le forze dell'ordine hanno arrestato il Donadio in flagranza di reato per avere ucciso, con sette colpi di coltello a lunga lama, una giovane donna africana proveniente dal Ghana che da anni lavorava a Palermo come badante".

Alla voce del cronista si sovrapponevano le immagini di Piazzale Ungheria, nel pieno centro storico di Palermo, umiliato e frustrato per essere stato teatro, suo malgrado, di dolore.

"È triste essere sempre al centro di fatti di sangue e ingiustizie", pensò.

Da troppo tempo ormai la sua terra era sfregiata dall'immagine data al mondo di isola mafiosa e violenta. Abusata come sempre, senza tenere conto del dolore subito e subendo perché sequestrata, stuprata, dilaniata e saccheggiata dai veri potenti che navigano, impuniti e prepotenti, a razziare il mondo. È il potere di chi angoscia i paesi ricchi, facendoli diventare poveri, per affamarli meglio. La stessa cosa succede in Africa che deve essere calmierata di miseria, per essere sfruttata nelle miniere che producono diamanti per pochi, ma non per tutti. Sono delinquenti chiamati potenti, perché non li tocca nessuno e razziano là dove possono, lasciando popoli a languire, per vivere di niente.

"A quanto pare, ci comprano con poco. Nell'inerzia, continuano a succhiare sangue, come zecche sul cane. Non può esserci altra spiegazione, se non quella che siamo svenduti al basso prezzo di chi ci governa. Sempre isolati, nonostante le spiagge più belle del mondo e i monumenti più ricchi della storia. Tutto questo con la scusa che siamo mafiosi", pensò e contorse le labbra appena lucidate di rosso.

Mise un punto ai suoi pensieri e si affrettò a sbrigarsi.

Doveva andare. Spense il televisore. Pettinò i capelli, cambiò le scarpe e chiuse la porta di casa con un doppio giro di chiave.

***

56

Marina Mattei guardò l'orologio e, dato che aveva tempo, accarezzò il pensiero di passare dalla caserma dei carabinieri. Considerato che non aveva un motivo concreto per presentarsi, per bussare e farsi ricevere dal tenente, pensò di trovare una scusa strada facendo.

Si trovò davanti il tenente Giuliani, appena si aprì il portone della caserma. Discuteva con il maresciallo Prestia avanti all'androne. Avvampò, con le gote più rosse di una irlandese con il gene ereditato dai vichinghi.

Lui non sembrò stupito, come se avesse annusato il suo odore ancora prima che si aprisse l'uscio, come se l'avesse invocata con la forza del pensiero e del desiderio. Tese la mano, per stringere la sua.

<<Si accomodi in camera mia, la raggiungo subito>> disse, rallegrato all'idea di trovarsi davanti una donna dalla mente intrigante e al contempo bellissima.

La dottoressa Mattei era avvolta dai colori del sole, con la coscia lunga e scattante da puledra di razza, come piaceva a lui.

La guardò con malizia, facendole volutamente notare di avere raccolto il suo modo di infiammarsi con il sangue alle gote.

Marina Mattei arrossì ancora di più.

"Ebbene, ora so che tu sai che mi piaci, e allora? Mica è scontato che ti faccia mio. Devo studiarti bene, vediamo se meriti di essere promosso" pensò, con la speranza che lui sapesse leggere il pensiero per regolarsi di conseguenza.

Entrò e si mise a sedere.

Gradì con molto compiacimento, seppur celato, l'interesse di lui che l'osservava felino. Ebbe la sensazione che scrutasse anche il più piccolo dei particolari, fino a raggiungere la biancheria intima, magari indovinandone il colore.

Si sentì in imbarazzo e si scusò con se stessa, tanto da giustificarsi pensando fosse solo logorata dalla noncuranza data agli ormoni messi a tacere da troppo tempo, per dare sfogo esclusivamente alla carriera.

Sedette muta e composta, con le gambe serrate e accavallate per evitare che il piacere si diffondesse in alchimia con i corpuscoli dell'aria.

Aspettò che il tenente ricevesse, una dietro l'altra, un paio di telefonate al cellulare e che finisse di parlare.

Lei, di tanto in tanto, alzava lo sguardo a sbirciare, compiacendosi del fatto che continuasse a scrutarla, mentre si muoveva attorno alla scrivania ingombra.

Pazientò per circa una decina di interruzioni da parte degli agenti che andavano a chiedere permessi e istruzioni.

Provò piacere al fatto che circolassero tante occhiatine ammiccanti e che lui dovesse imporsi, ruggendo con gli occhi, per evitare che i suoi uomini continuassero a scrutarle le gambe.

Ammirò il suo portamento che si esaltava nel condividersi fra telefono, ordini da impartire ed occhiate maschie da animale raro.

Non portava la divisa, era in borghese e vestito tutto di nero.

Lui sapeva di essere osservato, fiero animale di una specie in selezione.

Quando, finalmente, spense il cellulare, chiuse la porta e congedò i suoi uomini chiedendo di non essere disturbato, riempì la stanza della sua presenza.

Marina Mattei provò piacere al pensiero di essere rimasti soli.

Un brivido sottile e caldo si espandeva dal coccige adagiato alla sedia e saliva fino alla nuca, attraversando ogni punto di percezione.

Pensò fosse colpa di quell'uomo che le provocava un impatto di selvaggia attrazione.

Scavallò le gambe e cambiò posizione, per distendersi e pensare di sgranchirsi da un torpore di umido calore che la faceva sentire a disagio.

Vietò a se stessa di arrossire e di non avvampare al turbamento di un pensiero stupendo che derubricò a non degno.

Per non sentirsi sovrastata dalla sua persona, si erse in piedi e prese la parola.

<<Signor comandante, aveva ragione lei, entrare in un carcere Ucciardone non è stata impresa facile. Grazie alla disponibilità del dottore Di Girolamo, che ha compreso la delicatezza del compito assegnatomi dalla Procura, dispongo di un pass speciale a tempo determinato. In tali condizioni spero di potere svolgere meglio il lavoro affidatomi, al fine di esplorare i meandri della mente dell'assassino>> disse in un solo fiato, colmando il disagio generato dal languore.

Il tenente Giuliani, che l'ascoltava divertito, iniziò a ridere di vero cuore.

<<Certo, come Hannibal nel silenzio degli innocenti. Lei si sente Jodie Foster?>>

Anche a lei venne da ridere. Che gran figlio di! Si trattenne, si era pompata troppo, se l'era tirata.

Gli si parò davanti, ponendosi sulle punte dei piedi.

<<Rida pure. Perché no? In fondo, anche nel silenzio degli innocenti, è il bene che vince sul male.>>

Lo disse con fare compunto da scolara attenta, conscia che le guance avrebbero tradito il falso distacco.

<<Le faccio i miei migliori complimenti e recepisco il suo messaggio, dottoressa. È chiaro: "Io non ho bisogno di nessuno, sono bravissima da me".>>

<<Lei è presuntuoso e si sbaglia. Ho bisogno del suo aiuto e sono qui per questo motivo. Le lancio una sfida. Dopo tanta espressione di potenza, non può trovare scuse per non aiutarmi>> disse, con la mano sinistra adagiata al fianco sinistro e l'indice della destra levato in aria.

<<È vero. Sono così potente che la costringerò a venire a cena con me e lei non potrà darmi rifiuto>> disse interessato, con i denti aguzzi da maschio predatore che brillavano.

<<Lei continua ad avere voglia di scherzare. Son qui per lavoro e non per rimpinzarmi di patatine e hamburger a cena con un estraneo>> esclamò e, non avendo altra sferzata pronta ad inchiodarlo, rimase zitta.

<<Mi perdoni, dottoressa, se non le ho mostrato la carta di identità. Sarò serio. Mi dica. Ai suoi ordini. Di cosa ha bisogno?>> e fece per mettersi sull'attenti.

<<È semplice, lei ha curato il caso di "Carla Pandolfini", la ragazza uccisa dal fidanzato della sorella sotto il portone di casa. Ricorda? L'altra sorella, che era la sua fidanzata, è rimasta gravemente ferita e lui ha confessato. Anche in questo caso, un giovane apparentemente normale esce da casa armato di coltello per uccidere una donna. Vengo al punto, ho bisogno di conoscere i dati raccolti dalla scientifica, con una certa urgenza. Per necessità di studio, ho esigenza di mettere a confronto più casi analoghi.>>

Si compiacque con se stessa, avendo trovato una scusa buona e soprattutto utile.

Prese a tirarsi aria addosso, sventolandosi con la mano destra.

Faceva un gran caldo addosso a lei.

<<Perché- mi faccia capire- la moderna criminologa, dall'alto della sua competenza, non ha fatto richiesta di tali dati al pubblico ministero incaricato, evitando di esporsi al compromesso con la mia persona?>> chiese con grazia ostentata.

<<Il motivo è semplice>> disse e sorrise <<ho necessità di approfondire pure il caso di Nicoletta Romano uccisa dieci mesi fa dal marito geloso che andò a sgozzarla armato di coltello sul posto di lavoro, in un bar di Via Roma, ove lavorava da cameriera. Anche in questo caso la vittima è una giovane donna e l'assassino un giovane uomo che scatena una violenza feroce "per futili motivi">> disse, provocandolo con lo sguardo.

<<Scusi se la interrompo, sta studiando forse una forma di

epidemia?>> e il tono mostrava evidente l'interesse a pungolarla.

<<Lei sta scherzando su quello che è il cosiddetto fenomeno di "femminicidio"? Oppure non conosce il termine perché è di nuovo conio?>> chiese con aria di sfida.

L'atteggiamento beffardo del tenente aveva la bontà di farla sentire sopra un petardo acceso. Continuò.

<<In ogni caso, mi rivolgo a lei cui rimango obbligata, per esigenze di tempo. Troppo dispendioso fare istanze, richieste, copie, permessi, eccetera. Mi ci vorrebbero secoli e fra meno di un mese il mio pass scade. Mi comprenda, non vorrei abusare della cortesia del dottore Di Girolamo. È questo che vuole? Perché io preferirei raggruppare i miei debiti ed avere lei, tenente, come creditore esclusivo.>>

Parlò con armonia, in perfetta sincronia con le pulsioni dell'istinto, con il tono della voce denso di vibrazioni.

<<No, dottoressa, io desidero che lei abusi di me. Faccia pure! Come posso negarle tanta convenienza?>> disse felino, con pulsione innata al piacere della caccia.

Andò a sedere dietro la scrivania, occupandola massicciamente.

Prese il telefono, pigiò un paio di pulsanti ed entrò il maresciallo Antonio Prestia che, per evitare di incorrere in una situazione di imbarazzo con il comandante, dovette imporsi di tenere lo sguardo basso.

Quella femmina era bella, tanto da far tremare un'intera caserma.

Il tenente apprezzò il gesto. Tenendo vigile lo sguardo, con la grande mano dalle dita lunghissime, estrasse dal cassetto un foglio e una penna.

Dopo avere consultato una rubrica, scrisse qualcosa e consegnò il foglio al maresciallo.

<<Ho segnato tutti i riferimenti di ciò che mi occorre. Sono due casi recenti di donne assassinate a Palermo. È urgente, faccia tutte le copie e le consegni alla dottoressa. Vada!>>

Balzò su dalla poltrona, con lo scatto di una molla d'acciaio in tensione.

Il maresciallo uscì con l'elenco in mano, chiudendo la porta.

Marina Mattei continuava a mantenere lo sguardo basso, per celare il suo compiacimento e perché le veniva da ridere.

Il dottore Giuliani prese la cornetta del telefono e compose un numero.

Marina Mattei notò la massiccia mano e pensò a Polifemo, alla sua forza e ad uno schiaffo dato da lui. Si augurò che il tenente non fosse violento, bensì forte e tenero al tempo stesso.

<<Pronto. Dottore carissimo, sono mesi che non ci vediamo, tutto a posto?>>

La dottoressa Mattei lo scrutava, con tutti i sensi attenti, e si chiese a chi stesse telefonando.

Il tenente portò il dito indice della mano destra alla punta del naso- che si eclissò- per darle ordine di stare zitta, come se non ci fosse.

Marina Mattei annuì, avendo intuito di non dover fare capire che era presente.

Lo ascoltò, osservandolo attentamente, come fosse un raro esemplare in esposizione.

Andrea Giuliani parlò di barche e macchine, scherzando e ridendo.

<<Senti, Davide, devo chiederti una cortesia speciale. Ti spiego>>disse, entrando nel merito della telefonata all'amico.

<<Il dottore Massimo Pignatelli della Procura di Palermo ha nominato come consulente per il caso Donadio una psicologa. Sì, una donna. Una donna pedante. Molto in gamba e fattiva. Si chiama Mattei. Sì, Mattei Marina. Ma che dici. Che pensi. No. Per essere bella è bella, anzi molto bella. No, non si può dire che sia insulsa, è che non tira per niente. È blindatissima. Si è impegnata, non è disponibile. No. In compenso, però, logora i nervi. Mi assilla e non vedo l'ora di liberarmi di lei e del suo caso>> disse e scoccò medio con pollice.

Alzò lo sguardo ed incrociò quello di Marina Mattei. Era sconvolta, senza parole, dato che non poteva contraddirlo e parlare perché era come se non ci fosse.

Inghiottì un fiotto di saliva, misto ad uno strano succo che affiorava acido alla gola.

Deglutì per gettare tutto dentro e non dare soddisfazione, per farlo corrodere tanto quanto stava corrodendosi lei, con l'intento di colpirlo con una sorta di mascherata indifferenza.

Si sentì a disagio. La sua parte di gioco era senza attrattiva. Si sentì una vittima che recitava il ruolo di indifferente, per non dare al carnefice la soddisfazione di cedergli lo scettro della vittoria.

Inghiottì ancora.

Fu abile, tanto che Andrea Giuliani fece uno sforzo per smorzare i toni. Il fatto che non reagisse lo portò a non infierire più di tanto per affondare. Lei lo aveva percepito e, come un cucciolo apparentemente indifeso, aveva alzato la zampa per coprirsi il muso.

Marina Mattei teneva il capo in basso e privo di resistenza. Il collo illanguidiva sopra la mano, reggendolo dal mento.

Si ammorbidì. Quella donna riusciva ad alimentare in lui il fascino dell'attrazione. Percepiva che si adoperava per comprimere il desiderio, serrandosi entro ad una cintura di ferreo distacco.

Pensò fosse in gamba, anche se posta alle corde e battuta ai punti. Lui la marcava stretta, fiaccandola ai fianchi.

Ci aveva provato gusto a sentirla infuocata senza neppure averla toccata.

La sentì come un animale sente la natura, nutrendosi d'istinto.

<<Davide, ascolta, mi servono tutti i rilievi tecnici dei due casi di "femminicidio" a Palermo negli ultimi dodici mesi. Mi fai questo favore?>> chiese e rimase ad ascoltare il collega della scientifica.

<<No. Non lo dire neanche per scherzo>> continuò a dire <<la cosa è seria. Per riconoscenza, la dottoressa Mattei si è impegnata ad approfondire le ricerche e a stilare un lavoro confezionato apposta per te dal titolo: "L'importanza della scientifica nel reato di omicidio di donne". Io sono il relatore. Lei lo sottoporrà al mio vaglio e io, dopo averlo attentamente esaminato, lo consegnerò infiocchettato nelle tue mani.>>

Le rivolse lo sguardo, per osservare come e se avesse reagito a quella ulteriore provocazione.

Marina Mattei inghiottì saliva in un bolo di amaro.

Toccata ed affondata. Che figlio di! Scavallò e accavallò le gambe, cambiando posizione e introitando ventate di fresca aria.

Si compose e si mise immobile, per coerenza alla tattica dell'indifferente che non dà soddisfazione.

Il tenente Giuliani, divertito in un ghigno celato tra i denti bianchi e mordaci, continuò<<Il suo è un lavoro extra. Lo vuole dedicare al tuo impegno, per ricompensare questo favore. È un modo di mettersi in mostra e fare carriera. Certo. Sicuramente ne farà e tanta. Tu lo sai quanto è bravo ma pignolo il dottore Pignatelli. È garantito. Volendo fare un ottimo lavoro per la Procura, depositata la consulenza, si dedicherà al tuo lavoro e mi farà avere la tua relazione.>>

Attese che l'amico parlasse e che esponesse un paio di perplessità.

<<Me ne ha parlato in maniera approfondita e mi sembra che verrà fuori un eccellente servizio. Già il titolo dell'opera è imponente, ascolta come suona bene: "L'importanza della scientifica nel reato di omicidio di donne". Ci verrà fuori una pubblicazione di prestigio. Saranno invitate le autorità. È prevista anche la consegna di premi. Questi sono particolari secondari. Organizza tutto lei, con gli inviti, la sala, i microfoni. La relazione verrà stampata in mille copie. Tutti noi, pro quota, copriremo le spese, si intende, con un minimo di compenso per il suo impagabile lavoro. Tengo io tutto sotto controllo, mi impegno di

persona.>>

Rimase ad ascoltare l'amico all'altro capo della cornetta.

Beffardo, poi continuò, approfittando del suo immobilismo da animale braccato avanti alla tagliola<<La dottoressa si impegna per puro spirito di ricerca. Tranquillo. Certo, al momento opportuno te la presenterò e comprenderai il motivo del mio interesse. Si è dimostrata disponibilissima e avrà a cuore di farti fare bella figura. Ti assicuro che ne vale la pena, fidati. No, non la posso rintracciare. Non saprei come fare. Si farà presto viva lei, figurati, è una tosta che non molla. Fammi avere il tutto in una busta intestata a me. Ora. È urgente. No, non mi devi ringraziare. Lo sai che per gli amici mi faccio in quattro, quando posso>> e mise giù la cornetta, salutando con la cordialità dell'amico di camerata, dopo un gavettone denso di goliardia.

Marina Mattei si ritrovò con la bocca arsa e le mani bagnate di sudore.

Gli lanciò un'occhiata, come a volerlo fulminare.

<<Mi complimento con la sua arte diabolica. Bravo. È riuscito ad avere quello che volevo. Bene. La ringrazio per lo stimolo che mi ha creato. Sapevo di potere contare su di lei. Veda di impegnarsi seriamente, per i fondi. Anzi, inizi subito. Domani vengo a ritirare il materiale e a richiederle un congruo anticipo, dato che ho interesse ad iniziare subito il lavoro. La ringrazio di vero cuore e la saluto.>>

Si erse dall'intreccio delle sue lunghe gambe, come una gazzella che si tende in alto oltre le fronde.

Fece scivolare la mano destra sulla giacca, per strofinarci sopra il sudore. La porse al comandante e se la fece stringere forte, sperando fosse asciutta.

<<A domani>> fu l'unica parola del tenente Andrea Giuliani che tratteneva la sua mano, stringendola per non farla staccare dalla sua.

Marina Mattei indugiò, con lo sguardo vago, evitando di posarlo su di lui.

Quando Andrea Giuliani mollò la presa, la sua mano ridivenne bagnata del sudore che la tradiva. Andò via. Non volle cedere al desiderio di girarsi a guardare oltre la scena appena svuotata.

Si ritrovò per strada a camminare con passo spedito. Volentieri sarebbe ritornata indietro a dargli un pugno sul grugno. Ripensò alla scena e a come era stata brava ad incassare senza dargli soddisfazione. Aveva un lavoraccio da fare ed era il caso di iniziare a pensare a come darci sotto.

Domani lo avrebbe rivisto.

Per punirlo, avrebbe organizzato un lavoro magistrale. Una mega conferenza su "casi di donne assassinate dal coltello".

Decise di far di necessità virtù e di perdonare.

"Non posso negare che mi stuzzica. Sa di essere forte, per questo mi attrae. Non devo raccogliere. Lo voglio dalla mia parte. Meglio averlo come amico. Sono appena arrivata e ho troppo da imparare. Farò la modesta, imparando a seminare bene. La presunzione non premia. In fondo ha ragione lui, mi servirà per la mia carriera. Lo stupirò con la mia bravura."

Si fermò. Da circa venti minuti camminava senza una meta.

Senza neppure accorgersene, era arrivata a piazza Massimo, davanti al Teatro.

Prese fiato e lo guardò, come a scoprire solo ora quanto fosse imponente, con la scala e le colonne possenti.

Per l'ennesima volta lesse la scritta. La prima parte era più semplice: "L'arte rinnova i popoli e ne rivela la vita". Un concetto semplice e al contempo profondo. L'arte è la fantasia che si esprime al momento ma che racchiude il passato, facendo da tramite al futuro.

Era la seconda parte che la faceva riflettere più a lungo. Tradurre ed assimilare quell'inciso le comportava maggior impegno. La stessa cosa le accadeva da piccola, quando suo nonno la interrogava dopo averle fatto leggere e ripetere la frase per intero.

Alla sua mente affiorò nitido un ricordo di tantissimi anni addietro, quando andava ancora alle elementari.

Si trovava in cima alle scale dell'imponente Teatro Massimo e teneva tra le dita un palloncino gonfiato ad elio. Stringeva la cordicella, per non lasciarlo andare libero di innalzarsi.

Incitata dal nonno, leggeva e rileggeva la frase scolpita sul frontone del teatro. Quei concetti la confusero. Impasticciò le parole, si distrasse e, per un attimo, allentò la presa al compagno di giochi leggero di aria sospesa.

Il palloncino, denso di elio, volò via. Non riuscì a riprenderlo. Il filo aveva solcato l'incavo del dito indice della manina.

Aveva provato dolore per la ferita e la perdita, ma non pianse.

Suo nonno insistette per farle leggere e ripetere la seconda frase scolpita sul cornicione.

Era difficile, già solo a pronunciarla: "Vano delle scene il diletto, ove non miri a preparar l'avvenire".

Impegnativo il valore intrinseco che l'arte ha in sé. Un valore pesante nella già delicata e sconvolgente intimità. Arte è aria da respirare ritmicamente, necessaria ai polmoni e ossigeno per la mente.

L'arte sublimata in una frase avente valenza universale.

Sulla tela non si rappresenta l'immagine riflessa fine a se stessa, bensì l'essenza della vita stimolante la crescita nel presente e per l'avvenire.

Suo nonno Riccardo, che dipingeva acquarelli su tela, diceva: <<L'arte è il monumento più solido che rappresenta il divenire e l'avvenire della nostra isola. Solo l'arte ci farà da ponte per congiungerci degnamente alla penisola. È l'arte l'unico ed esclusivo patrimonio che ci appartiene. L'arte non è la risata che si dissolve. L'arte è ciò che resta come solida base per le generazioni future.>>

Marina Mattei lesse la scritta posta fra le sei colonne e la cupola per ben tre volte, per cesellarla nella memoria.

Abbandonò i ricordi dell'infanzia alimentati dall'affetto di nonno Riccardo. Le mancava e ne soffriva. Riprese coscienza e si ricompose. Si era fatto tardi. Doveva passare da casa, fare una doccia e ritornare agli impegni.

***

Arrivò davanti al grande portone del carcere. Erano le undici circa e la mattina brillava di luce.

Aprì una guardia. Marina Mattei consegnò il tesserino custodito nella tasca della giacca.

Ricordò la prima volta che aveva messo piede dentro a quel girone dantesco e aveva aspettato ore intere prima che qualcuno le dicesse cosa fare.

Oggi, invece, la guardia, preso il suo pass e letto il nome, la invitò ad accomodarsi saltando tutte le formalità, dopo la perquisizione al metal detector.

<<Venga con me, dottoressa Mattei>> disse e mandò a chiamare il collega.

Le andò incontro una guardia graduata, forse un ufficiale, che l'accolse. Per lei non faceva differenza, dato che non sapeva distinguere un grado di appuntato da uno di sergente maggiore su una divisa.

L'unico ufficiale che avesse mai conosciuto era il tenente Andrea Giuliani, gran figlio di una Dea ormai estinta.

Il graduato la invitò ad accomodarsi avanti ad una scrivania color grigio smunto, piena di carte e carpette.

<<Per eseguire gli ordini, devo redigere il programma delle sue visite con il detenuto, calendarizzandole>> disse con tono ossequioso ed impettito generato dal grado distinto come l'aspetto della sua persona.

Marina Mattei non disse una parola e rimase a guardarlo.

65

<<Dottoressa, le scrivo il mio nome con il numero di telefono dell'interno ed il numero del mio cellulare. Nel caso ci fossero cambiamenti, mi avvisi un giorno prima.>>

Lo disse come a scusarsi, dovendo espletare un compito che gli imponeva il rispetto della forma.

<<Comprendo>> disse la dottoressa Mattei.

<<Il calendario è una formalità. Lei può variarlo, compatibilmente ai suoi impegni.>> disse e le porse una penna e un foglio di carta bianca.

<<È corretto. Mi adeguerò senz'altro. Grazie>>e raccolse penna e foglio.

<<Mi dia solo un minuto per consultare l'agenda e le date già impegnate.>>

Osservò, con un'occhiata furtiva, la figura dell'uomo con le mostreggiature sulla giacca. "Che grado porta?" si chiese. Non ebbe il coraggio di domandare. Era gentile, alto ed imponente e per lei poteva pure essere un generale.

Scrisse le date selezionate sul foglio bianco. Escluse le domeniche, due festivi segnati in rosso e un ponte dal giovedì al lunedì.

Lo consegnò all'ufficiale e questi lo adagiò sulla scrivania da cui prese un mazzo di carpette.

<<Li ho preparati per lei, dottoressa.>>

<<Per me?>> chiese sorpresa.

<<Questo è il caso Marco Donadio. È la copia del fascicolo degli atti del direttore. Ci sono documenti che non si trovano in procura. Ho avuto ordine di consegnarli a lei>> disse, ostentando fierezza.

Marina Mattei osservò con cura documento su documento.

<<Questi, invece, sono casi di detenuti rabbiosi, ospitati da tempo in questo carcere. Sono casi datati.>>

L'agente porse le carpette, pensando che la donna rabbrividisse solo a guardare le foto a colori con squarci di sangue in primo piano.

<<Sono tre fascicoli. Sono casi passati in giudicato di gente che deve scontare una condanna, si spera, a vita. Sono casi che hanno in comune una ferocia impressionante su donne. Dalle foto allegate avrà chiaro un quadro di violenza inedita, raccapricciante, da togliere il sonno.>>

Sfogliò uno dei fascicoli che fece vibrare in aria con la maestria di un professionista di poker, carta dopo carta.

Marina Mattei osservò le foto, in raccapricciante sequela di squarci su un corpo di donna bianca senza nome e forse senza peccato.

Fotocopie a colori di un corpo sfigurato, percorso da lividi, senza alito di vita.

Un freddo di morte si innalzò a raggelare le mura appassite e penetrate dall'umido.

<<Sono casi di uomini che squarciano donne. Tutti e tre gli assassini erano armati di coltello. Sono esseri semplici e fragili che devastano corpi di esseri ancora più deboli.

Le vittime sono donne; spesso madri ignare e inconsapevoli che in nome dell'amore si possa essere squartate come quarti di bue al macello.>>

La dottoressa Mattei ascoltò il graduato intento a pronunciare parole dense di pietà.

Compattò con le mani la pila di pratiche. Le percepì ghiacciate da un'essenza di morte cupa.

Pensò di donarle al fuoco del rogo per trasformare in polvere la materia.

Avrebbe voluto possedere il potere di ridurre il dolore in cenere da offrire all'alito immenso di madre Terra, vanificando ogni peccato, purificando con semine di perdono.

Tre casi di sangue.

Delitti di donne vittime di carnefici malati di amore incancrenito.

Passione malata impregnata della loro essenza di uomini vigliacchi, privi di valore.

Storie di sangue e di miseria di vita che la morte castigava lasciando in eredità solo dolore.

Il carnefice forte che, con violenza, si innalza alla sublimazione di onnipotenza, sgozzando l'agnello destinato al sacrificio. Il sacrificio altrui per propiziar se stesso. Un prezzo troppo alto, per uno scambio abnorme. L'immolazione offerta col gesto vigliacco di chi niente ha da dare e coltivare.

Il carnefice si spaccia da padrone.

Gli omicidi si erano verificati a Palermo che, per fortuna, non deteneva lo scettro del primato in casi di povere madri uccise da uomini aguzzini. Episodi di violenza su donne di tutte le razze si registravano in ogni parte d'Italia.

Apparentemente innocue, senza macchia e senza peccato, le carpette gonfie di foto e fogli giacevano impilate una sopra l'altra.

La dottoressa Mattei le pesò con gli occhi, pensando alla forza da impiegare per portarle via prima e per analizzarle dopo.

Era suo compito esaminare la crudeltà di esseri che non avevano nulla da perdere prima o che avevano perso tutto dopo, in nome di una passione cieca e accecante.

<<Me li faccia preparare, li ritiro all'uscita. Grazie>> disse e si affrettò ad uscire fuori dalle grazie di quell'uomo.

Lo sguardo della guardia si era fatto audace, sotto il peso di una

67

divisa che non riusciva ad identificare.

Si sentì osservata e ammirata, come qualsivoglia femmina avanti ad un animale dagli ormoni forti e con i feromoni che si sprigionavano alle narici.

Lo trattò con il fare scostante di chi non raccoglie.

Si sentì a disagio e pronta a mostrarsi un blocco di ghiaccio.

Conosceva bene i percorsi dell'accoppiamento ed era consapevole del fatto che, in natura, il maschio si adegua ai segnali di richiamo della femmina.

Pensò al tenente Andrea Giuliani e cacciò l'inopportuno fremito.

Anche questa storia dei fascicoli era merito del tenente Giuliani? Quel gran figlio di una Dea prolifera di sicuro aveva architettato un'altra trappola.

Avrebbe voluto picchiarlo, mettergli le mani addosso, fargliela pagare.

Cacciò via dalla mente l'immagine del tenente. Strattonò la giacca abbottonata e fece appello al suo selfcontrol, per non pronunciare una parola fuori luogo avanti alla guardia che, suo malgrado, per lavoro, eseguiva ordini e lo faceva bene.

Salutò la guardia graduata con un cenno del capo.

Prese il fascicolo di Marco Donadio e si preparò ad incontrarlo.

Entrò nella stanza e sistemò, sulla scrivania di plastica verde, una gran quantità di fogli con gli appunti che aveva preso.

Marco Donadio entrò.

La dottoressa Mattei, attenta ad esaminare pagine piene di appunti, avvertì la sua presenza.

Alzò lo sguardo e vide Marco che si trascinava con gli occhi a terra e passo claudicante.

Si indignò. <<Perché? Ha subito violenza? Si è fatto male?>> chiese alla guardia.

<<Non sembra grave, è stato in infermeria e si parla di una semplice contusione. Per precauzione, dato che si prevedono diversi colloqui con lei e abbiamo la responsabilità della sua incolumità fisica, ha l'ordine di non avvicinarsi al detenuto. Buon lavoro, dottoressa>> disse.

Accostò la porta e vi si piantonò al lato.

Marco Donadio, indolenzito, fece fatica a sistemarsi sopra la lettiga. Quando trovò la posizione giusta, iniziò a parlare, spontaneamente.

<<Se lei è ancora qua, vuol dire che non ha niente di meglio da fare. Come vede, ho ragione io quando dico che lei è una femmina malefica che porta solo danni, come tutte le donne.>>

<<Non prenda scuse e si assuma le sue responsabilità, se ne ha il

68

coraggio. Lo sa benissimo che è colpa sua se si trova in questa condizione. Ora si concentri ed iniziamo a lavorare seriamente.>>

Fece una pausa e diede spazio all'eloquenza del silenzio.

Marco Donadio deglutì manciate di dolore.

La dottoressa incalzò <<Lei doveva lavorare. Ricorda, le avevo lasciato il compito di raccontare una storia felice della sua vita. Vuole collaborare o si tira indietro?>>

Marco Donadio si decise a parlare. Non aveva niente da perdere. In fondo, quella donna aveva ragione a spronarlo. Forse era suo compito indurlo a ricercare il punto di inizio utile a scardinare la consapevolezza che aveva sotterrato.

Chiuse gli occhi e trasse un respiro profondo.

<<Anche se sono un balordo e non me lo merito, sono padre di un figlio bellissimo. Si chiama Giovanni come mio padre e deve fare un anno giorno ventinove del mese prossimo.>>

I suoi occhi ebbero un lampo, un luccichio che la Mattei raccolse nella sua profondità di amore paterno.

<<Il giorno più bello della mia vita è stato il giorno che è nato lui. Me lo sono trovato in braccio che strillava come una sirena e mi sono sentito forte ed importante sul serio, per la prima volta nella mia vita. Era mio figlio e io ero suo padre. Mi sentii felice, realizzato, un vero uomo. Pensare di avere cura di lui dava un motivo alla mia vita. Lavoravo, anzi mi ammazzavo di lavoro, per fargli avere il meglio. Quando mi ritiravo a casa, facevo una doccia e rimanevo con lui in braccio per tutta la sera. Anche la notte mi svegliavo per accudirlo. Lo cambiavo, gli davo la poppata di latte che intervallavo, se piangeva, con acqua e alloro che scaldavo. Lei, però, mia moglie, acida e scorbutica, non era mai contenta. Si lamentava pure la notte ed era sempre nervosa ed insoddisfatta. Mi ritiravo a casa verso le sei del pomeriggio, contento di stare con mio figlio, ma appena aprivo la porta lei iniziava a gridare. Ho cercato di avere pazienza, convinto che fosse una questione legata al parto, forse uno scompenso ormonale, ma lei non si quietava mai. Era sempre più nervosa e io non riuscivo a capire per quale motivo. Un pomeriggio, era sabato, smisi di lavorare presto, avendo deciso di dedicarmi a lei. Comprai salmone, caviale, salse speciali da spalmare su pane integrale, burro salato e una bottiglia di spumante pregiato. Bussai alla porta di casa, stracolmo di doni per lei. Il profumo, una borsa, praline assortite e un fascio di rose rosse. Lei scartò tutto, rompendo carta e nastri. Prese le praline, la borsa, il profumo che si spruzzò addosso e mi lanciò le rose in faccia. <<Portale a tua sorella>> disse<<a me fanno schifo>>. Andò a chiudersi in bagno, lasciandomi

conficcati sul viso i segni delle spine delle rose. Alla festa di compleanno di mio padre fece andare la tavola all'aria. Davanti a tutti, mentre mia sorella Marcella faceva le porzioni e distribuiva le lasagne al forno, incominciò ad insultarmi senza un motivo. Allargò la camicia e mi versò dentro la pasta calda, con la besciamella che arrivò a colarmi fino a sotto la cinta dei pantaloni. Dovettero bloccarle mani e piedi, per farla calmare. Solo la lingua non poterono cucirle. Continuava a gridare: "Bastardo, cosa inutile, mi hai sposato per rovinarmi la vita. Passo le mie giornate a casa sola con mio figlio e lui se ne frega, anzi ci gode. Ho sposato una cosa inutile. È finita. Ti lascio. Mi tengo il bambino e tu hai l'obbligo di mantenerci. Devo rifarmi una vita. Non ne posso più". Rimasi fermo, immobile come un cretino, senza dire una parola e con il petto ustionato. Mio padre e mia sorella mi guardarono, provando pena nei miei confronti. Io mi sentii mortificato e indegno.>>

Trasse un lungo sospiro.

<<L'accompagnò a casa mio padre. L'aiutò con il cesto del bambino e tutta una serie di borse colme di roba che aveva l'abitudine di portarsi sempre dietro, anche se usciva solo per comprare il pane. Non mi volle a casa, come fossi punito. Rimasi a dormire in camera di mia sorella. Marcella si trasferì con le sue cose nella sua vecchia stanza, per lasciarmi quella più spaziosa. Passai tutta la notte in bianco. Era la prima volta che la rabbia mi soffocava. Pensavo e ripensavo e mi tormentavo l'anima. Non era giusto. L'amavo con tutto il cuore e desideravo renderla felice. Mai una volta le avevo detto no. Mai un torto, un tradimento, una mancanza di rispetto. Non capivo. Più mi ponevo domande, più non trovavo risposte e il cervello mi si sbriciolava. La mattina dopo la chiamai al cellulare, ma lei non volle sentire ragioni e continuò a sbraitarmi addosso. Mi odiava a morte. Dalle parole che pronunciò, capii che non poteva mai avermi amato, neppure per un minuto. Parlava solo di divorzio e di non farmi vedere più il bambino, dato che il giudice lo avrebbe dato a lei. Per tre giorni rimasi chiuso in camera. Non riuscivo a reagire, non mangiavo, non mi lavavo, non andavo a lavorare. Tenevo in mano il cellulare, aspettando che lei mi telefonasse e mi facesse vedere il bambino. Ma non fu così. Lei non chiamava e bloccava le mie chiamate. Mi sentii una nullità, un rifiuto della società, schifato da mia moglie che mi disprezzava. Avevo perso tutto, non avevo niente, ma mi mancava solo mio figlio. Ogni giorno la mia disperazione aumentava. Non vedevo il bambino da quella sera del compleanno di mio padre. Mia moglie rifiutava, aspra, tutte le proposte che le facevo. Dopo giorni di angoscia, una notte mia sorella Marcella mi portò in ospedale. Avevo la febbre alta e tremavo.

Rimasi ricoverato una settimana. Mi trovarono un ulcera allo stomaco e una strana forma di psoriasi si diffuse sulle ginocchia, sui gomiti e sull'addome. La cosa peggiore, però, era il mio umore; niente riusciva a darmi uno stimolo. Incominciai a capire che non avevo la capacità di risolvere il mio problema ed era vero che ero una cosa inutile. Intanto lei chiedeva sempre soldi e io non riuscivo più ad andare al lavoro. Mi occupavo di impianti elettrici e di collegamenti in rete. Riuscivo a guadagnare anche cinquemila euro in un mese, lavorando sodo. In quel periodo, però, non riuscivo neppure a pensare. I clienti mi chiamavano ed io non potevo andare. Mi sentivo ammollato, pieno di dolori, con un mal di schiena continuo, come se avessi avuto cento anni. Feci un assegno a mio padre e lo mandai in banca a dare fondo al mio conto. Prelevò diecimila euro, gli unici soldi che ero riuscito a mettere da parte. Fino al mese prima erano stati vincolati e lei non aveva potuto spenderli. Ora che sapeva che giacevano liberi sul conto, faceva pressione per averli. Mi fece mandare una lettera dal suo avvocato, chiedendo il denaro come condizione da porre a base del ricorso. Con quella somma mi faceva la cortesia di concedermi la separazione consensuale, invece che piantarmi grane con una giudiziale. La chiamai al cellulare e lei si concesse, rispondendo al terzo squillo. Disse che avrebbe ricevuto i soldi, in contanti e niente assegni, e avrebbe firmato una carta di liberatoria. Pretese che glieli portasse mio padre, dato che non voleva vedermi. Si mostrava serena e tranquilla, avanzava scuse e faceva finta di non capire, per prendere tempo. Per ottenere i soldi, dato che non mollavo, mi concesse di vedere per un'ora mio figlio. "A casa mia- disse- la signora." Ormai, era diventato tutto suo. Mio figlio, era suo; il mio conto, era suo; la casa che aveva comprato mio padre e che io avevo ristrutturato con mattoni, sudore e calce, era sua; i mobili e la macchina che ancora non avevo finito di pagare e con rate a scadere ancora per tre anni, erano suoi. Diventò suo pure il mio impianto stereo e la mia collezione di dischi. Mi restituì solo poche cose del mio vestiario, lasciandomi nudo. Buttò via tre quarti di tutto quello che era mio e che a lei non serviva. Io non capivo niente e non volevo capire niente, sordo e insensibile. In cuor mio speravo solo che lei si calmasse, mi facesse tornare da mio figlio e che tutto ricominciasse come prima. Dato che mutò programma, andai a casa della madre di lei, per vedere mio figlio. La signora aveva ricevuto i soldi che mio padre le contò a carte da cento una sull'altra fino ad arrivare a diecimila euro, ma il suo atteggiamento era ritornato quello di sempre. Aprì la porta dell'androne e mi ricevette, venendomi incontro per le scale. "Fai piano, non fare scenate, ti prego, non spaventare il bambino, non lo traumatizzare, lui

71

non ha nessuna colpa, lascialo in pace, fatti da parte, fallo per il suo bene. Non essere egoista e una cosa inutile come sempre." Riuscii a vedere mio figlio solo pochi minuti. Era nel suo box e lo sollevai, prendendolo in braccio. Lui iniziò a piangere. Non mi riconosceva più. Io ero suo padre e lui era infastidito dalla mia presenza. Mio figlio non ricordava più il mio fiato e il mio contatto, anche se erano passati pochi giorni. Un estraneo, anche per mio figlio. Anche come padre, avevo fallito.>>

Lacrime mute iniziarono a scendere incontrollate. Marco Donadio si riebbe. Scrollò il capo per cacciarle, rimandandole indietro.

<<Lo tenevo in braccio e tentavo di consolarlo con le moine, come facevo prima. Lei mi stava dietro isterica, nervosa. Fremeva e non smetteva di urlare. "Vai via" continuava a ripetere, "non vedi che stai stressando il piccolo; non ti rendi conto che gli stai facendo solo del male; guardati allo specchio, guarda come ti sei ridotto, sei una cosa inutile." A Marcella, uscendo da casa, avevo promesso che non avrei perso la calma. Quando iniziò a gridarmi addosso: "Vattene, perché non te ne vai e ci lasci in pace; vai a lavorare e porta i soldi per tuo figlio, così la finisci di fare il cretino" e mio figlio iniziò a piangere come se lo stessero scannando, non ci vidi più dagli occhi e le sferrai una sberla. Posai mio figlio nel box e presi la mira, per dargliela forte al punto giusto. La meritava tutta, con lei avevo esaurito le parole. Non le feci tanto male, non compromisi il suo bel faccino. Lei, però, si gettò a terra con le convulsioni, recitando la parte della povera donna malmenata. Iniziò a gridare così forte che strillava più di mio figlio. Nella camera da letto la "signora" teneva il nuovo fidanzato. Sbucò fuori con la canottiera che arrivava appena sopra le mutande, stanato dalle urla della "gioia sua". <<Amore, gioia mia, gioia mia>> continuava ad urlare lui, mentre la ricopriva di sbaciucchiamenti sulle guance e sul collo nudo. Ci prendemmo a schiaffi e a pugni. Iniziò lui, mentre lei chiamava i carabinieri. Passai i guai. Mi denunciò. Disse cose che non avrei mai pensato potesse solo immaginare. Il giudice le diede ragione. Molta gente si convinse fossero vere le bugie assurde che raccontò. Io non fui in grado di difendermi. Non avevo la forza di farlo, di salire e scendere dal tribunale, di pagare parcelle agli avvocati, di coinvolgere amici e parenti come testimoni, di sentire ancora estranei che leggevano carte di processo e davano consigli. Di contro, lei continuò a piantarmi chiodi addosso, nonostante mi avesse già crocifisso. Le parole "inutile e fallito" me le sentivo come un marchio impresso sulla fronte. Ero nella condizione di non potere reagire al volo di una mosca. Con quell'indegno del suo avvocato, riuscì a portarmi via mio figlio. Sono

sicuro che chiama papà quella povera vittima che mi ha sostituito.>>

La porta si aprì. Cigolò, con le cerniere arrugginite dall'umidità. Come tuono che sferza il sereno, cambiò la scena.

Il fiume in piena delle parole di Marco si arrestò, arenando su una sponda sabbiosa.

Entrò la guardia.

<<Dottoressa, mi scusi, il detenuto deve fare ancora terapia medica e il suo pasto è già freddo.>>

Marina Mattei china sul banco, in mezzo ai fogli pieni di appunti, guardò l'orologio.

<<Per piacere, sono in piena terapia, solo altri dieci minuti e ho finito.>>

La guardia fece segno di portare pazienza, battendo i tacchi e allargando le braccia.

<<Ha ragione, non voglio abusare.>>

L'agente tirò la porta lamentosa dietro le spalle e continuò a piantonarla.

<<Grazie. Dieci minuti mi bastano.>>

Aveva un pass speciale e il direttore si era raccomandato che fosse messa nella condizione di lavorare tranquilla, ma non poteva abusare.

Ebbe la convinzione netta di non potere più riprendere il filo da dove si era interrotto.

Marco Donadio si era messo a sedere sulla lettiga, piegato su se stesso. Le spalle curvate erano talmente larghe da avvolgerlo. In quella posizione sembrava un'aquila ferita con le zampe agli anelli.

<<Lei ha fatto un buon lavoro, signor Donadio. Una ricostruzione lucida. Aprirsi e parlare le ha fatto bene. Anche i suoi lineamenti si sono distesi. Da quanto tempo non parla con un amico?>>

Marco Donadio ritornò in sé dopo una stato apparente di transfert. Alzò le spalle, con la lenta fatica creata dal dolore.

<<Amico? Per mia moglie gli amici erano tutti interessati e da allontanare. Dopo solo tre mesi di fidanzamento, infatti, riuscì a fare terra bruciata, piantando liti, discussioni e grane con tutti e per tutto. Alla fine, nessuno di loro mi chiamò più. L'unica persona con cui riesco a dialogare è mia sorella Marcella, ma anche di lei mia moglie era gelosa.>>

La porta, aprendosi, tornò a cigolare.

<<Signor Donadio, ora devo andare. Ci vediamo dopodomani, alla stessa ora di oggi. Come nuovo compito dovrà rielaborare quello che ha detto in questo colloquio. In sintesi, dovrà tenere in conto i contenuti e le indicazioni che le ho dato la scorsa seduta. Per prima cosa, ricordi

73

che non sono la sua insegnante. Sono la sua contro-coscienza e uno spunto per la sua riflessione. Parlare con un amico serve a placare un'emozione negativa. Quando era arrabbiato con sua moglie, desiderava che si appianassero le divergenze e sperava di potere dialogare con lei in maniera distesa e civile? Arrivava da lei carico di tensioni? Se avesse avuto un amico a cui telefonare e parlare delle cattive azioni subite da sua moglie, cosa pensa che sarebbe successo? Sarebbe forse servito a farle passare il primo moto di collera o un momento di depressione? Le pongo la domanda, signor Donadio, lei ha un amico con cui comunicare?>>

<<No>> rispose secco.

Lo sguardo di cristallo divenne opaco, come pietra di giada grezza.

La guardia entrò, aiutò il detenuto ad alzarsi, salutò con ossequio la dottoressa, e se lo portò via.

***

Marco Donadio fece rientro nella sua cella.

Il suo pasto si era freddato e incollato sulla cerata spessa e impressa di limoni gialli stampati.

Il suo compagno di cella Fabrizio completava la digestione, facendo un pisolino sulla branda

Impilati in piatti di plastica aveva lasciato per lui rigatoni con pomodoro, cipolla e pancetta e tre fette di melanzane fritte, galleggianti in due dita di olio, con sopra foglie di basilico.

Fabrizio aveva pensato di cucinare pure per lui, dimostrando di essere un buon amico.

Marco mangiò quel poco che lo stomaco chiuso poté introitare. Raccolse le posate adagiandole su un vassoio e gettò i piatti sporchi dentro un sacco nero già stracolmo e maleodorante.

Si distese sulla branda.

Dal comodino traballante e pronto a cedere prese una manciata di fogli di carta stropicciata e un mozzicone di matita con la punta scardata.

"Amico". E impresse a calcare il punto sul foglio. Sotto, in stampatello, "importanza di un amico" e lo sottolineò.

"Se avessi un amico. Se avessi avuto un amico in quel momento, forse, forse non sarei qui. Eppure di amici buoni ne avevo. Alessandro, Roberto, Antonio, ma con loro ogni rapporto era finito, mi sentivo così inutile da vergognarmi" pensò, col cuore ancora stretto in un bilancio di assoluta perdita.

Dormì.

Si svegliò con l'odore del caffè preparato da Fabrizio che canticchiava stonato. La cella era la sua dimora, dolce casa da cui si assentava per poco tempo, tra una rapina e uno scippo. Per l'ultimo reato commesso era dentro da tre anni e doveva scontarne altri quattro. Pesava più di cento chili, con una massa concentrata sull'addome rigonfio e mollo di strati sovrapposti nelle piegature.

Sudava tanto e passava la sua vita in cella, senza distinzione di stagioni, vestito con canottiera e braca lenta sopra le ginocchia. In mano teneva sempre un doppio cartone incollato e incerottato con il nastro isolante fatto a forma di ventaglio sformato che usava per sventolarsi. Si poneva distinto nel suo molle portamento pingue e si descriveva come un tipo tranquillo.

Aveva tentato di svaligiare a mano armata una banca al centro di Palermo, in via Libertà. Sventato il colpo, a suo dire per la soffiata di un cliente che stava per entrare, si era servito di una donna come ostaggio. Nel modo di prenderla per attrarla a sé, le produsse contusioni al braccio destro che lievitarono, aggravando in lesioni certificate dal medico di turno al pronto soccorso. Per questo aveva preso il massimo della condanna. Il suo avvocato che era molto bravo non poté, onestamente, fare di meglio, considerando il peso dei numerosi precedenti alle spalle.

Non aveva neppure trent'anni ed era un vero professionista dello scasso e delle rapine e, in questo settore, almeno così diceva, si faceva valere per l'esperienza maturata sul campo.

Il suo unico neo, la cosa di cui si crucciava e che nell'ambiente gli aveva fatto perdere qualche punto di stima, era stato l'avere preso in ostaggio una donna e di averla lesionata, seppure in maniera lieve. Un errore imperdonabile. Si era fregato senza un motivo, per aggravare la pena, senza che un ostaggio contuso potesse servire in un tentativo sventato di rapina.

<<Compare, ho sbagliato>> disse ed allargò le braccia.

<<Sono un professionista dello scasso, della rapina, anche nello scippo me la cavo, ma il sequestro di persona non è il mio forte. Questo scherzetto mi costerà anni di galera, senza concludere niente. Il mio avvocato è stato chiaro, meglio di un fratello.>>

Fabrizio, quando ci pensava, non si dava pace.

<<Ho perso la testa, compare. Per la tentata rapina avrei preso poco, ma per il sequestro di quell'oca che ho ammaccato ho beccato sette anni>> ebbe a raccontare quel pomeriggio, serafico e molle, sorseggiando caffè dalla tazzina che fumava, sventolandosi col cartone

75

ammollato nella mano sudata.

Quel giorno si trascinò lento e monotono, con un velo di scuro diafano nelle sfumature di grigio.

Fuori la pioggia scendeva, cadenzandosi nel ritmo delle raffiche di vento portate dall'autunno che si ribellava al caldo torrido, promettendo una pausa di fresco tepore.

Come un carciofo maturo lasciato a sfiorire in una distesa, l'Ucciardone, un tempo un campo di cardi, si ergeva imponente al centro della città, in Via Enrico Albanese n. 3, eretto di fronte al porto. Un carciofo tronfio e spinoso, come "u chardon" dal fine francese che ne ingentilisce il nome e che vuol dire cardo; carciofo, appunto.

Le grate della cella, spesse e serrate, lasciavano entrare, dentro le massicce mura, il rumore dei clacson delle macchine ingorgate nel traffico.

Una leggera brezza si insinuò entro la cella ammuffita, espandendone il tanfo.

Marco desiderò indossare sulla pelle qualcosa di caldo, per essere stato scosso da un fremito che saliva dal centro della schiena fino a bloccarsi in pieno petto. Sentì una fitta all'altezza del cuore. Si alzò dalla branda per andare a tirare fuori da una scatola di cartone una maglia a maniche lunghe.

Aveva passato tutto quel pomeriggio chino a pensare con la testa tra le mani, disadattato come sin dal primo giorno che era entrato in quella cella.

Erano trascorse intere settimane senza tempo.

Fabrizio sonnecchiava, girandosi da un fianco all'altro, sornione e rumoroso. Fabrizio era diverso. Cittadino di un mondo alieno, parlava in un codice sconosciuto ai più.

Per lui, quello non era un carcere, era una casa. Ci aveva festeggiato il suo ingresso a diciotto anni compiuti, direttamente ivi trasferito dal carcere minorile Malaspina.

Si compiaceva di sentirsi talmente tanto a suo agio in quel posto che lo chiamava "Grande Hotel Chardonnè." Ci provava gusto a pronunciare la parola con accento mollemente francese. Gli dava un certo tono che lo rendeva più di classe.

<<Compare, non devi vederlo come un carcere, questo è "un grande hotel" pure per i migliori boss mafiosi e per quelli che contano sul vero senso della parola>> diceva convinto di diffondere una verità assoluta, scherzandone anche con le guardie che in genere chiamava "spioni e sbirri".

Fabrizio ripeteva il concetto a litania almeno un paio di volte al giorno.

Nutriva la speranza di mettere al più presto Marco a suo agio e più comodo che a casa sua.

<<Compare, io, qua dentro, ci ho fatto la prima comunione. Qui, ci ho trovato padrini meglio di padri. Al Malaspina ho finito le medie, qua ho preso il diploma e ora studierò per pigliarmi la laurea. Qui dentro si prende la patente, si diventa un vero uomo duro e senza rimpianti. Questo posto lo devi vedere come una famiglia pronta a proteggere, altrimenti diventa un vero inferno. Cerca di abituarti bene e presto. Cerca di farti tutti amici, senti a me. Se non ti adegui, non ti resta che farti passare per incapace e pazzo e di farti portare al manicomio criminale. Senti a me, che è meglio.>>

Così continuava a ripetere Fabrizio, per poi rimanere in prolungato silenzio.

Così fa un vero maschio che prima dice e poi tace.

Questi erano i suoi discorsi, sempre con lo stesso tono e le stesse parole.

Fabrizio non parlava, dava fiato ad un disco incantato.

***

Giovanni e Marcella Donadio arrivarono allo studio dell'avvocato Emma Sallustio con un paio di minuti di anticipo. Un ragazzo in giacca e cravatta andò ad aprire e li fece accomodare nella sala d'attesa con i divanetti rossi e un mucchio di riviste sparse ovunque.

Aspettarono pochi minuti, il tempo di sfogliare qualche pagina, e il ragazzo con la cravatta ed un codice in mano li accompagnò nell'ufficio dell'avvocato.

Si presentarono e si posero seduti alla scrivania avanti a lei.

<<Ho conosciuto Marco e domani lo rivedrò avanti al giudice per le indagini preliminari e al pubblico ministero per l'interrogatorio>> disse di getto, per entrare subito nel vivo del motivo di quell'incontro.

Il tono era fermo e il sorriso emanava lampi di luce pieni di certezze.

<<Quando potremo vederlo?>> domandò Marcella Donadio.

<<Spero presto>> rispose, <<appena possibile vi farò avere il permesso per un colloquio.>>

<<Rischia l'ergastolo, è vero?>>, volle sapere Giovanni Donadio.

<<È vero, se viene accolta l'aggravante dei "futili motivi". La sua posizione è grave. Dagli atti risulta avere a suo carico una querela per lesioni gravi alla moglie ed al figlio neonato. Il fatto risale a circa un mese prima del suo arresto.>>

<<La moglie lo ha denunciato, è vero. Marco ha dato solo uno schiaffo a lei, il bambino non lo ha toccato. Marco ama troppo suo figlio ed è impazzito da quando lei lo ha lasciato portandosi via il piccolo. La colpa è sua se Marco è diventato rabbioso e ha perso la testa>> rispose Marcella, nel vano tentativo di trovare riscatto e conforto.

Trattenne le lacrime illuminate da fiamme ardenti.

<<Lei dice che Marco ha perso la testa uccidendo una donna incontrata per caso, dopo essere uscito da casa con un coltello, a causa della separazione e della conseguente privazione del figlio?>>

<<Sì, è così, lo posso dire>> rispose Marcella ed il padre confermò <<Sì, è così.>>

All'avvocato Emma Sallustio brillò un lampo negli occhi. Forse poteva avere una possibilità in quel processo che sembrava compromesso in partenza? Dimostrare l'incapacità di intendere e di volere al momento della commissione del fatto? Certo, poteva anche starci, seguendo un rigido criterio di causa effetto.

Ascoltò il padre e la sorella di Marco Donadio.

Pose domande, chiese informazioni e spiegazioni sui particolari.

Guardò i documenti di reddito e lesse il ricorso per separazione dei coniugi di una moglie carica di astio e pretese.

Telefonò al collega civilista cui Marco si era rivolto dopo avere ricevuto la richiesta di addivenire alla separazione. Il collega Maresi, che aveva avuto conoscenza dell'arresto di Marco per avere letto il Giornale di Sicilia, si mise a disposizione della collega Sallustio.

<<Ho visto Marco per l'ultima volta subito dopo che la signora lo ha querelato. Ho trent'anni di esperienza, sono avvocato matrimonialista, ma non ho mai conosciuto una storia più triste di questa. Dopo dieci anni di fidanzamento e pochi mesi di matrimonio, la signora lo lascia portando con sé il figlio e spogliandolo di tutto. Ricordo che lui non riusciva a comprendere il motivo e non si dava pace. L'avvocato della signora Costanza mi ha chiamato ieri. Mi ha comunicato che la sua assistita darà corso ad una separazione giudiziale. Non capisco, dato che con la consensuale aveva ricevuto più di quello che poteva sperare di ottenere. Ho intuito che sta per depositare al Tribunale dei Minori richiesta per la sospensione o la decadenza della potestà genitoriale. Un altro duro colpo per Marco. Per lui suo figlio è tutto.>>

L'avvocato Sallustio ringraziò il collega, evitando di fare commenti ad alta voce. Di certo, come previsto dal codice di procedura penale, una condanna per omicidio avrebbe comportato a Marco Donadio la conseguente perdita della capacità genitoriale.

Il suo cervello iniziò a mettersi in vorticoso moto, basando la ricostruzione del caso su elementi nuovi ed essenziali.

Giovanni e Marcella Donadio uscirono dallo studio dell'avvocato alle ore sedici e quarantacinque. La salutarono con una stretta di mano piena di vigore e di gratitudine. Se possibile, dopo l'interrogatorio, avrebbe consegnato a Marco un saluto da parte loro.

***

Quando la guardia entrò nella cella invitandolo a sbrigarsi senza dargli la possibilità di cambiarsi e indossare qualcosa di decente, Marco Donadio capì che doveva andare a colloquio con la dottoressa Mattei. La prima volta si era lamentato e si era stizzito, nel vedersi incalzare come fosse una bestia. In seguito, si quietò. In fondo, cosa meritava? Era peggio di una bestia.

Chiese alla guardia che lo pressava ad andare di corsa se poteva portare con sé i fogli degli appunti e la matita. Gli porse gli oggetti per farglieli vedere. La matita era spuntata; un moncone arrotondato, malamente temperato.

La guardia nicchiò e lo condusse nella solita sala di colloquio con il puzzo che trasudava dai tufi delle pareti intrise di muffa verdastra.

Con lo sguardo fece segno alla dottoressa per mostrarle il kit dello scolaro modello, con taccuino e matita a mozzicone tendenzialmente pericolosa.

Marina Mattei annuì. <<Sono oggetti regolari, strumenti necessari alla terapia. Li ho portati io e il direttore ha dato il permesso. Per il resto è tutto a posto, grazie, me ne occupo io.>>

Si diresse alla poltrona di plastica verde.

La guardia perquisì Marco Donadio fin nelle parti intime, strattonandolo per farlo girare avanti e dietro e facendogli alzare in alto le braccia. Dopo aver preso atto che tutto fosse in ordine, attese che il detenuto prendesse posto sulla branda. Fu veloce. Si adagiò e si mise comodo. La dottoressa Mattei ne prese atto. "Almeno collabora", pensò.

Sentiva dentro di sé la mortificazione inferta dalla perquisizione con modi bruschi al carcerato. Comprendeva, al contempo, le ragioni del direttore e la coercizione adoperata a tutela della sua persona, stante il ripetuto contatto con un omicida spietato e sanguinario e le responsabilità che ne imponevano la precauzione.

Lo guardò bene e stentò a pensarlo come un assassino. Aveva visto le foto a colori con il rosso del sangue nitido ed era vero. Marco Donadio era un assassino.

<<Lei mi può aiutare a fare avere un messaggio al giudice per mio figlio?>> chiese.

<<No>> fu secca la risposta, <<non posso fare niente per lei. Sarebbe già tanto se lei facesse qualche cosa per se stesso.>>

<<Lei svolge una funzione sterile, il suo lavoro a che serve?>> sbottò.

Un moto interno contrasse occhi e viso. La barba incolta sembrò più ispida.

<<Lei fa esperimenti su di me che sono un assassino reo confesso e già condannato>> disse e fece per alzarsi, facendo rumore con le scarpe, battendo sulla lettiga.

Entrò, vigile, la guardia.

<<Doveva intervenire prima, quando ero diverso, quando ero un bravo ragazzo qualunque, gentile e sempre educato. Prima. Ora, a chi serve? Ora, a che mi serve?>>

Marina Mattei rimase calma, forzandosi. Fece un cenno all'agente che la guardava con tono interrogativo, per rassicurarlo.

China sulle sue carte rispose, marcando di flemma il tono della voce.

<<Faccia lei. La sua posizione, tanto, non può peggiorare. Se crede di potere fare un buon lavoro lo faccia, potrebbe giovare solo a lei, altrimenti abbandoni come è suo solito fare.>>

Si alzò e si avvicinò a lui più del previsto, più di quanto avesse mai fatto.

Fece una mezza curva, lo guardò dritto negli occhi e poi ritornò alla sua postazione.

Da seduta, iniziò a raccogliere le sue cose.

La guardia chiese:<<Ha finito, porto via il detenuto?>>

<<Per me va bene>> rispose Marina Mattei.

<<Non se ne vada, dottoressa>> gridò Marco Donadio, adagiandosi sulla branda.

Marina Mattei, con un gesto della mano, bloccò la guardia che si accingeva a portar via il ragazzo, imponendogli senza parole di andar via.

<<Incominci, fin da subito, ad assumersi le sue responsabilità. Se è un problema suo, analizzi per prima cosa se lo vuole risolvere. Se è sì, si attivi di conseguenza e senza delegare gli altri. Se ci tiene, altrimenti niente>> e rimase zitta con l'intento di far continuare lui.

<<Lei pensa che posso parlare direttamente con il giudice?>> chiese e rimase in attesa di una risposta.

<<Certo che può>> rispose la dottoressa Mattei, <<lei ha l'avvocato Sallustio, si rivolga a lei per presentare istanza al giudice.>>

<<Grazie, parlare con lei mi fa bene e mi porta a riflettere. Mi scusi per quanto ho detto prima. Da quel giorno maledetto, non mi sento più un essere umano. Anche la più piccola parte di me grida "orrore". Prima ero un ragazzo normale, adesso sono un mostro. L'inferno dentro di me è uno specchio che non posso rompere.>>

Marina Mattei rimase impassibile e continuò a scrivere su un foglio appunti e segni incomprensibili.

<<Mi piacerebbe facessimo più progressi, andiamo a rilento.>>

<<Ho scritto dieci pagine per un mio amico, dottoressa. Volevo farle leggere a lei, come se fosse un amico vero e non solo immaginario; l'amico che ho avuto e che ho perso; l'amico con cui sfogare; l'amico con cui passare il tempo. Vuole essere mio amico?>>

<<Marco, io non potrò mai essere sua amica nel senso proprio del termine. Ho il compito di riferire alla Procura. Dovere e amicizia spesso non possono andare nella stessa direzione.>>

<<Ho capito, il suo è un lavoro. Ma allora che devo fare, devo rinunciare?>>

<<Rinunciare? No. Perché? È mai stato amico di se stesso?>>

<<No. Non penso proprio, altrimenti come avrei potuto uccidere una donna e distruggere così la mia vita?>>

<<È vero, è dentro ad un baratro, vuole finire di sprofondare?>>

<<Non ho il coraggio di uccidermi. Ci ho pensato e ripensato, ma non ho la forza di commettere quest'altra vigliaccata. Sarebbe troppo facile morire. Fine della fine. Mettere un punto a questa storia. Semplice, ma non riesco a farlo. Non posso farlo. Ho il dovere di espiare. Sento il tormento compagno presente tutti i giorni della mia vita. Le notti passano in bianco, non riuscendo a prendere sonno. Devo corrodermi nel rimorso. È normale che sia così. Nell'inferno del dolore, la mia anima brucia per il male commesso. Devo espiare la mia maledizione. Troverò un amico in Satana. Lui si beerà della mia dannazione.>>

<<Un'amicizia impegnativa la sua. Non ha un compagno di cella?>>

<<Sì. Si chiama Fabrizio, è un rapinatore professionista. Non lo sento come un vero amico, anche se è un caro ragazzo e come compagno di cella è più che perfetto.>>

<<Fa il sofisticato perché è un rapinatore?>>

<<Non è per questo. Con lui posso mangiare spaghetti e bere caffè. Basta.>>

<<E Marcella, con lei ha un buon rapporto, non è sua amica?>> <<Sì, con lei ho un buon rapporto e ci confidiamo molte cose, ma è mia sorella, non è il classico amico, è diverso. Avevo veri amici e li ho perduti nella vergogna di me stesso. Tradendo me stesso, li ho traditi tutti.>> <<Ho capito. Leggerò quello che ha scritto e comunque ho il dovere di allegare queste pagine agli atti. Le sta bene?>> <<Sì>> rispose Marco Donadio, <<mi sta bene.>> <<Ora devo andare. Ho fissato in calendario il prossimo incontro giovedì, alle nove di mattina. Ci vediamo. Intanto il suo compito è quello di continuare a scrivere, veda lei a chi.>> Spense il registratore. Raccolse i fogli di Marco. Inserì tutto in una cartella colore verde con elastici ed andò via, accompagnata dalla guardia alla porta.

***

Quando venne effettuato l'interrogatorio, il GIP, dottoressa Giovanna Salvini, chiese a Marco Donadio<<Perché lo ha fatto?>> <<Non lo so. Non mi aveva fatto niente, non conoscevo neppure il suo nome.>> <<Il coltello dove se lo procurò?>> <<A casa di mio padre, lo presi dal cassetto della cucina. Volevo andare da mia moglie per spaventarla e farle ritirare le bugie che aveva scritto nella denuncia. Uscii con le tempie che frullavano. Il cervello e il cuore mi battevano forte. Scesi le scale a piedi ed arrivai in strada pensando che quella "megera" mi aveva tradito e portato via il figlio.>> <<Uscì con l'intenzione di uccidere sua moglie?>> <<Non ho mai pensato in vita mia di uccidere. Non riesco a darmi una spiegazione. Ho ucciso quella donna senza pensare, come se non mi accorgessi di ferirla a morte. L'ho uccisa.>> <<E a sua moglie cosa avrebbe fatto con quel coltello in mano?>> <<Volevo solo spaventarla, era questa la mia intenzione. Volevo convincerla a ritornare con me. Siamo cresciuti insieme. Non riuscivo ad accettare che mi lasciasse. Non sopportavo l'idea di vivere senza mio figlio.>> <<Perché allora uccise Maria, per caso?>> <<Ricordo solo che la sentii ridere, parlava al telefono e rideva. Mi diede un grande fastidio. La odiai, senza un motivo. La colpii più e più volte.>> Si strinse nelle spalle. Sembrò accusare un dolore acuto.

<<So di averla uccisa, ma non ho un motivo. Ho commesso il peggiore dei crimini. Lo confesso. Ho ucciso una donna e non so il perché. Darei la mia vita per far ritornare la sua indietro. Mi dispiace. Sono un assassino talmente indegno da non avere il coraggio neppure di chiedere perdono a Dio.>>
Attorno a lui si espanse il silenzio.
<<Signor giudice, merito l'ergastolo.>>

**

Il tenente Andrea Giuliani, chino sulla scrivania, con la mano sinistra accarezzava il capo rasato, forse a voler misurare la crescita del pelo appena spuntato alla lama del rasoio.
Leggeva e rileggeva il verbale di perquisizione di casa Donadio. Davanti a lui, il maresciallo Antonio Prestia restava sull'attenti con le braccia penzoloni, muto e pronto a scattare.
Andrea Giuliani si alzò e, camminando avanti e indietro, continuò a leggere ad alta voce <<Quindi si procedeva alla perquisizione della camera di Marco Donadio. Divise da judo, racchette da tennis, pallone da calcio, armadio e cassetti ordinati, scaffali pieni di libri ed intere collezioni di Diabolik, Topolino, Capitan Mike, Intrepido, il Monello, fumetti di tutti i tipi e un centinaio di cd taroccati di film recenti.>>
Andò diritto al faldone e infilò il verbale dentro, per riporlo.
<<E basta?>> chiese al maresciallo Prestia che era presente alla perquisizione.
<<Sì, signor tenente, intere cataste di libri, fumetti e cd in una libreria che occupa tutta una parete ed arriva fino al tetto.>>
<<E di porno?>>
<<Niente. Solo una copia formato atlante e con le pagine dipinte in rilievo, di grande pregio ritengo, del Kamasutra, piena di figure piccanti. Niente altro. I film sono stati posti sotto sequestro e la scientifica li sta esaminando. Dalle copertine ho visto film di Totò, Rambo, Via col vento, campionati di calcio, tecniche ed esercizi di judo. Non sembrano avere contenuto particolare o porno.>>
<<Niente pillole, sonniferi, droghe, calmanti?>>
<<Niente, signor tenente. In camera sua neppure un'aspirina.>>
<<Perfetto. Sembra la favola del fanciullo felice e sereno che si trasforma in orco assassino. Vada pure maresciallo, telefoni alla scientifica e chieda se si conoscono gli esiti degli esami in corso.>>
Ritornò a sedere dietro alla scrivania.

***

Marina Mattei arrivò a colloquio con Marco Donadio alle undici in punto.

<<Oggi abbiamo parecchio da lavorare, all'una devo andare via. Incominciamo? È comodo?>>

Dalla diplomatica di cuoio scuro uscì fuori una pila di cartelle ammucchiate.

<<Sono test di psicologia. Si concentri. Veda di dare una risposta spontanea, la prima che le viene in mente>> disse.

Accese il registratore e lo poggiò sul tavolino di plastica verde, mettendosi a sedere sulla solita poltroncina dalla materia crepata, sfatta e instabile. Prese carta e matita.

Il primo dei test di terapia junghiana prevedeva trentasei domande, per distinguere il tipo introverso da quello estroverso.

Marco rispose senza esitazione a tutte e trentasei le domande del test.

Dopo l'ultima chiese <<E allora? Che tipo sono?>>

<<Un tipo introverso>> fu la risposta secca.

<<A sì? È meglio o peggio che essere estroversi?>>

<<Non si può dire. L'estroverso dirige la sua energia psichica verso il mondo esterno, concentrandola sui fatti e sulle persone. L'introverso, invece, dirige l'energia psichica verso un suo mondo interiore fatto di pensieri ed emozioni. In genere, in ciascun individuo uno di questi due modi di essere è prevalente.>>

<<Sono solo teorie o servono a qualcosa?>>

<<Servono. Secondo queste teorie, l'uomo per adattarsi a vivere ha sviluppato quattro funzioni psichiche che sono: il pensiero, il sentimento, la sensazione e l'intuizione. Il pensiero analizza e segue processi di logica; il sentimento utilizza i giudizi di valore, attento ai legami; la sensazione percepisce il fatto, per come lo sente, lo annusa, lo vede e palpa; l'intuizione, che va al di sopra, percepisce le possibilità intrinseche al fatto stesso. Possiamo dire che l'intuizione è il guizzo; è il flash.>>

<<Interessante. Se lei analizza bene, dottoressa, io non possiedo nessuna di queste quattro funzioni. Primo, sono un assassino e, come tale, non ho formulato il pensiero giusto; secondo, mi sono ritrovato privo del sentimento di umana pietà, distruggendo il bene della vita ad una donna; terzo, non ho provato alcuna sensazione nel percepire il fatto come indegno ed infame, dato che ho sferrato i colpi come una furia e non capisco neppure il perché; quarto e per ultimo, non ho

84

intuito le possibilità intrinseche al fatto stesso e non mi sono reso conto di aver distrutto la mia vita, la vita dei miei cari e delle persone care alla donna che ho ammazzato.>>

Si strinse in una morsa che lo risucchiò.

Riprese a parlare, con tono trattenuto al pianto.

<<Penso a mio padre, penso a Marcella, penso a mio figlio, a quella povera donna, a tutto il male che ho seminato.>>

Marina Mattei si alzò di scatto dalla poltroncina che segnalò la sfatta condizione con uno strano scricchiolare.

Venne scossa da un brivido.

Indossò la giacca, chiudendo il bavero attorno al collo. Pensò che il fremito fosse dovuto all'umidità di quella stanza con le pareti butterate di acqua insinuata fra le croste di una tinta sbriciolata.

Avvertì l'odore che dalla narice passò al cervello che, a sua volta, lo tradusse e lo rappresentò con l'immagine di un limone carico di muffa verde.

Dalla diplomatica estrasse un cartella piena di disegni e numeri, simili alle schede colorate dei bambini di scuola elementare.

Marco, attentamente, le analizzò ad una ad una, rispondendo alle domande della dottoressa.

<<Questo disegno mi ricorda una rana che sta per saltare>> disse, analizzando l'ultima scheda test.

Era tardissimo. Marina Mattei se ne rese conto dal fatto che la guardia piantone avesse fatto cigolare la porta, allargandola a spiraglio.

Raccolse le sue cose.

<<Si è fatto tardi. Abbiamo finito. Per oggi può bastare. Ha fatto un buon lavoro.>>

Spense il registratore, lo ripose con cura nella custodia ed andò via.

***

Marcella Donadio posteggiò il vecchio motorino in via Nicolò Turrisi e a piedi attraversò la piazza del Tribunale.

Entrò dal retro assegnato al pubblico, passando il controllo ed immettendosi nella grande sala di marmo con le scale e le colonne, dirigendosi a sinistra per le aule di udienza.

Fece capolino nella prima delle sale affollate e vide l'avvocato Emma Sallustio. Parlava con il giudice ed indossava la toga nera lunga fino alla caviglia. Era talmente concentrata che non si accorse della sua presenza.

Marcella prese posto nell'ultima sedia a destra dell'ultima fila e rimase a guardarla, in attesa che finisse il suo lavoro.

Uscirono insieme, dopo circa un paio di ore e una manciata di minuti.

<<Devo sbrigare alcune cose urgenti. Mi segua, nel frattempo parliamo>> disse l'avvocato e si diresse alla scalinata per salire al piano.

Entrò in una stanza piena di scaffali densi di faldoni, con tre scrivanie stracolme di carte e carpette.

Al cancelliere pose in mano due marche da bollo e chiese le copie, ordinate con urgenza il giorno prima, di un verbale di causa.

Marcella Donadio la seguiva, mentre lei entrava ed usciva da una camera all'altra, prendeva fascicoli e segnava date e appunti sull'agenda legale colore rosso.

Dopo circa un'ora di salire e scendere scale, di entrare ed uscire da una cancelleria all'altra, si fermò. Poggiò la diplomatica di cuoio scuro rigonfia sopra una sedia del corridoio, si carezzò i capelli passandoli fra le dita, prese fiato e si rivolse a Marcella.

<<Possiamo andare. Usciamo da qui, le offro un caffè al bar di fronte la piazza, sotto ai portici.>>

Uscirono dall'atrio principale riservato a magistrati, avvocati e al personale, scendendo le scale.

Appena fuori si abbracciarono all'aria calda che si insinuò nei pori della pelle dentro ai vestiti.

Il bar sotto ai portici invogliava a prendere posto in uno dei tavolini bordati di bianco, per concedere una pausa di relax.

Ordinarono cornetti, latte bianco, caffè espresso e acqua minerale.

<<Mi parli di suo fratello, del suo carattere, vorrei capire il perché del suo gesto.>>

Marcella prese fiato e lo trattenne a lungo. Si liberò dell'aria e, come ad aver chiamato a raccolta i pensieri, iniziò a parlare.

<<Mio fratello è sempre stato un ragazzo buono, calmo e tranquillo. Un ragazzo che cercava l'armonia nella natura. Uno sportivo che amava andare a cavallo e praticava judo. A quattordici anni era già una promessa delle arti marziali e dell'equitazione, vincendo premi e coppe. Aveva appena quindici anni quando conobbe Marianna e pian piano smise di allenarsi perché lei non voleva che avesse altri impegni se non quello di dedicarsi in esclusiva a lei. Lo mise subito al lavoro, per pensare al matrimonio. Attorno a lui fece terra bruciata con amici, parenti, attività sportive, tutto. Marco doveva lavorare e lei spendeva per organizzare il matrimonio. Pretese di avere una casa sistemata nei minimi dettagli costosissimi, festa, mobili, macchina, tende, divani. Lei

86

ordinava e lui lavorava a tutte le ore, senza sabati e festivi. Era gelosa di tutto e di tutti in maniera morbosa, malsana, patologica. Sottolineo tutto, ma proprio tutto, tutto. Marco, addirittura, ci veniva a trovare di nascosto, senza dire niente a lei, altrimenti lo avrebbe tormentato. Lui sembrava passare sopra ad ogni cosa per amore suo, nonostante le cattive scenate davanti a conoscenti, amici e parenti. Quella donna lo mortificava con gesti e parole, senza perdere una sola occasione.>>

Prese fiato e bevve un sorso d'acqua dal bicchiere di carta che si accartocciò floscio tra le dita della mano.

Emma Sallustio, mollemente adagiata sulla poltroncina di plastica bianca, beveva lentamente il caffè scottante nella tazzina di ceramica da bar.

<<Un giorno, colpo di scena, lei incontra quello che era stato il suo primo amore. Un tipo equivoco che si fa chiamare professore Sapù e diventa la sua amante. Butta fuori di casa Marco e gli nega il figlio. Marco si trasferisce a casa di nostro padre e lei continua a tormentarlo per farsi dare soldi e macchina. Lo spoglia di tutto, ma nasconde a Marco del suo amante. Quando lo scopre, ed è l'ultimo a saperlo, lui si ammala. Non va più a lavorare, è depresso e il suo corpo si ricopre di una strana forma di psoriasi a placche>> disse Marcella.

<<Capisco>> rispose Emma Sallustio.

<<Quando vide Marco l'ultima volta?>>

<<La sera prima dell'omicidio. Lei lo chiamò alle otto di sera dicendo che lo aspettava dopo cena, perché doveva parlargli. Da pochi giorni aveva incassato la borsa con i soldi che mio padre aveva consegnato in mano sua. Marco uscì da casa subito dopo aver cenato e si ritirò prima di mezzanotte. Lo aspettai sveglia, perché preoccupata. Lui soffriva molto la mancanza di suo figlio. Quella sera era strano. Tornò a casa con gli occhi lucidi e le labbra secche. Le guance erano arrossate e i capelli scompigliati. Non lo avevo mai visto in quello stato. Era arrabbiato e con le lacrime agli occhi. Mi disse che aveva scoperto che lei lo cornificava da subito dopo sposati e prima che restasse incinta, anche se il figlio per sfortuna- così disse lei che avrebbe desiderato come padre il suo amante- era suo. Pianse tanto ed andò a dormire con la testa che gli scoppiava. Fu quella l'ultima volta che lo vidi, dopo il bacio sconsolato della buona notte.>>

<<Marcella, le risulta che Marco avesse bevuto, usato farmaci, assunto droghe?>>

<<Mai, sono sicura. Marco odiava pure gli antibiotici. Sosteneva che, funzionando per accumulo, finissero per distruggere le vitamine dell'organismo, specie quelle del gruppo B. No. Non si drogava ed era

astemio. Eppure, quella notte sembrava diverso dal solito Marco. Era strano, anche nei movimenti e nella voce, sembrava pieno di tic. Gli chiesi, espressamente, se avesse bevuto, sapendo che solo una goccia lo avrebbe mandato in tilt. Lui mi rispose di no. Mi disse che l'unica cosa che aveva ingurgitato era un the freddo schifoso offerto da lei con due pasticcini duri, senza zucchero e con lo zenzero.>>

<<Quella sera, potrebbe dire sotto giuramento, che le sembrò come se fosse drogato?>>

<<Sì, potrei dire che era strano, diverso, come le ho appena detto. Drogato, non so. Perché? Le ripeto che Marco odiava e odia le droghe e l'alcool.>>

<<Niente, chiedevo. In ogni caso dobbiamo attendere l'esito tossicologico degli esami.>>

<<Avvocato, posso assicurarle che mai Marco, di sua volontà, avrebbe fatto uso di droghe, farmaci o alcolici. Lo sanno tutti che Marco odia tutto ciò. Mio fratello si batteva attivamente, per contrastare tutto questo. Posso portarle tutti i testimoni che vuole.>>

<<Marcella, mi ascolti, portare avanti la tesi dell'incapacità di intendere e di volere è difficile. La difficoltà è insita nel fatto stesso di poterla provare e di raccogliere le prove. Con quali elementi, a processo, potrei sostenere una difesa basata su un raptus annullante la volontà? Come provare lo scollamento totale della mente da un braccio violento che sferza sette colpi di coltello e insanguina fino ad ammazzare?>>

<<Possiamo provare con un sacco di testimoni e anche con i certificati dei medici le sofferenze di Marco. Possiamo provarlo che era un ragazzo assolutamente pacifico. Marco, suo malgrado, crolla a seguito della separazione voluta dalla moglie che lo tradisce subito dopo il viaggio di nozze; che lo deruba della dignità di padre, negandogli il figlio; che, con l'inganno, i tradimenti e le bugie, ha ottenuto ragione su tutto, con la legge dalla sua parte.>>

Bevve un sorso d'acqua.

<<Tutto questo l'ho già detto al tenente Giuliani, quando mi ha interrogato la sera stessa dell'omicidio.>>

<<Va bene tutto, ma lo proviamo? Ci rifletta bene. Verifichi ed analizzi. Non abbiamo tempo da sprecare e soldi da buttare, è vero? Mi faccia sapere, una difesa dipende molto dalle prove. Mi tenga aggiornata.>>

Pagò il conto al volo e lasciò una mancia.

<<L'unica soluzione per salvare Marco dall'ergastolo è dimostrare la sua incapacità di intendere e di volere al momento in cui ha

commesso il fatto. Una perizia psichiatrica, anche in sede di rito abbreviato. Se lui volesse.>>

<<Se solo volesse>> fece eco Marcella e i suoi occhi persero il guizzo e si spensero di luce.

<<Ho un caso urgente da studiare, domani ho una convalida fissata alle nove di mattina. Raccolga prove, se può. Se sono valide, me le sottoponga. Veda di essere concreta. Ora vado>> disse e scappò via.

<<Va bene>> rispose Marcella Donadio, salutando con la mano. Con calma, si alzò dal tavolino e sorrise al cameriere soddisfatto della mancia. Andò via con l'intento di arrivare a casa al più presto e tranquillizzare le angosce del vecchio genitore che aveva tentato di rintracciarla più volte al cellulare.

Aveva le idee più chiare. Dal momento che suo padre l'aveva chiamata per dirle che suo fratello era diventato un brutale assassino, non aveva più avuto un cervello bensì una centrifuga rumorosa entro al cranio.

Era questo ciò di cui aveva bisogno, avere chiarezza e capire. Per questo doveva sforzarsi ed imporsi quanta più concretezza possibile.

Quella donna, l'avvocato, si era espressa con semplicità.

Marcella conosceva le angosce che tormentavano suo fratello. Era Marco che chiedeva di essere crocifisso in croce, attirando a sé tutto il massimo del dolore possibile, per stordire una sofferenza che bruciava ancora di più.

Marco desiderava espiare e sentire i chiodi penetrare dentro il suo peccato.

***

Dentro al carcere, la vita di Marco Donadio trascorreva inutile e senza senso.

Il suo compagno di cella, Fabrizio, lo aveva preso sotto la sua ala di protezione.

<<Appartiene a me. È cosa mia. È la mia persona>> diceva nel presentarlo al mondo dei suoi compari con la patente di carcerati dentro e fuori le grate. Era gente che stanziava radicata in quel luogo, intervallando brevi periodi di scarcerazione e, se usciva, presto ritornava dentro.

Sapeva che Marco Donadio era uno sportivo. Nutrendo ammirazione, esaminata la sua muscolatura, ora si eccitava all'idea di convincerlo a combattere per lui, desiderando diventare il suo manager. E così, più per stima che per interesse, lo coccolava e gli offriva comoda la sua dedizione. Per Fabrizio, l'Ucciardone era una succursale di "Villa Igea". Era un albergo di lusso, ove pretendere il massimo servizio dagli operatori addetti.

Fabrizio, rapinatore di professione con l'aggravante della mano armata e del sequestro di persona per l'ultimo reato di cui scontava la pena, era l'ancora di appoggio solida alle maree di quella vita, in quel posto umido e sempre appiccicoso sia d'estate che d'inverno. Lui era di casa in quel posto, dato che stava più dentro che fuori. Era un veterano; era uno che contava e che lo proteggeva. Si professava amico. Fabrizio era l'amico degli amici e gli elargiva spassionatamente i dovuti consigli per indurlo ad ambientarsi al più presto.

Continuava a raccontare, con dovizia di particolari, di gente giustiziata in carcere a seconda dei reati commessi, se graditi o meno all'opinione dei carcerati di qualsivoglia ala e cella. Quale ospite abituale di quel "Grande Hotel", non era abituato a gente come Marco che, obiettivamente, sembrava un estraneo e un disadattato in quel posto.

Il ragazzo era differente, non era come tutti i suoi compari.

Fabrizio non lo giudicava, per il sol fatto di sentirlo diverso. In fondo anche Marco era un delinquente. Era un assassino che rischiava di avere il punteggio massimo per rimanere a vita in quella casa blindata. Anche se appariva diverso, lui non se ne curava e anzi sembrava ammirarlo per la muscolatura possente e scattante che scrutava sotto la sua maglietta.

<<Senza invidia>> diceva, flaccido e tutta pancia in sovrappeso.

Per le teorie espresse dalla dottoressa Marina Mattei, senza dubbio, il suo compagno di cella apparteneva alla categoria dei tipi estroversi. Uno di quelli che proietta tutto fuori, verso i fatti e verso le persone.

Da lui apprese del caso del neonato gettato nella lavatrice.

Mangiavano gli spaghetti preparati al dente con suo sugo di pomodoro, tonno e finocchietto di montagna selvatico che suo cugino, scippatore del Capo, gli aveva fatto avere tramite sua madre con un pacco di vivande.

Era un fatto truce e torbido.

A dire di Fabrizio, sembra che una donna di origine albanese, da anni abitante in zona stazione centrale a Palermo, avesse partorito un bambino di nove mesi regolare e che poi da vivo, con il cordone all'ombelico appena reciso, lo avesse gettato, con la complicità del marito, dentro la lavatrice di casa a centrifugare.

<<Compare, se questo non ha la protezione giusta per quello che ha fatto contro un neonato innocente, c'è pericolo che lo ammazzano, se entra in un carcere di quello giusto. Certe cose non si fanno e, qua

dentro, chi sbaglia paga>> disse con l'ultimo spaghetto lento a farsi risucchiare dalle labbra serrate dall'indignazione.

Si asciugò la bocca, sporca della salsa aspirata, con il dorso della mano destra che passò e ripassò su un lembo della canottiera ingiallita.

Andò a stendersi sulla brandina per digerire, eruttare in pace e concedersi, finalmente, un poco di relax.

***

Marina Mattei arrivò alle ore undici e quaranta.

Marco Donadio attendeva da circa un'ora, chiuso nella sala umida e malsana, disteso sopra la brandina.

La guardia di turno la vide attraversare con passo spedito l'ala del corridoio e le segnalò con le dita, battendole sopra l'orologio, il ritardo portato.

<<Scusi, è il traffico di Palermo. Ho fatto due giri, prima di posteggiare la macchina>> disse alla guardia con fare ammiccante per tagliare la discussione, stante il ritardo evidente ed il torto sfacciato.

Marco Donadio rispose con un cenno al saluto di buongiorno della dottoressa. Il fiato le saliva in gola, incalzandola nella lotta al tempo che correva più veloce di lei.

Marina Mattei accese il registratore e tirò fuori dalla borsa il taccuino e una matita appena temperata.

Sparse un mucchio di carpette sul tavolo di plastica verde.

<<Signor Donadio, oggi lavoreremo su un paio di test che sottoporrò alla sua attenzione. Vuole prendere posizione comoda e concentrarsi?>>

<<Non posso concentrarmi>> sbottò disperato.

<<Mia moglie mi toglierà la potestà su mio figlio. Io per Giovanni, sono un padre indegno. Sono un omicida. E quando sarà grande? Che orgoglio potrà mai avere di un padre ergastolano e assassino? Si vergognerà.>>

Ebbe un brivido che lo scosse.

<<Questa notte ho avuto gli incubi. Ho pensato di impiccarmi e di togliermi la vita. Ho pensato di bilanciare il male con il male. Se muoio, di colpo, quasi per magia, tutto si cancella. Le angosce si annullano. Per tutti sarà un sollievo. È morto l'assassino. Stop. Pace alla sua anima maledetta. Il processo si interrompe. I giornali si zittiscono. Gli animi si placano. Mia moglie da brava vedova potrà sposare il suo amante e sarà felice. Amen. Con la morte, tutto finisce. Nessuno ha voglia di ricordare un fatto di sangue che finisce col sangue. Attorno a me creo il

deserto, se muoio. Mio figlio, forse, un giorno se ne gioverà. Un giorno potrà dire che un tragico mistero di morte si è risolto con la morte. Se creo il deserto, niente giornali, niente processo, niente difesa, niente di niente, tutto si acquieta. Il tempo del funerale. Per mio figlio, un breve necrologio sulla lapide e un ricordo di cronaca durata poco: "il mostro è andato all'inferno". Dopo due giorni, neppure l'ultima pagina di un giornale di periferia ricorderà il mio nome.>>

Marina Mattei, con un'espressione sconcertata trapelante dal viso, zitta, lo guardava e ascoltava.

<<Dottoressa, ci ho riflettuto tanto. Forse, se mi ammazzo, faccio un favore a mio figlio. Se mi ammazzo ora, forse, gli darò in futuro meno materiale per disprezzarmi. Forse, crescerà più tranquillo e avrò fatto il suo bene.>>

Chiuse gli occhi.

<<Io che ho da perdere? Nulla. La mia anima è già dannata, senza perdono per l'eternità>> concluse con voce sfumata tradotta in un sussurro.

<<Forse>>rispose Marina Mattei.

<<Lei crede in questa soluzione?>>

<<Non lo so. Non riesco a capire, mi sento confuso. Non riesco a trovare una soluzione. Sono uno che non ha niente da perdere, neppure la dignità e il rispetto per se stesso. Se rifletto su quello che sono diventato, inorridisco.>>

La dottoressa iniziò a grattare una sorta di risata, urticante nel tono e nell'intento.

<<Ma che fa, ride?>>

Strattonò i piedi sulla branda, fecendo rumore. Il suo scopo era catturare l'attenzione della dottoressa che continuava a condurre un atteggiamento di ironico distacco.

E fu così, il rumore l'attirò ed entrò la guardia.

<<Che succede? Tutto a posto, dottoressa?>>

<<Sì, tranquillo. Il detenuto ha solo cambiato posizione>> disse pronta Marina Mattei.

<<Se ha bisogno, mi chiami.>>

Uscì, rimanendo rigido sull'attenti, socchiudendo appena la porta.

<<E allora? Lei crede che questa sia la soluzione?>> domandò la Mattei <<Attendo una risposta.>>

Marco Donadio rimase immobile, con gli occhi serrati entro le ciglia, come fosse morto sul serio.

Marina Mattei rimase anch'essa immobile a percepire il silenzio.

Si impose di stare ferma come una cartolina.

Il silenzio durò una vita senza tempo.

Marina Mattei si impose pazienza, sperando di cogliere i risvolti e gli effetti di un probabile risveglio da quella immobilità.

***

Il pubblico ministero Massimo Pignatelli sfogliava le pagine del fascicolo Donadio, soffermandosi sulle foto.

Il dottore Ettore Marone, suo consulente medico legale incaricato di eseguire esame autoptico sul corpo della ragazza di colore uccisa, lo aveva chiamato al cellulare per comunicare, in via informale, che era arrivato dal laboratorio uno degli esiti degli esami effettuati.

<<Dottore Pignatelli, i tamponi genitali ed orali non hanno rilevato presenza di materiale spermatico sul corpo dell'uccisa. Attendiamo l'esito degli altri esami. La chiamo quando sono pronti.>>

La polizia giudiziaria aveva già provveduto a trasmettergli i verbali di "sommarie informazioni" dei testimoni escussi nell'immediatezza dei fatti.

Il dottore Pignatelli lesse e rilesse attento, in particolare, un verbale composto da due pagine.

Si alzò dalla scrivania per andare a prendere la borsa da lavoro che aveva lasciato su una sedia. Ne estrasse un astuccio di cuoio da cui prese un matitone per mezza parte rosso e per l'altra mezza blu. Ritornò a sedere alla scrivania.

Sottolineò in blu nome e cognome. Marcella Donadio, sorella convivente di Marco Donadio.

Girò la matita e in rosso segnò: "Ho visto mio fratello l'ultima volta la sera prima dell'omicidio. Uscì da casa dopo cena e andò a casa dell'ex moglie per vedere suo figlio. Non lo vedeva da giorni, perché lei glielo negava. Si ritirò a casa poco prima della mezzanotte, in evidente stato di sofferenza. Già da prima veniva da un periodo difficile, da quando la moglie lo aveva lasciato, allontanandolo dalla casa coniugale. Piangeva ed era disperato perché aveva saputo che la ex moglie aveva, da tempo ormai, un amante. È un tale di nome Mario Saputo che si fa chiamare Sapù il professore. Negli ambienti dove è conosciuto, dicono, abbia intrighi di droga. È un ex fidanzato, rincontrato subito dopo il rientro dal viaggio di nozze con mio fratello."

Il dottore Pignatelli sottolineò a marcare in rosso: Intrighi di droga, amante e rientro viaggio di nozze.

<<Marco, proprio quella sera impazzisce di dolore, nell'apprendere che il tale Saputo diviene il suo amante ancor prima di rimanere incita

del figlio Giovanni. Giovanni, si, è figlio di Marco.>>

A domanda, Marcella Donadio, rispondeva a verbale.

D.R.: "No, Marco non ha mai fatto uso di droghe. No, non beve, è astemio. Quella sera disse che aveva bevuto, a casa di lei, solo un the freddo e poco gradevole con biscotti secchi allo zenzero. Andò a letto con il morale a terra. No, nessun episodio di violenza nella vita di Marco. Quella sera sembrava sconvolto e profondamente ferito nel suo intimo. L'indomani, il giorno dell'omicidio, non lo vidi. Uscii presto, quella mattina, per andare all'università. Un panino con una collega e poi ritornai a casa a studiare nel primo pomeriggio".

Le dichiarazioni a verbale erano state raccolte dal tenente Andrea Giuliani.

Prese un secondo verbale. In blu sottolineò Giovanni Donadio, e in rosso D.R.: "Marco si alzò molto tardi. Prese un caffè e disse di avere un mal di testa feroce. Aveva gli occhi lucidi, mise il termometro e non aveva febbre. Pensai avesse pianto parecchio. Fece una doccia e si vestì, dicendo che usciva dopo pranzo. Mangiò con me. Mia figlia Marcella quel giorno era in facoltà e mangiava un boccone con una collega. Prese un secondo caffè ed uscì verso le ore sedici e trenta".

D.R.: "A tavola bevve acqua. Marco non beve e non fuma".

D.R.: "No, la sera prima non lo vidi rientrare. Ho sentito chiudere la porta con la chiave e il ferro e poi ho sentito Marco e Marcella discutere fra di loro. Mancava poco alla mezzanotte, guardai la sveglia sul comodino. Quando uscì da casa, non mi sembrò sereno come al suo solito. Di certo, nell'ultimo periodo, era molto triste per via del figlio e della separazione con sua moglie. Si conoscevano da quando erano fanciulli. Per lui è stato ricevere un colpo tremendo. La sua vita era distrutta. Era stato male ed era giù di morale. Non lavorava più e raramente usciva da casa, da quando lei lo aveva lasciato."

A domanda, rispondeva: "No, non mi sono accorto che prendeva il coltello dalla cucina. Mai avrei potuto pensare che Marco avesse la capacità di ammazzare una donna. È sempre stato calmo e tranquillo. Mai, neppure da piccolo, ha dato segni di rabbia o di violenza. Mai. Quello che è successo è assurdo."

Anche le dichiarazioni del presente verbale erano state raccolte dal tenente Andrea Giuliani.

Pose il matitone sulle carte e pensò di chiamarlo al telefono.

<<Pronto, il dottore Andrea Giuliani? Sono il dottore Pignatelli.>>

Il tenente era in caserma, circondato dai suoi uomini. Si raccoglievano le quote per comprare il regalo di nozze al collega brigadiere Anselmi e lui esortava i ritardatari a tirare fuori dalle tasche il danaro.

Rispose al telefono. La voce grave e cupa del dottore Pignatelli contrastava con la figura diafana che supportava una catena di ossa. Lo immaginò da piccolo, chiuso dentro ad una stanza stracolma di libri e intento a studiare sotto la fioca lampadina pendula.

<<Dottore Pignatelli, mi dica. Sì, il caso Donadio. Ho ancora testi da ascoltare, li ho convocati. Gli esami tossicologici? Forse, domani, mi fanno avere i risultati. Forse. Anch'io questo caso non lo capisco. Manca il motivo. Manca il perché. Manca il movente. Marco fino ad ora è descritto da tutti come una persona calma e tranquilla. La scientifica sta analizzando computer e cellulari. Mi riferisce che non sembra ci siano elementi di rilievo. Appena ho i risultati la chiamo.>>

<<Vorrei che lei convocasse, qualora non avesse già disposto in merito, il signor Mario Saputo, che si fa chiamare professore Sapù, e i signori genitori di Marianna Costanza. Li faccia intercettare. Vorrei, inoltre che facesse intercettare Marianna. La convochi contestualmente a Mario Saputo. Li ascolti separatamente in caserma, per evitare inquinamenti di prove. Sì, ha ragione. La signora ha già reso sommarie informazioni, ho il verbale avanti ai miei occhi. Sì. Non mi convince la sua posizione, provi a spremerla un poco. Sì, tutti e quattro i soggetti, per il momento.>>

<<Certo dottore, provvedo immediatamente. La saluto. D'accordo>> rispose il tenente Giuliani.

Fiutò l'intrigo e, felino come una pantera come in effetti era, da puro animale di razza, si attivò per dare luogo immediato alla caccia.

Prese la carpetta del caso e compilò richieste e moduli. Organizzò l'azione da mettere in atto e chiamò i suoi fidati uomini, impartendo gli ordini necessari a raggiungere lo scopo.

Il dottore Pignatelli ripose la cornetta, rimase trenta lunghi secondi a pensare e poi sistemò le carte dentro il fascicolo.

<<In tutte le cose esiste un motivo. Tutte le azioni hanno una causa>> pensò.

Ripose il doppio matitone rosso e blu dentro la custodia di cuoio e chiuse il portatile dentro la borsa a tracolla per portalo via.

Infilò la giacca scura ed uscì dalla stanza, attraversando il lungo corridoio di marmo del Palazzo di Giustizia.

**

Alessandro Tomassello venne convocato in caserma quel pomeriggio alle ore sedici, per essere sentito come persona informata sui fatti.

Il tenente Giuliani lo fece accomodare alla sua scrivania, presentandosi.

Quando squillò il cellulare dovette rispondere. Chiese al maresciallo Antonio Prestia di iniziare con il verbale, prendere le generalità e fare le copie del documento di identità.

Per parlare, uscì fuori dalla stanza, socchiudendo la porta. Quando ebbe finito, ripose il telefono entro il taschino della giacca e si diresse ad interrogare il teste convocato.

Il maresciallo si alzò, cedendogli il posto.

Andrea Giuliani lesse a voce alta quanto già scritto a verbale "Sono e mi chiamo Alessandro Tomassello, nato e residente in Palermo, Via Dante, coniugato."

Continuò a condurre l'interrogatorio e il maresciallo andò via, lasciando la porta socchiusa.

<<Conosco Marco dalla prima media. Eravamo molto amici e molto legati. Studiavamo insieme tutti i pomeriggi e, spesso, dormivo a casa sua. Suo padre mi considerava come un figlio. Le sorelle di Marco erano le mie sorelle, soprattutto Marcella. La stessa cosa era per Marco a casa mia. In particolare, era legatissimo a mia madre che adorava, forse perché Marco era orfano di madre da quando aveva sette anni.>>

<<La vostra amicizia è finita?>>

<<È più corretto dire che si è interrotta. Avevamo circa quindici anni e siamo stati invitati ad una festa dove abbiamo conosciuto Marianna e Francesca le ragazze che poi, rispettivamente, abbiamo sposato. Eravamo sbarbatelli ed era la prima volta che le ragazze ci davano confidenza. Sia lui che io eravamo alla prima esperienza. Incominciammo così ad uscire in quattro. Io mi fidanzai con Francesca e Marco con Marianna. Tutto sembrava perfetto. Un giorno le due amiche iniziarono a litigare. Marianna ha sempre avuto un carattere particolare. Iniziò a piantare grane con tutti gli amici, per le cose più futili. Nei miei confronti divenne feroce. Incominciò ad odiarmi, senza un motivo. Lei era gelosa di tutto e di tutti e la mia amicizia, a suo dire, allontanava Marco da lei. Elaborò una serie di scenate diaboliche e Marco prese le sue parti. Litigammo spesso a causa di lei. All'ennesima scenata, di comune accordo, abbiamo deciso di interrompere la nostra amicizia. Ne abbiamo sofferto molto, entrambi. Comunque era inevitabile. Ogni volta che mi avvicinavo a Marco, anche con una sola telefonata, si creavano problemi con Marianna. Decidemmo di evitare del tutto. Con la mia ragazza e sua amica Francesca, si comportò malissimo. La ingiuriò e sparlò, spargendo maldicenze e zizzania. Solo

un paio di volte ci siamo incontrati io e Marco, per caso, con la promessa di tenere nascosto il nostro incontro. Se Marianna avesse saputo, avrebbe scatenato la sua collera per colpire e punire. Ogni tanto incontravo sua sorella Marcella e gli mandavo i saluti. Sono circa due anni che non lo vedo. Ho appreso la notizia dal telegiornale.>>
<<Marco Donadio è un soggetto rabbioso o violento?>>
<<Assolutamente no. Lo conosco come un ragazzo tranquillo, paziente, disponibile e generoso. Certo, il rapporto con Marianna non gli ha giovato. Quella donna lo ha reso succube. Lei è una che la pazienza la fa perdere pure ai santi. Per lei, Marco ha rinunciato pure allo sport. Assieme andavamo a cavallo e facevamo judo. Poteva diventare un campione, ma, anche in questo, lei lo ha castrato. Alla fine smise di allenarsi e di gareggiare. Io mi sono offerto di cambiare palestra, ma lui disse che non ero io a creare problemi. Disse che non poteva perdere tempo con lo sport e che doveva dedicarsi al lavoro per mettere su casa. Voleva un figlio.>>
<<Le risulta che facesse uso di sostanze in genere, farmaci, droghe, alcool?>>
<<No, mai visto Marco bere o fumare o fare uso di sostanze. Mai. Anzi, mi risulta essere contrario a tutto e pure allergico allo sciroppo per la tosse.>>
<<Lei frequenta ancora quella palestra? Mi dia il nome e l'indirizzo.>>
<<Sì, la frequento ancora, mi alleno tutti i mercoledì e i venerdì. Ogni tanto il lunedì vado a cavallo, ma senza Marco non è più la stessa cosa>> disse, sinceramente rattristato.

Il tenente scrisse a verbale il nome dell'associazione sportiva e del maneggio con gli indirizzi. Si fece confermare l'indirizzo di sua moglie Francesca Colasanti, dicendo che l'avrebbe convocata per interrogarla. Appuntò il numero del suo cellulare.

Dopo avere letto, confermato e sottoscritto il verbale, Alessandro Tomassello strinse la mano al tenente.

Lesse attento il verbale e disse:<<Se Marianna Costanza arriva a leggere le mie dichiarazioni- spero tanto di no- come minimo mi decapita, mi taglia a pezzi e sparge le mie membra in pasto ai topi. Questo non lo scriva a verbale, comandante.>>
<< Esagerato. Lei ha una fervida fantasia, signor Tomassello>> disse il tenente Giuliani, sorridendo al ragazzone sportivo e pieno di sana allegria.
<<Lei ride e può permetterselo, non avendo mai avuto la fortuna di incontrare una donna di quella specie. Mi creda tenente, è meglio la

peste bubbonica!>> esclamò sarcastico e divertito.

Ad un tratto si fece cupo. Chiese:<<Perché lo ha fatto? Perché quella donna? Certo, se avesse ucciso la sua ex moglie avrei potuto capire. Non giustificare, è chiaro, ma capire. E invece? Perché?>>

<<Le indagini sono in corso. Riusciremo forse a trovare un perché, ci stiamo lavorando>> rispose il tenente Giuliani.

Lo accompagnò alla porta, salutando.

Avrebbe voluto dargli la risposta.

Portò la mano sul cranio ad accarezzare il capello irto, rasato e nero.

***

Il maresciallo Antonio Prestia fece accomodare il dottore Gastone De Blasi. Era stato convocato alle ore undici per rendere sommarie informazioni.

Prese il suo documento di riconoscimento e, con la scusa di fare la fotocopia, uscì fuori dalla stanza. Ordinò di fare la copia all'appuntato. Bussò ed entrò nella camera del tenente.

<<È arrivato Gastone De Blasi, lo faccio entrare?>>

<<No, io devo andare di corsa, pensaci tu ad interrogarlo. Di te mi fido. Sei napoletano e scaltro.>>

Si aggiustò la pistola nella fondina e si assicurò che fosse inserita la chiusura di sicurezza. Abbottonò la giacca e gli batté la spalla con la coppa della mano.

<<Vado. Mi raccomando, scrivi fedelmente tutto a verbale e poi mi riferisci le tue impressioni.>>

<<E lo so, noi napoletani siamo fortissimi. Mi compiaccio lo sappia pure lei, tenente. Vada, vada tranquillo, ci penso io.>>

Portò la mano alla pistola, allargò le spalle, accarezzò i bottoni della divisa, gonfiò il petto in fuori e si diresse dal suo interrogando.

Andò a sedere alla scrivania da maresciallo comandante, dondolandosi con lo schienale mobile della poltrona.

Copiò i dati dalla carta di identità, ripose la copia del documento nel fascicolo e poi chiese:<<Che rapporti aveva con la vittima e con il suo assassino?>>

<<Abito in quel palazzo di Piazzale Ungheria da quando ero bambino. Quella è casa di mia madre. Maria, la vittima, era la badante di mia madre. Le avevo ceduto gratuitamente lo scantinato del palazzo di cui io pagavo e continuo a pagare l'affitto. Di fatto, però, Maria abitava con mia madre che è sola e anziana.>>

<<A casa di sua madre Maria ha lasciato effetti personali?>>

<<Sì, poche cose e senza valore alcuno. Ho già dato ad un suo collega un breve elenco.>>

Il maresciallo sfogliò il fascicolo e ne trasse fuori un foglio.

<<È questo l'elenco?>> chiese.

<<Sì, è questo>> e controllò la nota che elencava maglie, jeans, calzini, scarpe, un libro di preghiere, una spazzola e una scatola con lettere personali.

<<Sa che lettere sono, da dove provengono e chi le ha scritte? Sa se sono in italiano o in altra lingua? Chi le ha toccate dalla morte di Maria?>>

<<Nessuno, maresciallo, glielo posso assicurare. La sera stessa della morte di Maria, mia madre si è sentita male ed è stata ricoverata al Civico. Nessuno più è entrato in quella casa, dal quel giorno maledetto. No, non conosco il contenuto delle lettere. Ho solo aperto e richiuso due cassetti per fare l'elenco che mi avete chiesto. Le lettere erano e si trovano ancora dentro una scatola di cartone.>>

<<Lei ha le chiavi di casa di sua madre? Dobbiamo sottoporre i beni della vittima sotto sequestro.>>

<<Ho le chiavi, quando vuole entriamo.>>

<<Bene, mi parli di Maria.>>

<<Era una ragazza d'oro. La sua morte sta facendo morire mia madre in un fondo di letto di ospedale. A casa, invece, era trattata da Maria come una regina. La sua morte, inoltre, ha messo a rischio la sopravvivenza di molta gente del suo villaggio nel Ghana. Maria mandava loro tutto lo stipendio. Lei non spendeva niente per sé, si arrangiava e raccoglieva tutto quello che poteva, per mandarlo alla sua gente. Si può dire che sfamasse un intero villaggio e lei di questo era felice. Maria aveva sempre il sorriso sulle labbra. La sua famiglia è disperata. Ho promesso a sua madre che avrei pagato le spese per mandare loro le ceneri del corpo della figlia. Mia madre ieri mi ha fatto fare un vaglia di tutta la sua pensione, per mandarlo nel Ghana alla madre di lei. Guardi, maresciallo, è l'originale del vaglia pagato.>>

Il maresciallo Prestia raccolse la ricevuta del vaglia e osservò data e cifra, trasalendo, dato che era più di due volte il suo stipendio.

<<Fra Marco e Maria c'era un rapporto?>>

<<No. Non penso si conoscessero con Marco. Da quello che io so, non aveva un ragazzo. Non usciva mai, se non per fare la spesa o accompagnare mia madre a messa o dal dottore. Non fumava, non beveva ed era sempre dolce e tranquilla, col sorriso bianchissimo e rumoroso.>>

<<Marco Donadio lo conosceva?>>

<<Certo che lo conosco. Si può dire che l'ho visto nascere. È coetaneo di mia figlia, lo conosco da sempre.>>

<<Mi può descrivere che tipo è ed il suo carattere?>>

<<Lo conosco come un ragazzo sereno e tranquillo. Era piccolo quando è morta sua madre, ma lui sembrava essere forte. Anche la sua famiglia è tranquilla. Suo padre Giovanni è un pezzo di pane, un vero galantuomo. Lo conosco da quando ero bambino, dato che era amico di mio padre che lo rispettava tanto. Persone tranquille e serene. Quando Marco era ragazzo lo seguivo nello sport. Era un piacere vederlo gareggiare a cavallo nelle corse ad ostacoli alla favorita, nelle belle giornate di primavera, oppure agli incontri di judo. Era una promessa e poteva fare strada, se avesse continuato. Sicuro.>>

Si ammutolì di colpo. I ricordi di giorni felici e spensierati lo fecero star male. Gli occhi si arrossarono, trattenendo le lacrime.

<<Era un violento? Praticava sport violenti?>>

<<Mi scusi, per me era come un figlio. Quando era piccolo si può dire che abitava a casa mia. Da ragazzo, si fece fidanzato con Marianna e si allontanò.>>

Erse le spalle e cambiò posizione nel sedere.

<<No, non era violento. Quando, ed era piccolino, gli chiesi: "ma perché proprio judo, perché un'arte marziale?", lui mi rispose: "Gastone, judo significa via della morbidezza e della gentilezza." No, era gentile e quando combatteva mostrava possedere una tecnica innata. Quando andava a cavallo poi, anche se come fantino era robusto, si amalgamava in groppa a quell'animale come fossero siamesi legati allo stesso battito cardiaco. Era una potenza Marco, peccato abbia abbandonato tutto. Ha preso una marea di coppe, vincendo un sacco di premi importanti.>>

<<Premi? Che premi?>>

<<Coppe, medaglie, trofei; la sua camera era piena. Un giorno me li mostrò suo padre Giovanni. Orgoglioso del figlio, si fece fare una vetrina ad hoc per esporli.>>

<<Mi faccia capire, io ero presente alla perquisizione in casa di Marco Donadio e non ho visto alcun trofeo, come mai?>>

<<Questo non saprei. Le posso assicurare che io stesso ho visto assegnare a Marco decine di premi, come coppe, medaglie, trofei. Dove sono non saprei dire.>>

<<Controlleremo>> disse il maresciallo, pensando di telefonare a casa Donadio per chiedere spiegazioni.

Prese un foglio bianco e scrisse un appunto.

<<Le risulta che Marco Donadio facesse uso di sostanze, farmaci,

anabolizzanti, alcool, droghe?>>

<<No, non mi risulta. Io sono un medico anestesista e, presumo, mi sarei accorto se Marco avesse fatto uso di sostanze intossicanti. Lo escludo. Dal mio canto, lo escludo. Anzi, mi risulta che facesse battaglia attiva pure contro il fumo. Ripeto, lo escludo.>>

<<Quando vide Marco Donadio l'ultima volta?>>

<<L'ultima volta sul luogo del delitto, prima che la volante lo portasse via.>>

<<E ancora prima?>> chiese attento il maresciallo Prestia.

<<Andando a ritroso, due giorni prima la morte di Maria. Era davanti all'ascensore con due confezioni di acqua. Disse che era diuretica, per i calcoli renali del padre Giovanni. Erano almeno sei mesi che non lo vedevo. Gli chiesi dei suoi sport e lui mi rispose che da tempo li aveva abbandonati definitivamente e che non pensava più agli allenamenti. Mi raccontò che sua moglie l'aveva lasciato. Disse che sarebbe andato a trovare il suo maestro di judo e forse qualche volta anche a cavalcare. Mi sembrò giù. Sapevo già che si era separato dalla moglie e che era stato male. Per non imbarazzarlo, non feci domande. Salimmo insieme al pianerottolo e lui si mostrò educato e gentile, come sempre.>>

<<Saprebbe dire perché, dato che lo conosce da quando era piccolo, ad un bel momento abbia deciso di smettere con la carriera sportiva?>>

<<Non l'ho mai capito. Le posso assicurare che era bravo, una promessa su cui avrei scommesso. Abbandonò senza un motivo. Proprio quel giorno in portineria, quando glielo chiesi, mi rispose che lo aveva fatto per suo figlio. Lo voleva e lo aveva avuto. Questo disse. Non capii bene la risposta e cosa ci entrasse lo sport con il figlio ma, come le ho già detto, non feci domande. Posso dire che era giù di tono, molto dispiaciuto, magro e sciupato.>>

<<Arrabbiato o aggressivo?>>

<<No, era un tono dimesso, triste e mortificato, per questo non feci domande. L'ho già detto.>>

<<Conosce Marianna Costanza ex moglie di Marco?>>

<<La conosco. Marco me la presentò quando si fecero fidanzati. Erano molto giovani. Lei era più piccola dell'ultima delle mie figlie, si figuri. Poi la incontrai in un paio di competizioni sportive di Marco e nei pressi del palazzo, uscendo o entrando a casa. L'ultima volta la vidi al giorno del suo matrimonio a Villa Igea. Sono stato invitato dal padre di Marco che ci teneva a che fossi presente. Marianna, ma è solo un mio parere molto personale, mi sembra un soggetto che tende al morboso. È molto gelosa, quasi maniacale. Per me è lei che ha preteso che Marco

abbandonasse lo sport. È un'opinione mia, non ho elementi per darne conferma. Vorrei puntualizzarlo, lo scriva a verbale, per piacere.>>
<<Certo che lo scrivo. A parere del teste. Lei potrà leggerlo, prima di sottoscriverlo.>>
<<Grazie.>>
<<È un suo diritto, si figuri. Abbiamo finito. Mi perdoni, possiamo ritirare ora gli oggetti di Maria da casa di sua madre?>>
<<Sì, certo.>>
<<Posso scrivere a verbale che lei consegna la cassetta di cartone contenente le lettere di cui all'elenco allegato al fascicolo, quali possibili elementi costituenti prova o indizi di prova? Comprenderà, forse dalla corrispondenza contenuta in quella cassetta potrebbe emergere qualche indizio importante.>>
<<Sì, certo, sono a vostra completa disposizione. Se non avessi visto con i miei occhi Marco sporco del sangue di Maria non ci avrei mai creduto, neppure me lo avesse detto mia madre in persona. Quando vuole andiamo.>>
Il maresciallo Antonio Prestia scrisse a verbale: "Il dottore Gastone De Blasi dichiara che la vittima, di fatto abitante presso la casa dell'anziana madre, ivi deteneva i beni personali di cui in depositato ed allegato elenco. Pertanto, come espressamente confermato e sottoscritto a verbale, mette a disposizione dell'autorità giudiziaria, che la richiede, la corrispondenza personale appartenente alla vittima.>>
Gastone De Blasi lesse, confermò, sottoscrisse il verbale e il maresciallo lo fece accomodare in una sedia posta avanti al corridoio.
<<Mi aspetti qui, andiamo subito a casa di sua madre. Il tempo di impartire i dovuti ordini. Comprenda, non posso lasciare la caserma sfornita, in assenza del tenente sono io che assumo il comando>> disse con spalle tirate in alto e pettorali in fuori. Si allontanò.
Fece una fotocopia del verbale. Sottolineò con la penna nera, "corrispondenza personale appartenente alla vittima". Sotto scrisse "Vado a ritirarla con il brigadiere Bartolino" e impresse la firma sotto.
Uscì dalla caserma con il collega brigadiere e la mente impegnata a pensare di ricevere un elogio dal tenente Giuliani. Ci teneva alla sua stima e a fare bella figura, da uomo del sud ad uomo del sud.
Sottopose a sequestro una scatola piena di lettere. Il maresciallo fece foto, prima, durante e dopo il sequestro.
Il dottore Gastone De Blasi mise una firma di consegna e sembrò contento di essersi liberato del fardello.
Salutò il maresciallo e il collega che reggeva la scatola appartenuta alla povera Maria.

Li vide andare via. Sostò per una manciata di secondi davanti al portoncino blindato e girò due volte la grossa chiave dentro la toppa, lasciando vuota la bella e grande casa.

***

Il tenente Andrea Giuliani non amava indossare la divisa. Si trovava a suo agio con jeans, scarpe da corsa, maglia e giacca antivento. Della divisa, in particolare, non gradiva la camicia. La sentiva dura, urticante la pelle, serrata ad arrossare il collo e soprattutto fredda. Quella mattina uscì da casa prima del previsto. Scese in garage e tirò fuori la moto con lo stemma dell'aquila impressa sul telaio cromato.

Indossò il casco, mise in moto e cavalcò la strada catramata, salendo il manto ripido e asfaltato del garage, con la prima ingranata.

Si diresse in Tribunale per andare a parlare direttamente con il dottore Pignatelli. Aveva pensato di chiamarlo al cellulare e di dargli appuntamento. Decise di fare più in fretta e meglio, andando di presenza.

Lasciò casco e moto al ragazzo del posteggio sotto al Tribunale. Sapeva che era abusivo di professione, ma era un bravo ragazzo ed aveva moglie e due figli da mantenere.

Evitò di prendere l'ascensore e, attraversato il grande atrio del Palazzo di Giustizia, salì le scale con la stessa grazia felina di una pantera nera.

Dal basso, non poté fare a meno di notarlo l'avvocato Mancusi conosciuto con il nome di "Macchia Nera", per un suo caso scordato da molti e ai tempi degno di cronaca. Cercava di nascondere di essere gay, anche se era evidente che lo fosse. Quando se lo vide passare a lato come una brezza, una folata che spostò l'aria, col pantalone scuro, lo scarpone da scatto e la giacca a vento nera che lo fasciava per intero dal bacino in su, esclamò:<<Mi! Chi è? Zorro? Diabolik? Sandokan?>>

Andrea Giuliani arrivò davanti la stanza del dottore Pignatelli. Era aperta e vuota. Rimase nel corridoio. Il cellulare che teneva in mano trillò. Rispose. Una breve comunicazione e chiuse.

Il cancelliere, una donna bionda che cingeva una catasta di fascicoli con le due mani, le andava incontro, attratta dalla figura, avendo riconosciuto a distanza la sagoma possente del tenente Giuliani. Non si poteva sbagliare ed infatti era lui.

<<Tenente, mi dica, lei qua, che cerca? Di che ha bisogno? Con chi vuole parlare?>>

<<Dottoressa carissima, conto su di lei, ho la caserma che mi

103

aspetta, devo parlare con il dottore Pignatelli, dove lo trovo?>>
<<È in udienza, forse ha appena iniziato, ha a ruolo poche cause. È urgente? Vado a vedere se può uscire dall'aula>> e si diresse con tutti i fascicoli tra le braccia dal dottore Pignatelli.

Si avvicinò alle orecchie del pubblico ministero e disse piano:<<Il tenente Giuliani lo aspetta nella sua camera. Deve essere urgente, ha fretta, i suoi uomini lo aspettano in caserma. Può interrompere?>>

Il dottore Pignatelli si alzò e disse a voce alta: <<Scusatemi, solo il tempo necessario, mi devo assentare per motivi di servizio.>>

Si incontrarono in corridoio, andandosi incontro. Si strinsero forte la mano, stando in piedi.

Il tenente Giuliani iniziò a parlare, conciso come un telegramma, tecnico.

Il dottore Pignatelli apprezzò le richieste e le condivise. Prese in mano un documento, lo lesse con attenzione e annuì. Prese in mano un secondo documento che lesse con la stessa concentrata attenzione, anche per questo annuì. Sorrise.

Firmò le richieste.

<<Condivido e apprezzo. Ha tutto il mio appoggio, farò richiesta di convalida al giudice per le indagini preliminari. Vada, buon lavoro e mi faccia sapere subito dopo aver eseguito e completato le azioni.>>

Si strinsero forte le mani e si allontanarono, andando uno a destra e l'altro a sinistra.

L'avvocato "Macchia Nera", che si era stazionato sotto, aspettava che l'angelo nero scendesse la scalinata marmorea del grande atrio. Da lì doveva passare e solo gli ascensori laterali potevano ingannarlo. Si era appostato con pazienza, valutando frasi da pronunciare alla sua discesa e vari modi di approccio, per non essere volgare e per camuffare almeno al primo impatto la sua natura amante del mascolino.

Si accorse di lui sulle scale e, al suo passaggio, fece appena in tempo a dire:<<Senta! Volevo dirle>> che già il tenente pantera era volato via.

Forse, prima ancora che se ne accorgesse, era già in groppa alla sua moto con l'aquila reale cromata sul telaio.

**

Il carabiniere bussò forte all'uscio.

La rugiada ricopriva l'erba e i fiori strapazzati dalla pioggia della notte.

Il sole tentava di fare capolino tra le nubi che si muovevano in fretta, assumendo strane forme soffiate dal vento che cullava fronde dondolanti.

L'aurora salutava l'alba e l'aria, dolce e fresca, conciliava il sonno di chi dorme nel giusto.

Bussarono forte, con imponenza ed una sorta di arroganza.

Un'irruzione violenta, per chiunque fosse costretto ad aprire pensando a quale immane catastrofe di prima mattina fosse piombata sul suo povero capo e perché.

<<Aprite, carabinieri.>>

L'uomo di casa, Antonio Costanza, aprì l'uscio. Era il padre di Marianna, moglie in fase di separazione di Marco Donadio. Apparve dietro la porta socchiusa scompigliato, con capelli unti e grigi in ciocche appiccicate sul capo. Un pigiama a righe verticali bianche e blu, con i bordi del colletto in raso, faceva da cornice ad un giallore atipico, come fosse epatico.

Sbadigliò forte e chiese con voce incespicante<<Che volete?>>

Non fece in tempo ad avere una risposta che il tenente entrò in casa, con l'irruenza dei suoi tre uomini in divisa.

Chiese<<Possiamo?>> e chiuse la porta.

Antonio Costanza, col suo pigiama a strisce, divenne ancora più pallido e balbuziente.

<<Stia sereno, non siamo qui per arrestarla.>>

Il tenente Giuliani lo invitò a sedere.

<<Si accomodi, passiamo subito a redigere il verbale così, nel frattempo, comprenderà il motivo della nostra visita. Non perdiamo tempo e facciamo tutto in regola e a norma di codice. Si accomodi.>>

Antonio Costanza, tremolante, prese posto sulla sedia impagliata, sedendo sopra il bordo.

<<I sottoscritti ufficiali di polizia giudiziaria, in data odierna, autorizzati con decreto motivato reso dal dottore Massimo Pignatelli della Procura di Palermo, procedono alla perquisizione dell'appartamento ivi sito in via Delle Magnolie, alla ricerca di oggetti e cose pertinenti al caso Marco Donadio, imputato di omicidio. Quale mezzo al fine, quale atto delegato, si sottopone ad interrogatorio i coniugi Costanza, in quanto soggetti in grado di riferire su circostanze concrete e rilevanti alla ricostruzione dei fatti attinenti al caso di omicidio in oggetto.>>

<<Perché? Non ho fatto niente. Sono disoccupato e nullatenente>>disse urlando, in preda ad una sorta di convulsione rabbiosa.

Il tenente Giuliani provò fastidio per quell'urlo isterico. Con uno sguardo lo zittì, lasciandolo impietrito come una lepre avanti ad un terrificante carnivoro.

La madre di Marianna uscì dalla camera da letto.

Apparve gridando, come avesse visto un fantasma. Si ritrovò davanti al maresciallo Antonio Prestia che esclamò in napoletano:<<Signora bella, un faccia accussì che mi piglia l'infarto!>>

La signora continuò a gridare, colta da crisi convulsive, con svenimenti da cui si riprendeva subito. Quando si riebbe, divenne ancor più fastidiosa.

Iniziò col cellulare in mano a minacciare di denunciare tutti, non sapendo loro ignari chi fosse lei.

Imbestialita dal fatto che nessuno la degnasse, iniziò ad inveire contro il marito, scaraventando contro di lui ogni sorta di ingiuria atta ad istigarlo a darsi da fare.

<<Deficiente, ebete, telefona. Al comandante, al preside, al direttore. Digli chi sei, fatti sentire, cretino. Rimbambito, muoviti, avvertili dei guai che passeranno dopo che avrai provveduto a smuovere le tue carte. Digli chi sei. Diglielo.>>

Non si dava pace la povera madre di Marianna, per l'ingiustizia che stava per subire.

Il tenente Giuliani, assordato, si impose di ignorare quella donna che lo infastidiva tanto quanto uno strano moscone ronzante.

<<Signora, lei ha ragione a sentirsi disturbata ma, quale ufficiale di polizia giudiziaria, è mio compito eseguire ed effettuare ogni atto necessario ad assicurare ogni fonte di prova alla giustizia penale.>>

Si guardò intorno alla sporcizia che lo circondava e si accorse che non una sedia era libera per fare accomodare la signora e zittirla.

Oggetti vecchi e sporchi erano sparsi dappertutto, come lo strato della polvere.

Sembravano nutrirsi di roba alcolica, date le bottiglie vuote sparse ad ogni angolo della casa.

<<Chi c'è a casa, oltre a voi due?>> chiese Andrea Giuliani, rivolgendosi a lui e guardando lei per inchiodarla con lo sguardo.

<<Nessuno>>, rispose lui.

Lei gracchiò, <<Chi vuole che ci sia, il sindaco?>

<<Maresciallo, vada ad ispezionare i luoghi>> disse <<veloce>>, mentre con lo sguardo gli fece segno di procedere con comodo e di osservare bene ogni dettaglio.

Il napoletano, annuì e andò. Gli altri due agenti, ricevuto un cenno dagli occhi del capo, seguirono il maresciallo nell'ispezione e si diramarono per le stanze della casa.

Per non continuare ad sentire quella donna dai capelli sbiaditi come la paglia secca, stizzosa come una mosca sul latte, dovette battere il pugno sul tavolo.

Chiamò il maresciallo.

<<Maresciallo, ci pensi lei a fare mettere comoda la signora. La accompagni nella sua camera da letto. Raccolga lei la testimonianza della signora. Vada e le riservi un trattamento da gran dama. Mi raccomando il rispetto e metta a verbale, con tutte le tutele espresse dal codice, le sue dichiarazioni, quale persona a conoscenza di fatti e circostanze. Vada e mi raccomando alla signora.>>

Il tono della voce rimarcava, sferzante, il "signora".

Porse i fogli e una penna necessari a redigere il verbale ed osservò il napoletano che, come volesse amarla e corteggiarla, conduceva la donna dolcemente fuori dal suo cospetto.

Si rivolse diretto ad Antonio Costanza pallido e tremolante, sospeso sul bordo della sedia impagliata.

<<La sera prima dell'omicidio, ci risulta che Marco Donadio sia passato da questa casa, è vero?>>

<<Non ricordo, io non c'ero. Ero da mia figlia Rosa con mia moglie. A casa è rimasta solo Marianna, se non ricordo male.>>

<<Conosce Mario Saputo, chiamato Sapù, attuale compagno di sua figlia?>>

<<Certo che lo conosco, è stato il primo fidanzato di mia figlia Marianna, prima che quella cretina perdesse la testa per Marco, per quell'assassino. Mario sì che è l'uomo giusto per mia figlia Marianna. Ma noi che ci entriamo?>>

<<Non la voglio arrestare signor Costanza, stia tranquillo e risponda alle domande>> disse il tenente Giuliani.

L'uomo si alzò lentamente con gesti molli e arresi dal pizzo della sedia, per rivolgersi ad una bottiglia imbrattata con l'etichetta grattata sulla colla appiccicosa. Conteneva un liquido alcolico denso e bruno. La prese per il collo, svitò il tappo di alluminio, la sollevò lentamente per porgerla alla bocca inaridita e bevve. Si asciugò, soddisfatto, le labbra con il dorso della mano e, con gli occhi, invitò il tenente a volere favorire.

<<Ne vuole un goccio?>> chiese<< le prendo un bicchiere>> e, senza attendere risposta, riprese a tracannare dalla bottiglia un intero quarto di quel liquido esalante fetore di torba bruciata. Il tanfo tipico delle patate marcite arrivò alle narici del tenente. La qualità dell'intruglio, squarciante lo stomaco e trivellante i neuroni del cervello, era pessima.

Andrea Giuliani iniziò ad ispezionare ogni angolo della casa.

Dalla tasca del pantalone estrasse un guanto e una busta di plastica bianca. Vi raccolse dentro uno specchio di piccole dimensioni spizzicato ai lembi e pieno di striature bianche che suggellavano segni evidenti di impronte di polpastrelli. Lo sollevò sotto la luce, per guardarlo in trasparenza. Pensò fossero residui scarsi di droga. "Vediamo che ne pensa la scientifica" si disse. Sigillò il sacchetto privandolo dell'aria e sfilò, dalla sua grande mano, il guanto di gomma molle e stretto, indossato solo a metà.

Il maresciallo Antonio Prestia uscì dalla camera della signora con il verbale in mano. Scrollò il capo, per significare quanto si fosse avvilito per il fatto di avere dovuto sprecare una massiccia dose di energia nel dare testa ai continui isterismi di una donna tutta lacrime, pruriti vari e insulti sbracati all'aria.

Aveva ottenuto da lei risposta ad un tarlo che lo opprimeva da quando il dottore Gastone De Blasi aveva parlato di una serie di coppe e di trofei vinti da Marco Donadio. A lui piacevano le coppe e i trofei. Fin da piccolo aveva cominciato ad incartare la sua camera di poster con Stallone e De Niro. Già da ragazzino collezionava crest. Alla sua prima, con lo stemma araldico dei carabinieri, erano seguite quelle degli arditi incursori, delle frecce tricolori, del perfezionamento del tiro e di una serie di missioni. Adorava le medaglie e collezionava foto, cartoline, calendari e riviste varie dedicate al valore degli eroi. In un diario, che aggiornava periodicamente, spesso trascriveva ogni frase o aforisma esprimesse un valore di vita intenso che valesse la pena di imparare a memoria e ripetere con garbo alle cene con gli amici.

<<Signora, lei è a conoscenza e potrebbe dire dove siano andati a finire le coppe, le medaglie e i trofei vinti da suo genero Marco?>> chiese, come a volere soddisfare una sua curiosità.

Attese che lei parlasse per trascrivere domanda e risposta a verbale.

<<Trofei>> disse<<quattro coppe senza valore. A volerle vendere neanche un soldo. E lui, Marco, che si vantava come se fossero un tesoro. Macché! Valore zero. Mia figlia li ha buttati, neanche lei li ha voluti. Nella spazzatura sono. Andate alla discarica di Bellolampo, invece di frugare a casa mia. Perché fate questo a me che sono donna onorata e super per bene. Non solo non valevano niente, ma ingombravano una casa. Era uno sfaticato. Mia figlia meritava di sposare uno meglio di lui. Questo Marco, una tristezza! Si figuri che, in tanti anni che sono stati fidanzati e sposati, solo una volta l'ha portata al cinema. Con lui niente. Un tipo monotono, tutto casa e chiesa, e a dormire massimo a mezzanotte, come Cenerentola. Questi uomini sono?>> disse, modulando il tono della voce per renderlo accattivante e

languido.

Il maresciallo Prestia non poté dire parola, esterrefatto. Rimase con la voglia di sferrare un pugno alla bocca di quella donna dall'alito pesante e resti di rossetto fra gli anfratti delle rughe. Aveva detto cose ignobili, mortificando valori di cui non percepiva l'intensità.

I colleghi ufficiali di polizia giudiziaria intanto si erano dati da fare, mettendo una casa sottosopra, con l'accortezza di lasciare ogni cosa al suo migliore ordine. Fecero foto e rilievi, annotando ogni particolare degno di emergere a verbale o da approfondire, qualora il tenente li avesse chiamati a rapporto per chiarimenti. Sempre pronti a cogliere uno spunto essenziale alle indagini preliminari, aprirono frigo e cassetti e visionarono entro la cassetta dello sciacquone del bagno. Setacciarono ogni angolo con filtro sottile. Scattarono trentanove pose in digitale, con la macchina del tenente ad alta risoluzione.

Sottoposero a sequestro poca roba. Malamente nascosta, trovarono qualche foglia essiccata di erba e una strano miscuglio di polverina bianca piena di grumi somigliante ad un composto di pillole pestate in maniera grossolana. Avrebbero portato il tutto all'esame della scientifica. Se avessero sequestrato le bottiglie vuote sparse per tutta la casa, avrebbero riempito un paio di volanti.

Uscirono dopo due ore esatte.

L'alba era solo un ricordo. Aveva lasciato il suo umido candore al sole che arrossava e scaldava.

***

Marcella Donadio non poteva più aspettare. Aveva una notizia importante da comunicare all'avvocato e, impaziente, fremeva.

Alle tre e venti minuti del pomeriggio, pensò di provare, anche se era presto. Prese in mano il telefono e compose il numero dello studio. Gli squilli si persero nel vuoto di un segnale senza comunicazione.

Aveva scordato di chiederle il numero del cellulare ed ora pulsava nell'attesa di comunicare con lei. E se non fosse andata o passata dallo studio? Avrebbe lasciato detto e poi? Con quale ansia avrebbe atteso che la chiamasse?

Andare ad appostarsi sotto al suo studio sarebbe stato inutile per il semplice fatto che, non rispondendo al telefono, nessuno avrebbe potuto riceverla.

Accese il televisore e col telecomando cambiò un canale dietro l'altro. Poggiò il telefono sul bracciolo della poltrona, pronta a richiamare.

Alle sedici e tre minuti esatti, chiamando per la ennesima volta, una voce rispose al telefono. Era maschile e molto compassata. Marcella pensò fosse quel ragazzo impettito che faceva pratica per conseguire il titolo di avvocato e che aveva aperto la porta con il libro in mano, facendo accomodare lei e suo padre dalla Sallustio.

<<Sono Marcella, la sorella di Marco Donadio, ho urgenza di parlare con l'avvocato>> disse.

Si sentì rispondere <<Gliela passo subito.>>

<<Avvocato Sallustio, grazie alle preghiere, la trovo. Mi ascolti, è importante, ho scoperto che il nuovo compagno, convivente della ex moglie di mio fratello Marco, è implicato con le droghe. Non è mai stato condannato, ma i suoi precedenti parlano chiaro. Nondimeno, non contenta, seguendo il mio intuito, sono andata oltre per approfondire. Morale della favola, il professore è infangato fino al collo con le droghe ed esiste una denuncia a suo nome. Mi dica, che devo fare? Mi può dare istruzioni?>>

L'avvocato Sallustio rimase attenta ad ascoltarla <<Il professore?>>

<<Si fa chiamare professore. È un certo Mario Saputo, detto Sapù. Ha insegnato solo due anni grafica ornamentale in un corso regionale. Questo almeno dieci anni fa e da allora è disoccupato.>>

<<L'ascolto, anche se non capisco cosa possa entrarci con l'omicidio commesso da Marco.>>

<<Per me, la sera prima dell'omicidio, quella donna, con la complicità del suo compagno, ha drogato mio fratello.>>

<<Come possiamo dire questo alla Corte? Con quali prove?>>

<<Ho parlato con un certo Alessandro Martini, che lo conosce bene e può testimoniare. È importante. Avvocato, pensi al figlio di Marco nelle mani di un drogato. Dobbiamo fare qualcosa. Lo interroghi. Lei lo può fare. È vero che come avvocato può fare indagini ed investigare?>>

Emma Sallustio sorrise.

<<Sì è vero. Le indagini della difesa hanno lo stesso valore e sono utilizzabili allo stesso modo degli atti di indagine compiuti dal pubblico ministero che rappresenta la pubblica accusa>> rispose.

<<Allora perché gli avvocati non si avvalgono di questo potere?>>

Emma Sallustio guardò l'orologio e pensò di potersi concedersi qualche minuto in più al telefono con Marcella.

<<La nostra giustizia penale è "spuntata". Io la paragono ad una freccia scoccata con l'arco teso che non si imprime sulla tavolozza di legno perché manca della punta. Più è lenta e farraginosa, più è inerte e basata sul rinvio, più si fanno, a dire di molti colleghi, gli interessi dell'indagato. Lo scopo è quello di trascinare nel tempo il caso per

giungere alla prescrizione o, nelle more, ad una amnistia o all'indulto.>>

<<Ed è giusto così?>>

<<No, è solo la strada più battuta e sicura. Altamente redditizia, se paragonata ad un mutuo, spesso ultra decennale, che genera passivamente interessi, sotto forma di acconti sulle parcelle. Anche se si parla di potere investigativo del difensore equiparato a quello del pubblico ministero, nella pratica, ostacoli di fatto rendono ancora la strada tutta da percorrere.>>

<<Solo teoria?>>

<<A parte il rischio sempre incombente di incorrere nel reato di favoreggiamento, i limiti alle cosiddette "investigazioni difensive" sono dati da diversi fattori, quali: il pensare che l'avvocato sia di parte e non portato all'effettivo accertamento della verità; la carenza di risorse economiche che scoraggiano l'avvocato dal compiere indagini difensive per il proprio assistito, mentre al contrario l'accusa gode di tutti i mezzi messi a disposizione dallo stato che sopporta costi altissimi e spesso sprecati. In Italia, in genere, non esiste la figura dell'avvocato investigatore e la gente diffida dal rilasciare dichiarazione a chi appare non legittimato a farlo. Per questi motivi, nella maggior parte dei casi, noi avvocati desistiamo dal compiere certi atti.>>

Marcella con voce mesta epurata dall'entusiasmo iniziale, si limitò a dire <<Capisco.>>

<<Bene. Avrà compreso che come legale io non desisto, se è necessario arrivare in fondo alla ricerca. Per me il principio di base per la migliore riuscita di un processo in genere è quello di "difendere provando", se il fine rimane quello della ricerca della verità da dimostrare.>>

Marcella Donadio, esclamò, riprendendo vigore, <<Allora, volevo chiederle se ...>>

Venne interrotta e si tacque.

<<Marcella, ho già il primo cliente dietro la porta. Mi ascolti, se domani riesce a portarmi in studio il nominativo e i dati per potere convocare il suo teste, conferirò con lui. Poi vedremo e valuteremo per il meglio.>>

Marcella, non riuscendo a frenare il suo entusiasmo, esultò <<Grazie, grazie, a domani, grazie.>>

Emma Sallustio posò la cornetta e sorrise. Guardò l'orologio e si affrettò a chiamare il collaboratore per curare la stesura di un paio di atti urgenti e per iniziare un lungo pomeriggio di ricevimento.

Il telefono continuava a squillare e al citofono un cliente chiedeva di avere aperto il portone.

***

Marco Donadio, non riuscendo a dormire, passò una notte insonne. Si girava e rigirava nel letto. Si alzò più volte per bere acqua, per poi deporla, paglierina, nella tazza wc posta ad un angolo della cella, accostata da una tenda di plastica gialla. Si era svegliato di scatto, agitato da un incubo. Aveva sognato. Il sogno lo aveva turbato, avvolgendolo in un'angoscia così spessa da riportarlo alla veglia, con gli occhi sgranati ed il cuore stretto in una morsa strizzante.

Provò a sprofondare nel sonno che avvolge il silenzio per obliare, ma non riuscì a farlo. L'incubo ritornava, anche se lo ricordava a tratti, con poche scene e forse le più crude.

Era immerso in una grande vasca ricolma di sangue fino all'orlo. Due enormi avvoltoi si ergevano ai bordi. Le ali aperte sbattevano forte in alto e in basso, fendendo l'aria e sferzandone corpuscoli visibili e non. Agitavano le ali per prendere la rincorsa e liberarsi in alto nel cielo. Con il loro becco appuntito, con il collo pendulo e rugoso e gli occhi tondi, prendevano la mira per beccarlo e trascinarlo in alto nel loro volo. Quando si avventarono su di lui, sbattendo ed allargando l'apertura alare, agganciandolo con gli artigli e trasformandosi in diavoli, ebbe la sensazione di sentirsi avviluppare dai loro mantelli neri di morte, per trascinarlo entro tenebre inesplorate.

Provò a riprendere sonno, ma non vi riuscì. Lo tormentava, facendolo contrarre, la scena nitida del sangue che sgorgava fuori dalla vasca e i goffi tentativi di liberarsi dalla morsa dei rapaci.

Ogni movimento creato dall'agitazione, faceva sbordare fuori fiotti di sangue.

Era così. Era vero. Lui era una maschera di sangue. Lui era il sangue. Lui era la morte.

Non riuscì a dormire. Non riuscì a piangere. Non riuscì neppure a pregare, non ricordando le parole dell'Ave Maria.

Scacciò l'immagine del volto di suo figlio con vigore, per evitare si insozzasse con gli schizzi dell'inferno.

L'angoscia salì ad infuocare gli occhi e a proiettare la scena che vedeva se stesso in procinto di strozzare, con forza, premendo sul collo, Marianna, la donna che aveva sposato e che meritava di morire al posto della ragazza d'ebano scuro.

Sferrò un pugno sul muro spesso e intriso di muffa umida. Sentì le

112

nocche frantumarsi ed ebbe una fitta al polso. Le ferite ripresero a spurgare gocce di dolore.

Si alzò di scatto dalla branda. Andò al lavello piccolo e tondo col rubinetto perennemente gocciolante a lavarsi le mani, per smacchiarle dal rosso che si era impresso con henné indelebile in un tatuaggio colorato di orrore.

Alle sei in punto, il suo compagno di cella Fabrizio diede segno di uscire fuori dal sonno profondo che lo aveva visto immobile, rumoroso e con le narici attive come una segheria.

Approfittò del fatto che avesse smesso di russare e non gli diede tregua. Aprì le imposte, attento che schiudesse almeno un occhio. Mise sopra il caffè, dopo avere inserito la spina del fornellino elettrico.

Iniziò a parlare con gli occhi gonfi e la bocca amara. Il sapore ferroso del sangue lo sentiva in gola e si attanagliava all'olfatto, fetido come un pezzo di carne morta da giorni.

Si era morsicato le labbra. Se ne accorse toccando la ferita con il dito indice della mano destra e comprese che il gusto di ruggine non lo aveva lasciato solo il suo incubo.

Ebbe la pazienza di aspettare che il compagno di cella prendesse coscienza e spiccicasse gli occhi dal sigillo mucoso per riadattarsi alla luce.

Attese che Fabrizio bevesse il caffè e accendesse la prima sigaretta ed iniziò a raccontare, senza trascurare un particolare, di come il sudore lo avesse lasciato gelato nel letto inzuppato, madido e cosparso di chiazze umide.

Mostrò le nocche tumefatte e la cicatrice che si era scollata ai lembi della pelle.

Fabrizio ascoltava, sorseggiava il caffè e lo guardava attento.

Una scia di fumo spinta dalla bocca si levò in aria, snellendosi aspirata a disperdersi oltre le spesse grate di ferro.

**

Marcella arrivò in via Nicolò Turrisi di fronte al Tribunale e lasciò la moto a Giovanni il posteggiatore che era lì da una vita. Era il padrone della strada e diceva da anni di volere andare in pensione, senza mai decidersi a farlo sul serio.

<<La mia vita è in questa via>> diceva, ed era vero, dato che ci lavorava da sempre. Giovanni conosceva avvocati, magistrati, cancellieri, pregiudicati e imputati disperati, conservando il posto ai clienti abituali. Con un euro di mancia extra, custodiva il casco ai

motociclisti che non intendevano ingombrarsi le mani, trascinandone il peso. Consegnavano macchina e chiave, moto e casco, e andavano tranquilli, sempre in ritardo, di corsa e con il cuore gonfio, per affrontare l'avventura incognita dentro il palazzo della giustizia.

Arrivata davanti al grande spazio di marmi e colonne poste ad ornare l'imponente scala di blocchi di pietra levigata dal calpestio e dallo scorrere del tempo, si fermò.

Si pose al centro e si guardò attorno, cercando di incontrarla, sperando che ci fosse.

La vide. La riconobbe da dietro, per i capelli lunghi e lucidi che, ondeggiando, si confondevano con i ciuffi dei cordoni intrecciati d'oro e seta nera posti ad adornare la toga da avvocato cassazionista.

C'era. Ebbe la conferma dalla risata aperta e sonora. Era attorniata da un mucchio di gente che la seguiva e continuava a porre domande. Lei rispondeva, salutava, camminava e reggeva, con i calli induriti dal peso del tempo, la grossa borsa di cuoio pesante di fascicoli, appunti, codice penale, codice di procedura penale e agenda legale.

Nella mano sinistra teneva il cellulare, pronta a fare un paio di telefonate urgenti.

Quando si fermò, poggiò la borsa su una panca e disse, per stoppare un fiume di domande che provenivano da una massa di parenti del detenuto, formante un cerchio con lei al centro, <<Domani pomeriggio uno di voi mi telefona e vi faccio sapere. Domani lo incontro al colloquio in carcere. Sì, d'accordo, ci aggiorniamo a domani e poi si decide il da farsi.>>

Salutò tutti, con una stretta di mano vigorosa. Luisa, la moglie esile e biondina del detenuto che difendeva, non si accontentò. Si issò in punta di piedi, per sollevarsi a darle un bacio sulla guancia. L'abbracciò forte.

<<Grazie, avvocatessa.>>

Andò via, strizzando le gote per serrare lacrime di commozione, trascinandosi dietro una folla di parenti eccitata e ciarlante.

Marcella aspettò che il piccolo corteo si allontanasse e che finisse di parlare al telefono. Si avvicinò. Emma Sallustio, che l'aveva già notata, chinò la testa e allargando spalle e sorriso fece segno di portare pazienza dato che era un fatto lungo a discutere.

<<Avvocato, guardi>> disse, quando l'ebbe tutta per sé.

Uscì da una busta di cellofan scuro un mazzo di foto scattate con colori brillanti.

Emma Sallustio riadagiò la borsa sulla panca e iniziò a scorrerle, soffermandosi su un paio in particolare.

<<Mi faccia capire>> disse, mentre continuava ad analizzarle una ad

114

una.

<<Interessanti e sconcertanti. Che attinenza hanno con il caso?>>

<<Avvocato, le ho scattate io dal terrazzino. Mi sono intrufolata in quella che era la casa di mio fratello prima che lei lo buttasse fuori. Guardi, lei è la mia ex cognata e lui il nuovo compagno. Questo è mio nipote, il figlio di Marco.>>

<<Sono foto molto compromettenti>> disse, con gli occhi incollati sulle immagini.

Marcella rimase in silenzio, aspettando che l'avvocato finisse di esaminarle attentamente.

<<Non si può negare che siano da censurare, orride, immonde, ma non vedo come possano discolpare il gesto di Marco.>>

<<Non valgono nulla?>>

<<Producendo queste foto in giudizio, andremmo a mettere sopra fango su fango, senza beneficio alcuno per la posizione di Marco.>>

Continuò a guardarle, forse per elaborare una soluzione.

<<A che pro, se Marco continua a rimanere fermo sulla sua posizione?>> chiese, alzando lo sguardo rimasto troppo a lungo catalizzato da quelle foto oscene e cariche di sporco messo a fuoco dal colore.

<<Quello che lei dice è vero. Marco ha ucciso. Ma è lei che ha gettato fango a palate; una montagna di fango su cui tutto è franato. Lei ha piantato il seme del male, lo ha annaffiato, concimato e fatto germogliare. Se lei non fosse entrata nella vita di mio fratello, oggi Marco sarebbe un uomo normale pieno di onori e glorie. Legga>> e le porse una busta verde contenente un atto notificato.

L'avvocato scartò l'atto piegato in quattro, stretto dentro la busta. La sua ex moglie, in qualità di genitore del minore Giovanni, chiedeva al Tribunale per i Minorenni di Palermo disporsi la decadenza della potestà genitoriale di Marco Donadio in capo al figlio.

Al giudice motivava la richiesta del provvedimento dato il gravissimo nocumento arrecato dal genitore al figlio; considerato un rapporto non sanabile; considerata una condizione affettiva non opportunamente recuperabile; considerati i gravi pregiudizi arrecati alla serena crescita del minore; considerate tutte le pregresse violenze elencate in una serie di circostanze, avallate con dati certi e testimoni oculari.

Irreversibile. Un mostro che meritava l'ergastolo e di essere schifato dal mondo intero.

Evidenziava il pregiudizio pregresso, attuale e futuro.

Sottolineava l'assoluta necessità a che si adottasse la misura in esame, stante la violenza, la rabbia, il rancore di un uomo non degno a mantenere il nome di padre.

Il tutto, pagine su pagine, al solo fine di attuare gli interessi del minore.

<<Sono insulti, scritti così bene che, a leggerli, chiunque potrebbe crederci. È tutto falso, avvocato. Sono menzogne di quella donna. Può chiedere a chiunque, mi creda, Marco è sempre stato un ragazzo dolce e tranquillo.>>

<<È tutto falso il pregresso, sono d'accordo. Ma il dato attuale è che Marco ha ucciso. Suo fratello ha accoltellato e ucciso una donna innocente. Obiettivamente, non potremo negare il pregiudizio di un minore per un padre assassino in carcere e che rischia la pena dell'ergastolo>> disse di getto e guardò Marcella negli occhi per indagarla a fondo e non perdere una sola espressione del suo viso.

<<È vero. Noi vogliamo la verità. Vogliamo arrivare al punto che ha fatto inceppare una mente che è nata sana e si è marcita perché seppellita nella melma. Per piacere, ci aiuti. Conosco Marco, non chiederà sconti di pena o grazia per la sua dannazione. Per piacere, ci aiuti a mettere le cose a posto. Ci aiuti a cercare la verità, almeno per dare un senso e un perché a questa storia.>>

Gli occhi di Marcella si velarono di supplica emozionata ed umida, con due gocce di lacrime appena accennate in occhi belli e puliti.

Emma Sallustio si lasciò commuovere.

Comprendeva le ragioni della ragazza. Cercava la verità ad ogni costo, dietro la patina della bugia e del tradimento consumato con pensieri, parole ed opere.

Si schierò con le sue ragioni. Decise di sposare la causa con la vera passione che sapeva dare quando un caso le stava veramente a cuore e da brava diventava speciale.

Ebbe rispetto e maggior pena per il dolore sofferto da chi nell'intimo è sano e pulito, per lei avvocato abituata a vedere il lercio fondo della miseria nell'animo umano.

<<Ho capito. Quello che desiderate è avere giustizia; mettere le cose in chiaro, pur nella condanna. È una difesa sottile e conducente>> disse con tono fermo e sicuro Emma Sallustio. Rise, con nota aperta e cristallina.

Marcella aveva provveduto a far fare le fotocopie di tutto. L'avvocato trattenne la copia dell'atto e gli originali delle foto che ripose entro la già pesante borsa da lavoro. Dovette pressarla, per fare scattare il gancio di chiusura.

Guardò l'orologio e si rese conto di quanto fosse tardi. Doveva

116

ancora passare dalla cancelleria per ritirare un atto di cui aveva richiesto le copie con urgenza.

Si domandò se, correndo, le rimasse tempo utile per arrivare alla stanza del dottore Pignatelli.

Salutò e Marcella le sfiorò la spalla adornata di cordoni d'oro attorcigliati con fili di seta nera.

<<Vorrei abbracciarla>> disse <<ma la toga mi incute timore.>> Scappò via.

***

Il Tribunale si spogliava della folla che, data l'ora, correva a pranzare per tamponare il morso che si aggrappava alle viscere e per nutrire il cervello svogliato privo di carburante.

Emma Sallustio arrivò davanti alla stanza del dottore Pignatelli. Non sperava di poterlo incontrare.

Il dottore Pignatelli c'era. Era avanti all'uscio. Parlava con un avvocato rispettato per serietà e preparazione. Si salutarono con deferenza ed ammirazione, come capita assai di rado, per quella forma di ostilità intrinseca nello svolgimento della professione.

Il collega, in genere, è un potenziale avversario.

Un buon avvocato non tollera l'idea di poter perdere. È questo il motivo che lo rende spietato. È una sorta di vera deformazione professionale. Emma Sallustio se ne rendeva conto, bruciando dentro e corrodendosi, quando il solo pensiero di una causa sconfitta si palesava alla mente.

In guerra ed in amore tutto è permesso. Vero fino ad un certo punto. Ai mezzucci meschini e gretti, lei preferiva la sfida dei contenuti e delle arguzie sottili che scervellano e stuzzicano l'avversario migliore.

Aveva maturato esperienza a sufficienza per capire che, tanto, il collega scadente, prima o poi, si frega da solo. È la logica dello squallore che affoga nello sterco del pensiero, dato che il pensiero misero conduce a misere azioni, con conseguenti risultati miserabili.

<<Disturbo, è tardi? Dottore, ripasso domani, la trovo? Avevo necessità di parlarle di un caso>> chiese con voce argentina e un sorriso che metteva a suo agio la tensione per mascherare la corsa al tempo che la incalzava.

Le cancellerie erano vuote.

Il collega, da vero signore che è un modo di essere e non un titolo acquisito, si defilò con classe innata.

<<Ho finito, scusatemi, devo andare>> disse, mentre la mano

sinistra fiaccata passava alla destra una borsa carica di pratiche. Conteneva una serie di casi che lo tenevano impegnato pure la notte, quando si alzava a rincorrere un dato o a cercare di mettere a posto una tessera di mosaico prezioso mancante.

Il dottore Massimo Pignatelli parlò con i gesti.

Alzò la mano destra per darle segnale di fermarsi, dato che era libero e la poteva ricevere.

I suoi occhi brillarono, rendendo luminosa la trasparenza diafana del suo incarnato. Quella donna era la cosiddetta controparte. Lui era l'accusa e lei la difesa. Cauti entrambi, uno di fronte all'altro. Il caso era grave, come i tumulti che affioravano alla mente, evocati dalle foto che ritraevano immagini insanguinate.

Un'orrenda scena di sangue aveva scosso l'anima dell'uomo e la coscienza del magistrato.

<<Non è mai tardi per me che approfitto delle pause per concentrarmi meglio. Si accomodi.>>

Con gesto della mano la guidò sapiente fino alla poltrona avanti alla scrivania. Gli si pose davanti, sedendo comodamente a sprofondare sopra un carico di pesi.

<<Vorrei parlarle del caso di Marco Donadio>> prese a dire ed abbandonò la borsa pesante ai suoi piedi, poggiandola sul tappeto del pavimento. Continuò.

<<Il caso, nella sua ricostruzione, è privo di un movente, anche se crudo nell'esecuzione. Il braccio di Marco Donadio si arma di un coltello che prende a casa del padre, esce in strada con l'intenzione di dirigersi ad intimidire la ex moglie ma, giunto dietro l'angolo di casa, accoltella a morte con sette colpi spietati una povera ragazza di colore del Ghana. Una donna che neppure conosceva, la badante di una anziana signora dello stabile sotto ai portici di Piazzale Ungheria. È corretto parlare di omicidio premeditato, oppure l'azione posta in essere da Marco Donadio è andata oltre la sua intenzione? È un caso di omicidio preterintenzionale?>> disse, contenendo il discorso in un fiato.

Si fermò e tirò su aria, per riempire il serbatoio dei polmoni.

<<La mano di Marco è armata, ma la sua mente è presente oppure è scollata? È capace o non è capace? Merita il massimo della pena oppure l'infermità mentale?>>

Guardò il dottore Pignatelli, che traspariva attraverso il pallore dietro la scrivania, adagiato su una poltrona che sembrava inghiottirlo.

<<Al caso manca qualche tassello da inserire al posto giusto. Intanto, manca un perché. Lei, avvocato, lo ha trovato? Ho troppa stima

di lei per pensare che vorrà propinare alla Corte l'idea del povero diavolo che perde la testa ed uccide brutalmente. Un povero incapace di intendere e di volere che vuole scansare la punizione come se avesse solo intinto la mano dentro un barattolo di marmellata di more. Troppo semplice. Che prove ha? >>

Corrucciò la fronte, in evidente stato di intolleranza alla frasi fatte e alle difese sfatte e infiocchettate con principi che degradavano il valore della giustizia e della certezza della pena.

<<Lei che ne pensa?>> chiese all'avvocato.

Lo sguardo gonfio, sotto occhiaie e borse, metteva in risalto il contorno dell'iride arrossato da una trama di fili sottili. Era stanco, teso e tormentato, se non addirittura nervoso.

<<Anch'io mi sento confusa, da quando ho preso visione di queste foto>> disse Emma Sallustio, tirando fuori dalla borsa rigonfia il book degli scatti di Marcella. Lo porse nelle sue mani.

Trattenne sul grembo l'atto depositato al Tribunale dei Minorenni, attenta ad osservare le espressioni del pubblico ministero che guardava le immagini come fossero diapositive proiettate fra le dita affusolate.

Quando ebbe finito di scorrerle e le ripose sulla scrivania, Emma Sallustio gli porse l'atto depositato a cura della ex moglie che chiedeva, al Giudice che tutela i minori, un provvedimento di revoca immediata della potestà genitoriale di Marco Donadio.

Al Tribunale, sensibile alle esigenze dei minori, quella madre troppo attenta alla morale del comune buon senso, metteva in giusto risalto la totale indegnità di un marito assassino e reo confesso.

Indegno. Senza scampo, bollato con il marchio a fuoco che meritava.

La genesi della richiesta di giusta tutela, a difesa delle esigenze del minore, raggiungeva l'apice, andando a ritroso, nella descrizione di un marito e padre violento già più volte reo di azioni ignobili e rabbiose verso una moglie, vittima ignara, ed il figlio Giovanni.

<<Li terrò agli atti>> disse il dottore Pignatelli e domandò <<Si è avvalsa di un investigatore privato, all'americana?>>, con un sorriso che illuminò il pallore.

Si sistemò gli occhiali e la lasciò parlare.

<<Diciamo che Marco Donadio non chiede sconti di pena, ricercando solo la causa del suo folle gesto. È il perché che tormenta questa difesa.>>

Rimase zitta a raccogliere le forze. Avvertiva i morsi che strizzavano in un crampo le budella dello stomaco vuoto e i succhi gastrici che brontolavano.

<<È fragile la mia accusa se manca il perché, se manca quello che in

gergo chiamiamo il movente>> disse il dottore Pignatelli e si alzò dalla poltrona.

Guardò ancora le foto, fonti valide di spunto per approfondire le indagini.

<<Vada, avvocato, ci penso io a disporre di interrogare i signori di questa foto>> e si immerse con la mente a cercare di scrutare meandri di pensieri che escono fuori rotta.

Li paragonò ad un trenino che deraglia dai binari, uscendo fuori dalla barriera di protezione, per attraversare campi liberi da rotaie e giungere al paradiso oppure all'inferno.

Emma Sallustio si congedò, desiderosa di uscire fuori a prendere aria, sperando fosse leggera e liberatoria.

Si sentì soddisfatta, sicura che la pulce insinuata all'orecchio attento del dottore Pignatelli fosse diventata un tarlo pungolante.

Pensò a spaghetti, pomodoro e basilico e si fermò ad ordinarli, sedendo al tavolo di un locale all'aria aperta, nei pressi del Tribunale.

Per ripararsi dal sole, prese posto sotto il tendone adagiato sopra il marciapiedi della strada, in pieno centro storico.

Si lasciò andare ad un appetito appagante e, ancora, chiese acciughe, olive nere, capperi, mozzarella di bufala, dolce e caffè.

Uscì sazia, per dirigersi direttamente in studio.

***

Marina Mattei pensò più volte al colloquio in carcere di quella mattina con il suo assistito Marco Donadio.

Azionò il registratore per ascoltare il nastro metallico. La voce roca e scossa dal pianto si attanagliava alla mente, in una nenia lagnosa.

Si sentì nervosa ed irrequieta, sicuramente turbata. La pena provata si trasformò in una sorta di penosa angoscia.

Marco Donadio si contorceva nel dolore. I pori della sua essenza emanavano sofferenza. Sua moglie, e moglie era per un contratto di matrimonio ancora non cessato, aveva presentato un ricorso al Tribunale per i Minorenni di Palermo. La sua intenzione era quella di togliergli la potestà genitoriale, ancor prima che una sentenza penale gli infliggesse la pena come ulteriore e conseguente.

Marco era impietrito dal timore che un giudice lo privasse del diritto di essere padre.

Si sentiva avvilito, per tutti i motivi posti alla base del ricorso. La sua ex moglie, che così chiamava con una punta di sprezzo, lo dipingeva come un mostro ignobile.

120

Continuava a ripetere che quell'atto conteneva solo bugie e falsità. Piangeva Marco e la dottoressa Mattei volle riascoltare le sue parole. Prese carta e penna. Sedette dietro alla scrivania ed accese il registratore. Mandò avanti il nastro e lo blocco al punto che voleva riascoltare.

<<Non è giusto. Mio figlio Giovanni è nato perché l'ho voluto io. Lei non pensava neppure a concepirlo e, quando fu concepito, pensò di abortire. Io mi sono imposto con tutte le mie forze, perché nascesse. Quando è nato era sempre nervosa e maldisposta. Un semplice sorriso la infastidiva. Io ho cullato e pasciuto mio figlio tutte le notti, quando piangeva e strillava e lei, sorda e insensibile, continuava a dormire con i tappi di gomma alle orecchie.>>

Piangeva, Marco Donadio, scosso dai singhiozzi.

<<Lei mi tradisce, mi lascia, mi porta via tutto, mi priva di vedere mio figlio ed è giusto così. Ora io sono un padre indegno e lei è una madre perfetta. Se fossi nato donna, mi chiedo, avrei fatto quello che ho fatto e che mi ha portato qui? No, per una madre è diverso. Se fossi stata madre lo avrei concepito, nutrito col cordone ombelicale, lavato, profumato, baciato. Se fossi nata donna, ora lo terrei stretto fra le mie braccia e di sicuro non sarei qui. Se solo avessi avuto la fortuna di nascere madre, avrei inghiottito la rabbia, avrei ingoiato le mie stesse viscere, pur di non lasciar un solo minuto mio figlio. E invece sono un padre indegno ed assassino. È la verità. Per questo sconterò la mia pena fino a bruciare all'inferno.>>

Ebbe un fremito. Una scossa serpentina si impadronì dei sussulti che lo pervasero. Risucchiò il molle pianto giunto dentro le secrezioni della bocca e raccolse le forze per continuare a parlare.

<<Le false accuse che mi vengono mosse dalla mia ex moglie, che continua a tradirmi, non le sopporto. Mio figlio non deve essere ingannato. Mio figlio non deve credere alla bugia che suo padre, che lo adora, abbia mai solo pensato di potergli dare uno schiaffo. Io lo coprirei di baci e carezze, io ...>>

Marina Mattei staccò il registratore. Lo stoppò, pensando di mettere un punto di pausa. Non fu così. Quel nastro continuava a proiettarsi nella mente, avendo prima attraversato pancia e cuore.

***

L'avvocato Emma Sallustio, già alle nove di mattina, era pronta a scendere da casa. Finì di spazzolare i lunghi capelli scuri con una certa energia, per strappare un nodo aggrovigliato sotto la nuca.

Aveva indossato pantaloni e giacca blu, abbinando una camicia bianca sotto e scarpe in camoscio di un blu poco più scuro della giacca, con la banda color panna sotto la firma.

Infilò orecchini di diamanti ai lobi e il solito anello con i brillanti luccicanti nell'oro bianco nell'anulare della mano sinistra. Erano oggetti a cui teneva, perché ricordi di un grande amore finito. Era diretta a colloquio con Marco Donadio e si sentiva innervosita da una sorta d'ansia immotivata. Non capiva quale verità desiderasse scoprire in cuor suo, data l'evidenza dei fatti e la realtà delle cose. Decise di non pensarci. Chiamò un taxi, per non avere problemi di posteggio. Arrivò in cinque minuti. L'autista della macchina gialla la fece scendere, accostando sotto il grande portone del carcere. Durante il tragitto, mentre la scrutava dallo specchietto retrovisore, chiese <<È avvocato, è vero? Si vede che è in gamba.>>

Emma Sallustio sorrise e ringraziò per la spontaneità con cui l'uomo l'aveva complimentata, mentre con deferenza si prodigava ad aprirle lo sportello. Chiese sei euro per la corsa e lei porse una carta da cinque euro ed una moneta da due. Il tassista non accettò la mancia e chiese un biglietto da visita per il caso di suo cugino, magari ne avesse avuto bisogno.

Alle nove e trentacinque fu introdotta nella camera da colloquio, dopo avere espletato tutte le formalità di sicurezza.

Marco Donadio venne condotto dalla guardia a prendere posto avanti ad un bancone di legno scuro e increspato da vecchie striature. Lo ebbe di fronte a sé. Era il suo assistito. Era l'imputato omicida. Per lui non esisteva presunzione di innocenza. Era colpevole. Senza scampo.

Fu diretta. Si introdusse a parlare, senza neppure dire buongiorno.

<<Rappresento la sua difesa e pretendo rispetto e fiducia, altrimenti rinuncio ad assisterla. Mi dica se è vero o no che si droga>> e puntò lo sguardo dentro ai suoi occhi.

Marco Donadio sembrò stonare. Assorbì la botta, dondolando avanti e indietro con le spalle, come avesse subito un contraccolpo.

<<Pensavo lo sapessero tutti, io odio le droghe. Mai fatto uso. Mai.>>

Lo disse con enfasi, senza abbassare lo sguardo, con un lampo di orgoglio caldo come favilla di fuoco.

<<Se lei non mente, mi spieghi. Questi sono i risultati della scientifica. Sono state rilevate tracce di droga nei suoi esami.>>

Gli mostrò, sferzandoli avanti al suo viso, una serie di fogli che mettevano in evidenza i segni più e un paio di scritte "positivo".

<<Per carità di Dio! Glielo giuro su mio figlio. Mai!>> e rimase dritto e fiero a guardarla in viso, incrociando gli occhi dell'avvocato. La fissò come fa l'aquila sullo sfondo del cielo quando punta la preda.

<<Mi faccia capire ...>>

Marco la interruppe, irruento <<No. Mi faccia capire lei, perché dovrei mentirle? Si ricordi che sono reo confesso e colto sul fatto. Le prove contro di me sono schiaccianti. E allora? Perché dovrei ingannarla? Se io le dicessi che sono stato drogato mi faciliterei la vita e lei avrebbe modo di dimostrare che ho ucciso perché temporaneamente incapace di intendere e di volere. Io farei pochi anni, ritornando libero presto, e lei vincerebbe una causa facile che aumenterebbe il suo prestigio. Non è così? È questo che vuole?>>

Emma Sallustio scrutò con attenzione Marco, illuminato sotto la luce fredda del neon. Lo vide nelle sua fiera bellezza, con i capelli scompigliati e gli occhi verdi emananti bagliori di giada.

<<È vero, anche se non è proprio così come dice lei. L'imputabilità non è esclusa per il semplice fatto di avere assunto volontariamente droghe o sostanze alcoliche. Diversa, invece, è la condizione di aver commesso reato se l'incapacità è stata determinata da altri, senza la volontà del soggetto e magari al fine di fargli commettere reato. >>

<<Non capisco la differenza>>, rispose.

<<Si è drogato o è stato drogato? Comprende la differenza?>>

<<Comprendo. Non saprei spiegare i risultati degli esami che mi mostra. Posso solo dirle che non ho mai fatto uso di droghe o alcolici nella mia miserabile vita.>>

<<Gli esami della scientifica sono chiari. Lasci perdere cosa farebbe piacere a me e alla mia carriera di avvocato, lei cosa ritiene sia giusto fare per la sua difesa?>>

<<Desidero solo che mio figlio conosca la verità. Non desidero avere alcuno sconto di pena, perché merito di rimanere qui dentro a vita. È il minimo che io possa dare, per espiare e per pagare la mia colpa. Mio figlio, però, e questo non c'entra niente con il debito che devo scontare, deve sapere che non l'ho abbandonato. È giusto che lui sappia che non l'ho mai picchiato, che l'ho amato e l'amerò sempre.>>

I suoi occhi si incupirono. Divennero molli e appannati da un velo opacizzante il verde della pupilla.

<<È giusto. Non capisco ancora, però, come è opportuno che imposti la sua difesa. Lei comprende che ho il dovere di tutelarla. Il top della difesa lo otterrei provando la sua incapacità temporale, se lei non si opponesse. Mi basterebbe avere carta bianca, per condurre come si

deve il suo processo>> disse, in attesa di risposta.

Lui rimase zitto.

<<A proposito, sua sorella non esclude che lei possa essere stato drogato. Riferisce che, quando arrivò a casa la notte prima dell'omicidio, lei aveva un comportamento strano.>>

Marco Donadio ebbe un sussulto.

<<Sua sorella mi ha parlato di uno strano the con biscotti secchi offerti dalla sua ex moglie. Che può dirmi in merito?>>

<<No, non voglio. Si esclude, mi sentirei più vigliacco e doppiamente assassino.>>

<<Un'alternativa al dibattimento potrebbe essere data dal rito abbreviato>> disse e lo guardò, come a ricercare nei suoi occhi una sorta di interesse, chiedendosi se la sua mente fosse connessa.

<<Ovvero?>>

Marco Donadio congiunse le mani, in attesa di ricevere informazioni, interessato a voler capire.

<<Si eviterebbe tutta la fase dibattimentale, data l'evidenza delle prove. Risulterebbe, di fatto, più sbrigativo rispetto ad un processo ordinario che si compone di una fase preliminare e di una successiva fase dibattimentale>> rispose con tono scandito e paziente.

Rimase in silenzio, attendendo reazione e domandandosi se avesse capito.

Utilizzava termini tecnici non sempre chiari e comprensibili ai non addetti ai lavori ed amava essere chiara, pronta a ripetere, se necessario.

Lei era uno dei pochi avvocati che si dedicava a spiegare le cose ai clienti. Ci teneva a che loro capissero. Era per questo motivo che si poneva al dialogo, adattandosi al loro livello, anche con le parole più semplici o in dialetto, qualora servissero. Con naturalezza innata, si mostrava abile e collaudata nel mantenere un certo tono di distacco, per non far confusione fra ruoli.

I suoi clienti la rispettavano con una sorta di adorazione, attratti dalla semplicità, dalla simpatia, dalla dedizione profusa e da una risata spontaneamente argentina. Entravano con lei a tu per tu, svuotando le viscere dalla colpa e chiedendo l'assoluzione, come fosse un confessore di espiazioni, disponibile a dispensare unzioni.

Nel contempo, la rispettavano e la possedevano a distanza, con il timore di sfiorarla.

L'avvocato Emma Sallustio attraeva a sé la fiducia del cliente; era sicura ed elargiva una sorta di sicurezza, diffusa con rito di incenso sfumato.

Il lungo e voluto silenzio innervosì Marco che, impaziente, chiese

<<E i benefici?>>

Rimase a guardarla, deglutendo saliva mischiata ad una serie di timori che inghiottì.

<<Ha ragione. Gli sconti ci sono. Se dovesse decidersi a collaborare, mi attiverei per arrivare allo sconto massimo della pena e a farla uscire al più presto fuori da questo posto. In ogni caso, potrei evitarle la galera a vita>> rispose.

Rimase zitta ancora una volta volutamente, in attesa che Marco elaborasse i concetti appena espressi.

<<Non voglio sconti>> disse, col cruccio del ragazzo ferito perché incompreso.

<<Bene. Nel suo caso, se vuole la pena massima, prevedo l'ergastolo. Magari senza isolamento diurno o desidera anche l'isolamento per espiare meglio?>> disse, scandendo piano le parole e sperando che avesse compreso in pieno cosa significasse fare la differenza.

<<Voglio andare al dibattimento. Non mi importa di essere condannato all'ergastolo. Voglio essere giudicato per quello che ho fatto.>>

La fierezza dei suoi occhi lampeggiò con fari verdi.

<<Non posso che condividere un concetto onesto come principio. Vorrei, però, che comprendesse come una eventuale condanna all'ergastolo non le darebbe l'opportunità di vagliare altra possibilità. Significa avere chiara l'idea di morire in carcere.>>

<<Lo voglio io. Lei mi può aiutare?>> e la voce si rese supplica.

<<Aiutare in cosa, andare al dibattimento o aiutarla ad ottener una sentenza di ergastolo?>> chiese e continuò con aria di sfida <<E se fossi così brava da farle avere il minimo, anche in fase di dibattimento?>>

Si pentì per quello che aveva detto. Provò vergogna per la sua arroganza, ricordando le foto allegate agli atti del fascicolo ove lui, sul luogo del delitto e nell'immediatezza del fatto, veniva fotografato sopra la vittima agonizzante.

Era giusto avesse il massimo della pena.

Ebbe un brivido, pensando al sangue e alla violenza del suo gesto sette volte inferto. Al contempo si stupì, confusa nel trovare al suo cospetto un ragazzo dolce e pieno di fiera bellezza. "Una personalità sdoppiata?", pensò.

<<Voglio il dibattimento. Accetterò la pena terrena che merito. Sono rassegnato ad espiare anche oltre questa vita. Mi dica come fare, senza compromessi>> e la guardò, come a volerla toccare e scuotere, per

renba conto se avesse capito o meno quello che provava e intendeva trasmettere.

<<Sarà accontentato. Per me sarà una nuova sfida che raccolgo, anche se nulla posso promettere senza la sua collaborazione.>> Ricambiò lo sguardo, trattenendo l'istinto di passargli le dita tra i fitti capelli impertinenti. Si trattenne. "Che Dio ti dia la forza, ragazzo mio", pensò.

Raccolse la borsa pesante e la chiuse, per andare via il più in fretta possibile, determinata a non mostrare le sue emozioni al cliente che assisteva.

***

Il dottore Pignatelli aprì il fascicolo del caso Donadio e tirò fuori i fogli che illustravano i risultati degli esami tossicologici.

Li porse alla psicologa, suo consulente.

Marina Mattei, letti i risultati, inorridì. Aveva una buona preparazione nel campo farmacologico. La farmacologia era una delle materie che aveva approfondito nel tempo, prima e dopo la laurea, oltre che con l'esperienza, avendo frequentato per anni il laboratorio scientifico di uno zio paterno.

Si sentì percorrere da un brivido generato da uno stato confusionale. Si stropicciò gli occhi, rilesse con più attenzione i risultati delle analisi e guardò dritto negli occhi il dottore Pignatelli.

Lo sguardo diede eloquenza ad interrogativi non espressi.

<<Marco Donadio non assume droghe. Il risultato degli esami mi pone una serie di perplessità. Mi coglie impreparata. Forse ho sbagliato tutto>> e si sentì avvampare, mortificata al pensiero di aver potuto trascurare particolari rilevanti.

<<Dove ho sbagliato?>>

<<Anche l'avvocato Sallustio sostiene la tesi che Marco Donadio è refrattario alle droghe ed è assolutamente convinta di provare il fatto. Dai verbali si evince che molti testimoni hanno questa certezza, come fosse assoluta. Una opinione molto valida mi sembra quella del dottore Gastone De Blasi, medico anestesista competente>> disse il dottore Pignatelli, portando le mani alle tempie sfoltite di peluria.

<<Ne sono convinta anch'io, a meno che il Donadio non sia un attore dotato di poteri diabolici.>>

Pronunciò la frase con poca convinzione e trovò conforto nello scoramento del dottore Pignatelli.

<<Una personalità multipolare?>> chiese roco, camminando attorno

alla grande scrivania ingombra di carte e fascicoli.

Il dottore Pignatelli continuava a tirare fuori dal fascicolo i documenti del processo. Li guardava ad uno ad uno e su alcuni si soffermava. Ad un verbale diede un segno di matita rossa, per una frase da sottolineare alla fine della pagina.

Lo sguardo si posò su una della foto scattate dal tenente Giuliani nell'immediatezza dei fatti. Marco Donadio era chino sul corpo di quella donna, di nome Maria, con le mani imbrattate di sangue denso scuro e gli occhi pieni di pazza disperazione.

Inorridì e porse la foto alla dottoressa Mattei.

Il dottore Pignatelli iniziò a parlare come se, riflettendo, pensasse ad alta voce <<Non ha senso. Se la difesa provasse che Marco ha assunto droghe a sua insaputa- e i referti della scientifica sono chiari circa la circostanza che le abbia assunte- potrebbe addurre lo stato di tossicità acuta come causa di esclusione di responsabilità. Potrebbe essere rimesso in libertà in tempi brevi. E se la difesa architettasse di andare a dibattimento per sostenere la tesi contemplata dal codice penale della "incapacità procurata" per avere messo altri Marco, somministrandogli stupefacenti, nello stato di incapacità di intendere e di volere? Dai verbali agli atti risulta che Marco la sera prima dell'omicidio esce da casa di suo padre e va a casa della sua ex moglie Marianna Costanza che gli offre una bevanda e pasticcini allo zenzero. Si ritira prima della mezzanotte e sua sorella Marcella dichiara di vederlo strano, con degli strani tic, diverso dal solito. La signora Costanza e il suo odierno convivente Mario Saputo, conosciuto come Sapù, sono dediti all'uso di sostanze stupefacenti. Il Saputo è implicato in azioni di spaccio di droghe. Su di loro la Procura ha iniziato un procedimento, iscrivendo i loro nomi nel registro degli indagati.>>

Il dottore Pignatelli smise di pensare ad alta voce. Rimase zitto, continuando a dar corso al pensiero, osservando la dottoressa Mattei e sperando che lei avesse compreso le cause del suo dilemma. Poi continuò a parlare, con tono calmo e pacato, nell'intento di fare capire esattamente al consulente le motivazioni che lo facevano riflettere.

<<È questo che vuole la difesa? Lo scopo è quello di andare al dibattimento per sostenere una tesi di assoluta estraneità di Marco alla commissione dell'omicidio? La ricerca della verità a qualsiasi costo, anche rischiando con il dibattimento? Tutto questo per cosa altrimenti, dato il fatto che un legale preparato come la Sallustio potrebbe ottenere buoni risultati in sede di giudizio abbreviato eliminando ogni rischio?>>

Prese fiato. Si erse sulla lunga e ossuta colonna vertebrale e divenne cupo. Parlò con voce pacata e greve.

<<Se tutto ciò fosse vero, ne prenderò atto ed è giusto che sia così.>>

Trasse un sospiro lieve.

<<E se fosse solo un diabolico assassino che trama l'alibi per ingannare la giustizia?>>

Scosse il capo.

<<Lo escludo. Se avesse uccido la sua ex moglie avrebbe avuto un senso.>>

Marina Mattei annuì. Condivideva le ragioni che arrovellavano la mente del dottore Pignatelli, pubblico ministero presso la Procura della Repubblica di Palermo.

***

Quando Marianna Costanza, ex moglie di Marco Donadio, venne convocata a rendere dichiarazioni spontanee sul caso, quale persona informata dei fatti, si meravigliò, domandandosi del perché fosse stata scomodata.

La sua posizione era quella della moglie incolpevole, rea di avere sposato un marito rivelatosi un indegno assassino, suo malgrado.

La cosa che ancor di più la stupì, fu la convocazione di Mario Saputo.

Lei si pregiava di presentarlo "Il mio compagno, presto ci sposeremo" e sorrideva, allargando bocca e denti, con lo sguardo attento all'interlocutore perché non mostrasse segno alcuno di disappunto.

Domandò perché i carabinieri volessero ascoltarla e cosa ci entrasse lei col caso del suo ex marito che aveva già lasciato, fortunatamente, prima che si rivelasse un omicida agli occhi del mondo intero.

Si disse che doveva cercare di capire a quale scopo il suo attuale compagno Mario Saputo- per gli amici in confidenza "Sapù" - fosse stato convocato.

Il nome Sapù le piaceva. Se lo era coltivato ad arte, facendo credere che fosse di origine indiana da parte del padre e di nobile casta. Si arrovellava il cervello ad inventare storie sul falso casato indù, per raccontare che il suo attuale compagno vantava origini dai maharaja.

<<Erano grandi re, i maharaja>> diceva a tutti, alzando il mignolo, con movenza distinta della mano, a volteggiare in aria.

La cosa bella è che molti ci credevano e si lasciavano affascinare dal falso alone di indiano misterioso che si era costruito addosso. Con questo pretesto, lui acchiappava, truffando, quel che poteva. L'amore suo, Sapù, ci sapeva fare e non finiva mai di stupirla. Con lui la vita aveva preso gusto. Era divenuta eccitante, imprevedibile e carica del fascino del rischio. Tutta un'altra storia rispetto al genere casa e lavoro che Marco le aveva proposto, con la noia del sempre certo e piena di monotonia. Era arrivata ad annoiarsi a morte, fino al punto di detestare suo marito. Poi aveva avuto la fortuna di rincontrare Mario che l'aveva fatta sorridere, presentandosi con il nome di Sapù. Lui sì che sapeva vivere e la sua esistenza aveva preso una svolta nuova, finalmente eccitante. Era giovane e meritava di godere al massimo, avida com'era di gustare i piaceri inesplorati della vita.

Mario Saputo, pur essendo convocato in Procura allo stessa ora ed allo stesso giorno di Marianna, non volle andare.

Si chiuse in camera, con la scusa di non stare bene. Chiese a Marianna di riferire e fare scrivere a verbale che lo conosceva ma non lo frequentava e che nulla sapeva di lui. Avrebbe, in seguito, fatto pervenire certificato medico.

<<Vai tu>>, disse, <<io rimango con il bambino. Poi ci penso io, tranquilla.>>

<<Non sono tranquilla per niente, con questi impiccioni pronti a ficcare il naso dappertutto>> disse Marianna pronta ad uscire per andare in caserma.

<<Vai e datti da fare per capire cosa cercano da noi. Che cosa sanno? Che cosa vogliono sapere? Stai attenta, se la domanda non ti convince, nega. Tu nega sempre e ti metti a posto. Non farti fregare. Vai>> e desiderò di mandarla via al più presto, con un bacetto e due pacche sonore sul sedere.

Non aspettò che uscisse e andò a chiudersi in bagno con il giornale sportivo.

***

Marcella Donadio pensò di fare di testa sua, tanto niente in particolare avrebbe potuto compromettere ulteriormente l'immagine di suo fratello Marco.

Si recò in via Lincoln, alla sede del Giornale di Sicilia. Posteggiò in un angolo il motorino che, sgangherato come era, poteva permettersi il lusso di lasciare incustodito senza catena. Si diresse in portineria. Chiese di parlare con il capo redattore della cronaca.

<<Sono Marcella Donadio. Sono sorella di Marco, l'assassino che ha ucciso per rabbia>> disse.

129

Si presentò così, lasciando basito il portiere che citofonò per annunciarla.

<<Dottore, mi sembra importante>> disse <<veda lei. È una gran bella ragazza che dice di essere la sorella di quel giovane assassino. Ricorda la storia della badante di colore?>> ed attese istruzioni.

Marcella fu accolta. Si diresse al piano di sopra, per parlare col giornalista.

Le andò incontro all'ingresso il dottore Lo Turco, con penna in mano e aria stanca e nervosa, disturbato per il timore di perdere tempo prezioso. Lui la guardò da capo a piedi, come a voler trovare un segno particolare per identificarla.

<<Perché è venuta qui?>> chiese e continuò ad osservarla, incredulo e diffidente.

Marcella non si fece intimorire e ammiccò, consapevole di lanciare una sfida appetitosa al cronista.

Lui la fece accomodare in un camerino scomodo, appartato. Chiuse la porta.

<<La ascolto>> disse secco.

Accese un palmare sofisticato per registrare la conversazione.

<<Non le dispiace se intanto registro, è vero?>> ed accese il tasto start.

Marcella Donadio rimase a parlare per più di mezz'ora. Il giornalista non la interruppe e la lasciò narrare, mentre scorreva come un fiume in piena. Era interessante, concisa e mai banale. La lasciò dire e registrò ogni parola, pregustando un pezzo denso di cronaca nera che avrebbe avuto eco oltre i confini locali.

L'accompagnò alla porta e la salutò sbrigativo, scusandosi perché doveva affrettarsi a mandare il pezzo alla stampa.

Marcella Donadio uscì all'aria aperta e il portiere la vide andare via di corsa.

Arrivò al motore che trovò come lo aveva lasciato, mezzo abbattuto sul cavalletto cadente. Stentò a metterlo in moto. La marmitta emise uno scarico tossico e si avviò sulla strada.

Con il casco stretto sul capo, che lasciava parte dei capelli al vento, pensò di dover chiamare l'avvocato e dirle cosa aveva fatto.

Era giusto lo sapesse dalla sua voce, prima di leggerlo dal giornale con i suoi occhi. Era corretto. Si diresse al suo studio per trovare uno spiraglio e parlarle, se l'avesse trovata.

La trovò. Quando la cercava la trovava, essenziale come il sale della vita. Avvertì la sua presenza come solida, chiara, rassicurante.

Ebbe un guizzo di serenità e sentì di avere un grave compito da gestire. Subiva un dolore che non era riflesso ma tutto suo; un dolore perenne che aveva cambiato, e per sempre, il suo percorso di vita.

Marcella sapeva di avere sulle spalle una croce pesante da sopportare e necessitava di una dose di forza aggiunta, per non farsi risucchiare nello sconforto.

***

L'avvocato Emma Sallustio sorseggiava il caffè, sgranocchiava biscotti secchi all'anice e controllava la posta elettronica certificata e non.

Marcella Donadio le aveva scritto. Incuriosita, diede precedenza al messaggio e lo aprì.

"Gentile avvocato Sallustio, le invio indirizzo e numero di telefono di Salvo Martini, il teste di cui le avevo parlato. Veda lei come sentirlo. Grazie mille. Marcella."

Emma Sallustio sorrise, per quella punta di pretesa che Marcella sfoderava. La ragazza bramava di conoscere l'intimo "perché" della mano assassina di suo fratello. Si chiedeva fino a che punto, in quel preciso momento in cui affondava la lama nella carne inerme di Maria, fossero presenti la mente ed il cuore dello stesso Marco che conosceva. Provava una sorta di sentimento bruciante che sprofondava nella paura di non riuscire a comprendere.

Emma Sallustio compose il numero di telefonò e chiamò Salvo Martini.

Azionò il registratore, come faceva sempre in casi del genere.

<<Pronto? Mi presento, sono l'avvocato Emma Sallustio. La chiamo per convocarla, in qualità di teste nel caso Donadio. Potrebbe accudire in studio oggi pomeriggio, alle ore sedici?>>

Salvo Martini ascoltò senza fiatare e lei aspettò che la riempisse di domande sul perché e che volesse.

Disse, invece, con semplicità spontanea:<<Oggi pomeriggio alle diciassette ho il volo per Roma, se vuole posso venire ora. Mi accompagna mio fratello con la moto, mi dia l'indirizzo.>>

Emma Sallustio acconsentì, pur sapendo che avrebbe rinunciato al sarago al cartoccio di sale e aromi che la sua amica aveva preannunciato di prepararle, invitandola a pranzo.

<<L'aspetto subito>> rispose e dettò l'indirizzo.

<<Sono a Piazza Massimo, il tempo della strada e sono da lei>> rispose l'uomo ed attaccò, riponendo il cellulare nella tasca della giacca jeans.

Fece presto. Non ebbe neppure il tempo di finire l'ultimo biscotto all'anice e l'ultimo sorso di caffè, con i gusti che si amalgamavano, lasciando la bocca pastosa, che il campanello trillò.

Dal citofono, il suo collaboratore aprì, dando lo scatto. Lo fece accomodare, invitandolo ad entrare nella camera dell'avvocato che lo attendeva.

Entrò con il casco nella mano sinistra e la destra protesa a presentarsi.

Emma Sallustio, nell'attesa silenziosa che lui riponesse a terra il casco, l'osservò, avendo la sensazione che fosse drogato o imbottito di farmaci.

Era ancora giovane ma trascurato, con la barba raccolta da un paio di giorni e i peli bianchi che spuntavano irti.

Il viso regolare dagli occhi chiari e molli sembrava pendere dal lato destro, come se avesse subìto una paresi.

Sprofondò sulla poltrona avanti alla scrivania dell'avvocato e, con movimenti lenti, portò le mani a congiungersi strette al grembo.

L'avvocato Sallustio prese la parola e si rivolse all'uomo con le dita incrociate a forcipe e la testa che dondolava piano. Sembrava pregasse in un silenzio di cantilena.

Accese il registratore e lo diresse in direzione delle sue labbra.

<<Sono Emma Sallustio, avvocato di Marco Donadio. L'ho convocata quale teste, stante che la famiglia di Marco ritiene che lei sia persona informata sui fatti e che possa rendere informazioni utili al caso.>>

Si interruppe, domandandosi se, barcollando tanto, capisse quello che diceva.

<<Ha capito? Signor Salvo Martini, sta bene?>>

Lui non si scompose. Con le parole in altalena, rispose calmo, puntando gli occhi al nastro che scorreva <<Certo che capisco! Continui pure, la seguo con attenzione.>>

Emma Sallustio si rincuorò, riavendosi dal timore di avere a che fare e perdere tempo con un tizio dal cervello bruciato da droghe avvelenate con sostanze chimiche aggiunte.

<<Bene>> e riprese a parlare con rinnovato entusiasmo <<Il codice mi attribuisce il diritto-potere di conferire, ricevere dichiarazioni e informazioni da lei in qualità di teste, come se fossi un investigatore.>>

Salvo Martini la guardò ed annuì, aspettando che lei continuasse il discorso.

<<Bene. Di contro, però, ho l'obbligo di legge di avvertirla che lei ha facoltà di non rispondere>> e attese un segno di reazione.

132

<<Ho capito. Allora mi alzo e me ne vado. Posso scegliere?>> chiese e sollevò la testa ammollata a destra.

<<Certo che lo può fare. Lo faccia pure>> ribatté secca l'avvocato e si diede un tono di indifferenza, allontanando la poltrona con le ruote sotto dalla scrivania.

<<Mi corre l'obbligo, però, in questo caso, ricordarle che la legge dice "Se la persona si avvale della facoltà di non rispondere, il difensore può chiedere al pubblico ministero di disporre la sua audizione. Questo è quello che io, Emma Sallustio, avvocato di Marco Donadio, andrò a chiedere al dottore Massimo Pignatelli che, presumo, sarà felice di disporre la sua audizione.>>

Lo scrutò, attenta ad ogni sua reazione.

<<È una sua facoltà, vada. È libero di scegliere>> esclamò, considerando che quell'uomo non si alzava.

Salvo Martini sembrava allucinato, con gli occhi abbagliati da chissà quale sostanza.

Fece i suoi conti furbetti e disse<<Avvocato, scherzavo. Non si offenda. È meglio mi interroghi lei, mi tolgo il pensiero.>>

Si addossò comodo alla poltrona, trattenendo il dondolare del capo e rigirando i pollici, alla ricerca di vagliare la pazienza dell'avvocato.

Emma Sallustio si armò di flemma, chiese il documento di identità e iniziò a scrivere il verbale.

Salvo Martini, con movimenti da bradipo, tirò fuori, dalla tasca della giacca di tela jeans, carta di identità e codice fiscale.

Sporgendosi in avanti, porse i documenti all'avvocato che trascrisse i dati con cura, stando attenta alle forme per non incorrere nella pena della "inutilizzabilità delle dichiarazioni ricevute" prevista dal codice.

Formulò una ventina di domande.

Iniziò col chiedere<<Lei si droga? Fa uso di farmaci?>>

<<Sono stato drogato per più di venti anni. Da circa due sono disintossicato ed in cura presso un servizio sociale di recupero, anche se in perenne stato di sedazione e sotto effetto di psicofarmaci>> rispose.

La voce dondolante si tinse di un velo di sofferenza.

<<Comprendo>>disse Emma Sallustio e prese a verbalizzare, ripetendo a voce alta le parole che scriveva.

<<Lei conosce questi signori della foto?>> e tirò fuori dal cassetto una copia ingrandita a colori, fatta prima di depositarne l'originale nel fascicolo della difesa.

<<Conosco lui da una vita e lei da circa un anno>> e si soffermò a notare i particolari.

<<Sono a casa di lei che ha un figlio piccolo. Lui si chiama Mario

Saputo. Da quando sta con lei si fa chiamare Sapù, anzi professore Sapù e dice di avere discendenza da nobili indiani. Sciocchezze. È nato allo Zen. Suo padre è morto con il fegato spappolato dall'alcool e sua madre fa la cameriera ad ore, quando non puzza di fame>> continuò a dire, con gli occhi sulla foto.

<<Conosco lui come conosco la droga. Sapù il professore non insegna niente. Dal Saputo si impara solo a drogarsi e a diventare schiavi della droga, mentre lui si fa un bel poco di soldi che si gioca ai videopoker e alle scommesse sportive>> disse, agitandosi sulla poltrona, noncurante dei dolori alle giunture.

I suoi movimenti presero ad avere sincronia.

<<Anzi, ora che deve mantenere la donna e il figlio di questa, che è una che non scherza a quanto è avida e morbosa, è diventato ancora più bastardo. Lei si chiama Marianna Costanza ed è adatta a lui, se non è peggio di lui>> disse di getto e attese che l'avvocato finisse di trascrivere le parole appena pronunciate.

<<Io a quello lo odio. È stato lui a farmi infognare nella droga. Mi ha distrutto la salute e la vita e poi mi ha messo sulla strada a spacciare per lui. Ho fatto anni di galera per il reato di spaccio di droga. Lui si è fatto una posizione e io sono un uomo finito in salute e in dignità.>>

Tossì forte, ripetutamente e convulso.

<<Ora mi chiama per darmi le briciole da vendere, ma questo non lo scriva, per piacere.>>

Emma Sallustio stoppò il registratore.

<<Mi faccia capire. Lei dice di non drogarsi, però da lui prende dosi da vendere agli altri?>> chiese, senza riuscire ad eliminare un tono di sbigottimento.

<<Sì>> rispose candido <<è l'unico modo che conosco per potere campare, quando non sono in galera.>>

Emma Sallustio lo guardò con stupore, <<Non si vergogna?>> e gli fece notare di avere spento il registratore.

<<Qualche volta mi vergogno. Spesso mi faccio schifo e sono così vigliacco che non riesco ad ammazzarmi neppure con la droga. È per questo motivo che sono riuscito a smettere.>>

<<Se è tanto vigliacco, come pensa di sottoscrivere questa dichiarazione che andrà agli atti?>> chiese e posò la penna sopra i fogli del verbale.

<<Io non riesco ad ammazzarmi, ma se gli altri mi ammazzano fanno un piacere a me e uno più grosso all'umanità>> esclamò e dondolò il capo con fare soddisfatto, come se si fosse riscattato con quella frase.

134

<<Riaccendo il registratore. Riprendiamo. Ripropongo la domanda.>>

Riavvolse il nastro per cancellare l'ultimo inciso e fece la domanda. <<È consapevole che queste sue dichiarazioni andranno agli atti?>> <<Si, sono consapevole. Merita una punizione, per tutto il male che ha sparso. Lui è furbo, però. Tutti beccati, quelli del suo giro. Tutti in galera e lui sempre fuori a cambiare case e zone per non farsi sgamare. Sempre imboscato dentro a qualche fogna, come un topo che esce di notte per rosicchiare. Merita di pagarla. Sono consapevole, si. Se riesce ad ammazzarmi bene, almeno mi finisce>> disse ed osservò un lungo momento di pausa, sporgendo il capo in avanti e attento a che la donna trascrivesse le parole eroicamente pronunciate.

Emma Sallustio mise punto e rilesse l'ultimo periodo, prima di continuare con il resto delle domande.

<<Le risulta se, per caso, questi signori sono capaci di mettere droga nelle bevande, oppure nei cibi?>>

<<Mi risulta che lui prepara una strana tisana puzzolente e che lei è spesso in cucina davanti al forno a preparare strani biscotti, ma non capisco cosa possono metterci dentro. Mai mi hanno offerto niente. Se lui mi tollera appena, lei non mi sopporta proprio e mi tratta con un disprezzo che non cela. Se posso raccontare di un fatto riferitomi da un tale Salvatore, un tossicomane arrivato all'ultimo stadio, una volta mise una sostanza dentro un bicchiere di aranciata offerta ad uno che faceva storie per pagare. Salvatore mi raccontò, ma anche quel giorno era fuso, che il tizio uscì dopo avere firmato al Saputo il passaggio di proprietà della Mercedes. Mi disse che il tizio depredato non uscì da casa del professore con le sue gambe, ma accompagnato allucinato fino a casa sua e messo a letto.>>

Il capo di Salvo Martini, pendendo, si inclinò più a destra.

<<Vuole sapere se Saputo sarebbe capace di mettere droga nella bevanda di Marco a sua insaputa?>> chiese intrigante e continuò senza attendere risposta.

<<Mi risulta. Mario Saputo lo faccio capace di questo ed altro. Personalmente, posso dire che Sapù odia Marco a morte. Lo odia da quando tra loro è successa una discussione e si sono picchiati. Sarebbe capace. Certo che sarebbe capace, con tutto quell'odio in corpo che lo divora.>>

Chiuse gli occhi.

<<Signor Martini, conosce il cognome del signor Salvatore e del tizio presunto drogato e raggirato?>>

Salvo Martini fece girare avanti e indietro i pollici delle mani congiunte a preghiera sopra il ventre.

<<Questo fatto risale a più di tre anni fa. A quest'ora Salvatore sarà morto col fegato spappolato dalla cirrosi oppure per overdose.

No, non conosco il cognome, Salvatore era uno che dormiva sulle panchine del giardino pubblico di Villa Sperlinga. Era specializzato a scroccare birra e sigarette. Non lo vedo da tempo. Non saprei.>>

<<E del tizio raggirato cosa sa dirmi per poterlo identificare?>>

<<Niente. Non so niente di questo tizio.>>

Era tardi quando finirono e l'ultima delle domande che l'avvocato porse, gliela diresse in viso, puntando la penna il direzione del suo naso.

<<Lei comprende che probabilmente sarà richiamato dal giudice?>>

Attese una risposta.

<<Sì comprendo. È giusto>> e si alzò lentamente dalla ruggine delle giunture corrose dai veleni ingeriti nel tempo.

L'avvocato spense il registratore e vide Salvo Martini prendere il casco da terra e alzarsi lentamente per ricompattare le ossa indolenzite.

Con uno scatto a tic raddrizzò il viso sul collo, salutò e andò via.

Emma Sallustio avrebbe telefonato, ad apertura pomeridiana di studio, all'agenzia disbrigo pratiche per effettuare una visura al PRA, sperando che Mario Saputo, a suo tempo, avesse provveduto alla registrazione della Mercedes presso il pubblico registro.

***

Il dottore Pignatelli chiuse le finestre, colto da un brivido di fresco sferzante il caldo umido insinuato sotto la camicia sigillata dalla cravatta.

Il mese di ottobre si era inoltrato, ma il caldo non dava tregua.

Una scheggia di lampo squarciò, elettrica, le nuvole in cielo, tirando soffi di aria leggera.

Indossò la giacca blu che mise in evidenza la pelle diafana poco idratata, con i segni della barba rasata e i bulbi infiammati.

Bussarono alla porta della sua camera. Si riprese dai suoi pensieri, invitando ad entrare, e vide sull'uscio la dottoressa Marina Mattei.

La stava aspettando per il caso Donadio ed era puntuale.

La fece accomodare, con garbo schietto e sbrigativo, e tirò fuori dal cassetto della sua scrivania un fascicolo gonfio di carte.

Fra le dita della mano destra impugnò il matitone rosso e blu. Lo temperò con cura, soffiandoci sopra per far scivolare i trucioli nel posacenere.

<<Riesce a trovare un senso al gesto di Marco Donadio? Ho agli

136

atti una serie di testimonianze e tutte attendibili. I testimoni escludono che Marco sia un violento. Mai un segno di rabbia, di intolleranza, di collera. Mai un tono alto di voce o una lite. Tutti lo descrivono come un ragazzo educato, dolce e tranquillo. Ma allora perché?>> e mostrò, sollevandoli in alto verso di lei, una serie di fogli sottolineati con tratti alternati di rosso e di blu.

<<L'avvocato Sallustio non chiederà il rito abbreviato ed affronteremo un dibattimento>> disse, tirando fuori le foto dalla carpetta "fotografie Donadio Marco" riposta nel grosso faldone.

<<È la prima volta che non mi sento sereno nel formulare una richiesta di condanna che sia commisurata allo strazio del danno causato>> disse e si accorse che Marina Mattei, zitta e immobile, attendeva che continuasse a parlare.

<<Solo le foto mi riportano alla realtà, guardi che strazio. Come uomo e magistrato mi rifiuto di credere a ciò che vedo e che è in totale contrasto con le prove raccolte. Ad oggi, non riesco a mettere a fuoco un'evidenza di motivo.>>

Posò i fogli sulla scrivania, adagiandovi sopra il matitone rosso e blu.

<<Dottoressa Mattei, da psicologa che scava nel fondo della mente e dei comportamenti umani, se riesce ad esplorare i meandri più intimi dell'essere, mi faccia comprendere la causa che ha scatenato un effetto così rabbioso.>>

Marina Mattei lo guardò e lo vide sofferto. Comprendeva il dubbio tradotto in un chiodo fisso che toglieva il sonno alla notte e l'appetito al giorno, paragonandolo al suo che era altrettanto dolente.

Quando pensava a Marco Donadio si struggeva di una pena infinita per lui, per l'uccisa e per tutte le altre vittime non morte ma segnate a vita dalla morte.

<<La rabbia è un sentimento primordiale, ancestrale, innato. È tipico del mondo animale, di cui l'uomo è l'espressione più feroce in assoluto. Essendo un sentimento primario, trae origine dall'istinto di sopravvivenza che ci avverte del pericolo e ci predispone all'attacco per la difesa. Insieme alla gioia ed al dolore, è una delle emozioni che più induce l'essere umano ad esporsi nella vita.>>

Il dottore Pignatelli l'ascoltava con interesse.

<<Tutti noi esseri animali viventi, e l'essere umano in particolare, proviamo sentimenti di rabbia. Molti di noi si vergognano solo ad ammetterlo, perché la società la degrada ad emozione disdicevole, da combattere e da allontanare, perché inaccettabile. Essendo la rabbia un impulso di cui vergognarsi, di conseguenza, molti individui tendono a

137

reprimerla. La rabbia, il disgusto, il disprezzo, il furore, l'ira, la collera, l'esasperazione, sono ostili e da inibire. Spesso riusciamo a derubricarla in emozioni derivate di intensità minore, quali l'impazienza, il fastidio, il senso di irritazione. Molti dei miei colleghi e la dottrina maggioritaria ritengono che la rabbia sia un sentimento di reazione ad una azione ostile o ad una situazione di disturbo. Ritengono sia il frutto di tentativi, di esperienze o di aspettative fallite che ci allontanano dal raggiungere un obiettivo. È la tipica reazione ad una forma di costrizione fisica, oppure ad una frustrazione psicologica.>>
Prese una breve pausa. Il dottore Pignatelli, in silenzio, pensoso, pendeva dalle sue labbra.
<<La costrizione e la frustrazione in sé non sempre, però, sfociano in manifestazioni di rabbia. L'individuo attiva uno stato emozionale di collera quando ritiene che un altro soggetto gli stia imponendo una frustrazione o una costrizione.>>
Il dottore Pignatelli si introdusse nel discorso.
<<Vuole supporre che la donna del Ghana lo abbia, in qualche modo, aggredito?>> chiese, stringendo in mano la matita rossa e blu.
<<Voglio dire che lo stato emozionale che si è attivato ha reagito ad una sensazione di pericolo, presunta o effettiva. In casi di genere la rabbia si attiva perché riteniamo che l'altro sia pronto a ferirci. Reagire con rabbia diviene una forma di reazione per bloccare l'intenzione che l'altro ha, o si presume che abbia, di farci del male. A volte è solo questa forma di presunzione errata che, fonte distorta, genera male. Nelle società moderne, dato che la morale comune è quella di evitare le azioni aggressive, si tende, appunto, ad inibire le forme di attacco. Molti, con percorsi più o meno problematici, mascherano i sentimenti di rabbia verso la causa delle loro frustrazioni. Un gran numero di soggetti sperimenta la tecnica della fuga, per impedire che l'avversario aggredisca. Altri, invece, collaudano tecniche che portano alla canalizzazione positiva del sentimento. Questi soggetti hanno testato e attuato tecniche tali da renderlo potenziante, un alleato utile di molla sempre pronta a fare scattare in aiuto. Loro, al contempo, conoscendone la devastante potenza intrinseca, sviluppano capacità tali da tenerla sempre sotto controllo. Chi conosce a fondo questo sentimento, valuta attentamente la potenzialità distruttiva che può mettere in atto, a seguito di un evento qualsiasi vissuto dal soggetto come causa scatenante.>>
Prese fiato e staccò gli occhi dal dottore Pignatelli, attento a metabolizzare concetti che non intendeva dare per scontati.
Continuò a parlare.
<<La distruzione, in molti casi, è direttamente proporzionale al

grado di repressione. Si tratta di quei casi in cui il tarlo è così disgustoso che, non volendolo guardare e spingendolo sempre più sotto, ad un dato punto di saturazione, finisce con l'esplodere. Se il tarlo scoppia, l'effetto corrosivo è più potente di un acido che brucia tutto. Questo è quello che è successo a Marco Donadio.>>

Si zittì, tirando fuori dalla grossa borsa il cellulare per deviare la chiamata di sua sorella che avrebbe richiamato.

<<Ho compreso. Ma come spiegano le sue teorie e la dottrina in materia che il Donadio abbia riversato la sua rabbia verso un soggetto estraneo? Se avesse ucciso la moglie avrebbe chiuso il cerchio della sua ira. Un tragico epilogo da manuale con uno straccio di senso. Amen>> e si pose con le braccia conserte, invitando la dottoressa a continuare.

<<La rabbia può avere destinatari diversi su cui sfogare la carica di aggressività. In genere si rivolge contro il soggetto oppure l'oggetto che ha provocato la frustrazione o la condizione di costrizione>> rispose e raccolse le idee per impostare nella maniera più chiara il concetto che intendeva esporre.

<<È questo il modo più tipico, il modo più semplice e più a portata di mano, che offre le maggiori possibilità di sfogo al sentimento di collera.>>

Fece un attimo di pausa. Tirò indietro i capelli con la mano ed accavallò le gambe. Si sentì al centro dell'attenzione. Riprese il filo del discorso, attenta alle parole.

<<Sono molti i casi in cui la rabbia sposta la sua aggressività verso un destinatario diverso da quello che ha determinato la frustrazione. In questi casi si ha uno spostamento da quello che era l'obiettivo principale. Non sono rari, inoltre, i casi in cui il soggetto dirige l'ira verso se stesso con forme di autoaggressione o con forme di autolesionismo cariche di massima violenza.>>

<<Marco Donadio>> disse il dottore Pignatelli, osservando lei che intanto cercava un non si sa cosa dentro una borsa grande quanto una valigia <<è la figura del bravo ragazzo sportivo e lavoratore che si sposa e diventa padre. Ad un certo punto, sua moglie lo lascia per un altro, lo priva del figlio, lo butta fuori di casa e lo depreda di tutte le sue cose. Lui scopre che lei lo tradiva da subito dopo le nozze, ma ha la certezza che il figlio sia suo. Perde il figlio, perde il lavoro e si abbandona alla rabbia che, per una vita, ha gestito e ha represso. Questa è la causa scatenante.>>

Girò il matitone fra le mani e lo ripose sulla scrivania

<<Sotto l'effetto di droghe, come risulta dagli esami della scientifica, anche se tutti i testi dicono che Marco disprezza le droghe,

esce da casa armato e carico di aggressività. Non scarica la rabbia repressa sulla ex moglie, causa di tutti i suoi mali, ma la riversa su un soggetto debole ed ignaro. Fine della storia. Andremo al dibattimento, chiedendo la condanna di un ragazzo che, accecato dall'ira, uccide. Questo caso lascia amarezza e tristezza. Mi aspetto che la difesa cercherà di imputare l'evento alla causa "rabbia" e ai motivi di base che l'hanno scatenata. Faremo un processo alla rabbia>> disse concludendo.

Dal raccoglitore "fotografie Donadio Marco" tirò fuori una decina di foto.

Prese la prima e la porse alla dottoressa.

Maria, la badante della vecchia signora, giaceva a terra con lo sguardo rivolto al cielo, a domandarsi cosa fosse successo. I denti bianchi della bocca scura creavano un punto di luce, esaltando il contrasto con il rosso del sangue sparso su una sagoma di onice nera.

<<Questo povero corpo sconosciuto e innocente è stato martoriato da quello che fino a giorni fa era considerato un ragazzo tranquillo. Mi domando con quanta pena affronteremo questo caso.>>

Chiuse il fascicolo e ripose la matita bicolore nell'astuccio.

La dottoressa Mattei raccolse la sua borsa cesta pesante.

Un silenzio carico di peso si aggiunse a loro.

Si salutarono, stringendosi forte e a lungo le mani.

***

Emma Sallustio comprò il Giornale di Sicilia al chiosco dell'edicola posta all'angolo del Tribunale e si diresse a leggerlo comodamente seduta alla scrivania del suo studio.

Marcella Donadio le aveva raccontato, nei particolari, dell'iniziativa di essere stata alla sede del giornale e di avere raccontato tutta la storia al cronista.

Alle nove in punto di mattina le aveva inviato un messaggio al cellulare per avvisarla che l'articolo era uscito.

Si sentiva nervosa perché non riusciva a reprimere il timore che il giornalista potesse danneggiare ulteriormente la posizione del suo assistito.

Temeva i mass media e la potenza che esercitano nella gestione delle menti, inoculando virus invisibili, altamente tossici e degeneranti i "file" del pensiero rendendolo infettato.

Conosceva gli effetti distorti operati su un pubblico ignaro, in buona fede e pronto ad assimilare, digerito, un prodotto reso appetibile e infiocchettato, per trarne interesse.

Ricordò il caso di un suo assistito.

Dovette battersi con estremo impegno per smontare un'accusa basata sull'antipatia innata che l'uomo suscitava. Antipatia che stampa e televisioni avevano rappresentata, amplificata e divulgata. La massa chiedeva la condanna dell'uomo, innocente per il reato imputato, colpevole di essere sgradevole.

Aprì con le chiavi la porta di ingresso dello studio e si diresse dritta alla scrivania della sua stanza per leggere il pezzo su Marco Donadio. La pagina sei, mezzo foglio in alto, era dedicata al caso.

Titolava, con la grossa scritta nera, "Cerca giustizia la rabbia dell'assassino" e continuava con la scritta piccola e senza grassetto "L'assassino ..."

Emma Sallustio lo scorse con attenzione. Lesse di un ragazzo ignaro, sportivo, attento alle esigenze del figlio e un gran lavoratore che si trasformava in assassino a causa di una rabbia violenta, seppur ingiustificata, motivata dall'abbandono della moglie che lo aveva privato del figlio minore.

Metteva nota sul tradimento di lei che era entrata in un ambiente dai contesti equivoci, evidenziando come la signora avesse in atto relazione e convivenza con altro uomo.

L'articolo finiva con il sottolineare che le investigazioni si erano estese al mondo della droga.

Il cellulare squillò. L'avvocato Sallustio stentò a trovarlo nella borsa da lavoro piena di fascicoli. Rispose.

<<Avvocato, ha letto l'articolo?>> chiese e attese che parlasse.

Era Marcella Donadio. Fremeva.

<<Sì, ho finito proprio ora di leggerlo>> rispose.

Marcella sorrise, sembrava soddisfatta.

<<È andata bene, anche se speravo che il giornalista mettesse meglio in risalto il carattere di Marco>> disse con impeto e sospirò.

<<Mi sembra che Marco abbia ottenuto un buon profilo>> rispose l'avvocato con una sorta di ironia azzardata, al fine di stimolarla a parlare.

<<È vero. Obiettivo centrato. Tutto il mondo conosce Marco come un assassino e tutto il mondo deve sapere cosa ha spinto Marco, che potrebbe essere un ragazzo qualsiasi, a commettere un omicidio così rabbioso>> esclamò e si sentì sollevata, come avesse trovato un briciolo di fresco dentro un forno bruciante di dolore.

<<Il suo obiettivo è vedere Marco fuori dal carcere il prima possibile, lo dica chiaramente>> la istigò. Attese reazione.

<<Vorrei abbracciare Marco in questo momento>> disse e continuò con tono caldo e pacato <<non saranno le catene e le sbarre alla finestra a condannare lui e tutti noi di conseguenza. Su Marco, su di me, su mio padre, sulle mie sorelle, sui suoi pochi amici e per primo su suo figlio, peserà la condanna che arde dentro il cuore. Il percorso di vita di tutti noi sarà segnato dal dolore. Vite sprecate alla pena di una vita sprezzata. Un peso grandissimo da sopportare. Nessuno potrà mai assolvere Marco dal suo peccato, solo Dio forse. È giusto così.>> Il tono della voce si fece ancora più carico di dolore e passione.

<<È giusto, in ogni caso, che il figlio di Marco sappia che suo padre non lo ha mai picchiato. Tutte le falsità devono essere confutate, per amore della verità. Al Tribunale per i minorenni di Palermo, Marco viene descritto come un padre indegno e violento già da prima. Questo non è vero. È ingiusto.>>

<<La potestà genitoriale Marco la perderà comunque, in seguito alla condanna, come pena accessoria. Nondimeno, in questa fase possiamo presentare una memoria scritta al Tribunale per i Minori, illustrando le ragioni di Marco. Non è mia materia, quella minorile. Se non ricordo male il Tribunale decide con decreto, con procedura camerale, assumendo informazioni sulla situazione, dopo avere ascoltato il pubblico ministero e dopo avere sentito il genitore contro il quale il ricorso è rivolto. I genitori del minore devono essere assistiti dal difensore, anche a spese dello Stato.>>

Lasciò che la ragazza la ringraziasse e si salutarono.

Mezzogiorno era già scoccato. Si era fatto tardi. Si mise a lavorare al computer, dovendo redigere un atto di costituzione di parte civile per un cliente.

***

Emma Sallustio leggeva il giornale che parlava della causa di un suo assistito conclusasi con formula piena di assoluzione.

Sgranocchiava biscotti all'anice.

Adorava sentire il forte sapore dell'essenza sferzante che rendeva fresco il palato, dissetando.

Quando era bambina si recava nei campi vicino Isola delle Femmine a raccogliere le piante spontanee dai piccoli fiori bianchi, germogliati in pieno agosto.

Era una domenica di fresco tepore e il sole alzava bagliori di raggi che penetravano i vetri della finestra.

Mancavano pochi minuti alle dieci.

Posò giornale e occhiali da lettura sul tavolo e prese il cellulare per comporre il numero di telefono dell'amica Matilde. Era sua coetanea e amica d'infanzia.

Da tempo non lavorava e faceva la casalinga, con il marito in polizia ed un figlio unico che studiava a Milano ospitato da sua sorella.

Parlarono dei fatti di tutta una settimana. Matilde lamentava il senso di vuoto e di solitudine che cresceva da quando la sua casa si era spogliata con la partenza del figlio. Lamentò di questa e di altre domeniche sola e con suo marito in servizio.

Decisero di mangiare insieme pesce appena pescato.

Scelsero di andare in un locale di Porticello con una veduta fantastica e la terrazza affacciata sulla spiaggia, dove avrebbero trovato le lumache di mare chiamate "muccuni di mare"

Presero posto a tavola, sedute a guardare gli scogli, con le ante della vetrata aperte a fare entrare l'odore della salsedine intrisa di iodio.

Il cielo era terso e non soffiava alito di vento. L'aria ristagnava. Il mare era piatto e le onde si accennavano di schiuma bianca.

Due coppie di persone anziane erano stese al sole, con le spalle nude e i pantaloni tirati fin sopra l'inguine. Le due donne indossavano un cappello con la visiera e ai piedi ciabatte di plastica multicolori con stringhe legate alle caviglie. I due uomini tenevano i piedi nudi e le scarpe chiuse adagiate sulla sabbia, con i calzini dentro.

Erano così arrossati sulla pelle bianca come il latte che sembravano provenire da luoghi con poca luce e senza sole. Brillavano, scottati, come lampadine dalla luce opaca accese sotto i raggi, spiccando sui materassini gonfiati e rigidi d'aria.

Il cameriere si avvicinò con un cestello colmo di ghiaccio ed una minerale in bottiglia di vetro con l'etichetta colorata di azzurro scuro.

Porse il menù e si appartò, per dare loro modo di scegliere senza incalzarle.

Ordinarono bruschetta al pomodoro, lumache di mare chiamate "muccuni di mare", calamari intinti nel bianco d'uovo montato a neve, passati a farina e fritti, per essere più croccanti, e spaghetti con vongole.

Da bere chiesero un bicchiere di vino bianco e un chinotto.

Il cameriere svitò il tappo alla minerale e la versò nei bicchieri, girandoli da capovolti.

Il pomodoro rosso era tagliuzzato sottile sulla fetta di pane tostato, con l'aglio strofinato sul bordo della crosta. Era la bruschetta tipica, condita inoltre con sale, pepe e una foglia di basilico fresco. La fecero scroccare sotto i denti, attenti a che non colasse il filo di olio innaffiato sopra.

Ammucchiarono in una coppa di ceramica decorata a mano le bucce delle vongole, avvolgendo con la forchetta i molluschi e i pezzetti di pomodoro misto al prezzemolo tagliato a coriandolo verde fra gli spaghetti.

Dai "muccuni", con uno stecco di legno a punta, estrassero "bocconi" succulenti di mare.

I calamari, sezionati a rondelle sottili e adagiati su carta bianca assorbente, con il limone inciso a fiore all'angolo del piatto, erano uguali a quelli che preparava sua madre.

Era il suo ristorante preferito. Emma vi andava tutte le volte che poteva.

Un giorno aveva chiamato il cuoco e chiesto conferma. Lui, riluttante prima ed inorgoglito dopo, svelò il segreto dei calamari. Bastava tenerli ad assorbire dentro il bianco di uovo battuto a neve, per renderli così buoni. L'albume li avvolgeva e creava una patina che si amalgamava nel passarli a farina; bastava poi friggerli nell'olio di oliva extravergine, abbondante e bollente.

<<Sono una delizia, è vero? L'unico problema è quello che schizzano mentre friggono. Pazienza, sono il successo della mia cucina>> disse lo chef col cappello alto e bianco abbinato al grembiule che lo avvolgeva fin sotto le ginocchia.

<<Sono una delizia, più sfiziosi delle patatine. Sono come li faceva mia madre che poi si lamentava di avere inondato d'olio un'intera cucina>> disse Emma e porse alla bocca un anello di calamaro con la crosta croccante dorata.

Svuotarono il piatto e finirono ordinando il caffè.

Lo sorseggiarono piano e rimasero ad osservare i turisti dalla pelle arrossata che si preparavano ad andare via per lasciare gli scogli.

Sgonfiavano i materassini dall'aria che li teneva gonfi, infilavano tubi e pomate nella grande borsa di paglia rossa e si apprestavano, con le forze indebolite dal sole, dopo essersi scrollati da dosso i grani di sabbia impastati con i solari, a salire su un pulmino per i turisti di un albergo distante un paio di chilometri.

Il cameriere si affrettò a togliere le tazzine sporche e si premurò a offrire a loro piacimento un sorbetto, un limoncello, un amaro o altro digestivo.

Emma Sallustio chiese se avessero gocce di anice.

<<Certo che sì>> esclamò, <<siamo in Sicilia! Le portò un altro espresso?>>

<<No, acqua fresca. Mezza minerale e ci facciamo "acqua i zammù", acqua e anice. Fresca e digestiva. Ci stai?>> chiese a Matilde.

Matilde frequentava Emma dai tempi dell'asilo e conosceva la sua dedizione all'anice che aveva la precedenza su ogni altra bevanda. Alla sua amica associava e ancorava il profumo della stella d'anice.

Conosceva, tramite lei, tutte le proprietà benefiche del frutto, il nome scientifico, la storia di come si dovesse agli arabi il merito di miscelare l'acqua fresca con le gocce distillate per ottenere il massimo del refrigerio in un mediterraneo afoso e dagli animi caldi.

Quella che è Piazza Rivoluzione, a pochi passi dell'odierna Stazione Centrale, un tempo, ai primi dell'Ottocento, era frequentata da carrozze e cavalli. Lì, nel cuore della città, i chioschi delle bevande erano una tappa obbligata per rinfrescare l'aristocrazia palermitana, desiderosa di dissetarsi anche di pettegolezzi vari, quelli che oggi chiamerebbero gossip.

Un salotto a cielo aperto di nobili imbellettati, amalgamati in un posto di incontro talmente esclusivo da dettare le tendenze di quel tempo.

Spettegolavano e sorseggiavano acqua e anice, per seguire una moda che ha attraversato il secolo Novecento fino a giungere ad oggi.

Matilde, già dall'infanzia, con l'amica del cuore Emma che ne faceva un campo di battaglia, sapeva tutto dell'anice e conosceva pure la varietà stellata importata dalla Cina. Da questa variante ne era venuta fuori una ricetta di "tutto rinfresco e da esportare". Così era stato, con le bottiglie di un anice distillato, unico, palermitano, conosciuto in tutto il mondo.

<<Certo. Anche per me "zammù">> esclamò Matilde sorridendo, facendosi complice dei gusti dell'amica.

***

Emma Sallustio rispose al telefono. La segretaria Giovanna sapeva che il caso Donadio era uno tra i tanti casi ad avere la precedenza e le passò la chiamata.

In certi frangenti, magari dopo una serie di telefonate di interruzione, se proprio non poteva passare l'avvocato alla cornetta, appuntava il nome, il numero di telefono, l'orario preciso della chiamata e, se possibile, seppure sinteticamente, il motivo. In un post-it note giallo scriveva: è urgente- non è urgente, richiama- aspetta chiamata.

Giovanna organizzava le telefonate di lavoro tutte le sere. Concentrava le chiamate a ricevere fra le venti e le ventuno e dopo quelle a fare.

In tanti anni di collaborazione insieme, da quando era nata la sua bella bimba, si era imposta di non potere fare tardi tutti i giorni per tenere i ritmi dell'avvocato e, ad orario pressoché decente, riusciva ad essere fuori dallo studio.

Lasciava Emma Sallustio confusa fra le carte, con tutti gli appunti presi in maniera ottimale, di modo che nulla le sfuggisse, e con i fascicoli delle cause da trattare dentro la borsa di cuoio.

Sul frontespizio della carpetta annotava numero di ruolo, parte e controparte.

Su un foglio spillato dentro al fascicolo effettuava la cronistoria del caso, le attività espletate per lo stesso, rinvii da udienza ad udienza, orari, nome e cognome del pubblico ministero, del giudice per le indagini preliminari, del giudice dell'udienza preliminare, delle notifiche fatte quando e a chi, degli accertamenti tecnici irripetibili e una serie di sentenze di merito e cassazione pertinenti al giudizio.

Giovanna era esperta nella fase preliminare. Era la fase che istruiva il caso e, come tale, era considerata la più delicata e importante. Si concretizzava nella ricerca e in tutta una serie di atti preparatori che la impegnavano nel fare copie di verbali, ritagli di articoli di giornali, copie di sentenze di Tribunale e della Suprema Corte.

Erano le venti e quindici, quando Giovanna passò al telefono l'avvocato a Marcella Donadio. La ragazza disse che aveva una cosa importante da comunicare.

Era arrivata posta dall'Ucciardone da parte di Marco. Era un plico giallo spedito a lei, contenente la copia di un atto giudiziario notificato a suo fratello in carcere.

Marcella lesse qualche passo di un malloppo di circa ventisei pagine che descrisse come spillato e ben curato nella forma.

A fare un sunto, era stata fissata una udienza avanti al Presidente del Tribunale di Palermo, in ordine alla separazione giudiziale dei coniugi Donadio.

<<Come se lei fosse degna di essere chiamata moglie e madre>> ebbe ad esclamare Marcella Donadio, chiedendo consiglio su come fare e capire meglio.

L'avvocato Emma Sallustio si riservò di parlare con il collega civilista Maresi, ricordando che l'avvocato aveva accennato di una separazione consensuale dei coniugi, mentre ora Marcella leggeva di un atto per separazione giudiziale.

Erano troppe le pendenze e si intrecciavano in tre Tribunali diversi tra loro. Un Tribunale Ordinario per la separazione, il Tribunale per i Minorenni per la decadenza dalla potestà genitoriale e la Procura della

Repubblica per l'omicidio.

Si soffermò a pensare come organizzare in maniera unitaria una difesa adeguata a Marco Donadio.

Di certo avrebbe chiesto collaborazione al collega civilista Maresi, sperando potesse assisterlo col gratuito patrocinio.

La posizione di Marco era complessa. Era un caso da sviscerare, per analizzare i meandri del cervello e i comportamenti degli umani. Marco incarnava il vicino di casa o il fratello "nostro simile", fatto ad immagine e somiglianza di Dio, che sventra ed uccide una povera donna vittima ignara.

Marco era colpevole. Marco era un assassino e questa era la cruda verità.

Non era giusto, però, che su di lui pesassero le malvagie manipolazioni di una donna che architettava di trarre il meglio da tanto male.

Il seme del male era attecchito, annaffiato e nutrito, per attrarre a calamita il lercio delle energie malefiche.

È la legge della causa che crea l'effetto.

Tutto ha una genesi e la venuta alla luce di quella donna, moglie traditrice d'amore, aveva fatto espandere il Big Bang del male. Un'esplosione violenta che aveva diffuso a raggiera maledetti spruzzi malvagi che, germogliando rabbia, si erano attecchiti.

La signora Costanza era una donna dall'esplosiva valenza atomica che, generante cancro, svuota e conduce alla morte. Marco l'aveva attratta a sé, l'aveva voluta, amata e sposata. Per attirare tanto male, doveva emanare energia calamitante solo luce nera.

Faceva ora il bilancio della sua esistenza Marco Donadio, colpevole di essere stato plasmato per condurre a sé dolore.

Emma Sallustio volle riflettere. Lei era un avvocato penalista e sul suo assistito si concentravano tre distinti procedimenti in corso. Lei seguiva il caso omicidio e, anche se si occupava esclusivamente di cause penali, non poteva non dare il giusto peso al fatto che si rappresentassero mostruosità su di lui avanti al giudice della separazione giudiziale e avanti al giudice dei minori.

Chiuse la conversazione con Marcella Donadio, parlando e riflettendo al contempo:<<Domani chiamo il collega civilista Maresi. Mi riservo di studiarci sopra e di capire meglio. Molti anelli sfuggono alla catena del mio personale convincimento. La mancanza di un movente accertato mi determina una serie di perplessità. Se faccio forza sulle prove raccolte mi confondo, perché finisco per pormi una serie di dubbi su Marco e sulla sua personalità di assassino. Andiamo al

dibattimento? Va bene. Mi domando a quale fine. Marco vuole essere difeso o condannato? Mi urge capire e devo parlare con Marco. Domani mi attivo per andare a colloquio con lui. Mi faccia avere una copia dell'atto notificato.>>
Ancora una volta si pose il dubbio se dare del tu o del lei a Maarcella Donadio.

Emma Sallustio attese prima di mettere giù la cornetta. Il suono di occupato si espandeva dal cavo e diventava un ritmo. Quel "tut-tut" di suono ripetuto a raccogliere il vuoto, conciliava i suoi pensieri.

Rimase assorta per una decina di minuti buoni, convinta che fosse arrivato il momento di chiarirsi le idee.

Guardò l'agenda per organizzare le udienze fissate per l'indomani mattina e fece il conto di poter essere fuori dal Palazzo di Giustizia entro le undici al massimo.

Con un taxi, con il traffico più infernale, in pochi minuti, sarebbe arrivata all'Ucciardone. Avrebbe fatto in tempo utile. Il regolamento, del resto, prevede che il difensore può in qualunque momento andare a colloquio con il suo assistito. Avrebbe mostrato il tesserino di avvocato all'entrata, riponendo dentro una cassetta di sicurezza borsa lavoro, telefono, tablet e chiavi, trattenendo solo il fascicolo e una penna. Al controllo successivo, individuata dal tesserino, avrebbe registrato ora d'entrata e, dopo, l'ora di uscita. Sarebbe stata condotta in una sala destinata al colloquio ove le guardie, preliminarmente, avrebbero controllato la presenza dell'atto di nomina all'avvocato.

Decise che l'indomani avrebbe incontrato Marco Donadio. Raccolse con cura agenda e borsa di cuoio piena di carte e fascicoli, spense la luce e tirò la porta, facendola chiudere con lo scatto. Lasciò che il telefono continuasse a trillare invano. Guardò l'orologio, era tardi per lavorare ancora.

Attraversò il lungo corridoio di un palazzo pieno di uffici, con le scale abbandonate alla luce fioca di una lampadina pendente da una coppa di vetro rotta.

Si sentì stanca e desiderosa di dormire.

Passò dalla pizzeria per ritirare una pizza fumante dentro al cartone piatto.

Mangiò di corsa, spezzando la margherita con le mani e prendendola a morsi.

Fece tutte le sue abluzioni, spense la luce sul comodino e si lasciò andare, abbracciata al cuscino, al lungo sonno che l'avvolse nel morbido letto, col torpore stordito dalla stanchezza.

***

Emma Sallustio arrivò a colloquio con Marco Donadio, prima di quanto avesse programmato.

Si sentì più tranquilla e meno stressata, non dovendo correre nel mantenere i ritmi da rispettare, per tener testa agli impegni programmati in giornata.

Nel pomeriggio aveva già fissato un paio di appuntamenti importanti, confermati e non disdettati, e doveva necessariamente avere pronta, per il giorno dopo, un'istanza al Tribunale di Sorveglianza. Era ancora da finire, da rivedere e correggere prima di stampare e collazionare. Pensò di organizzarsi in tempo, per non fare brontolare Giovanna che aveva il compito ultimo di formare il fascicolo e, dopo la firma e le copie, depositarlo.

La guardia carceraria, un uomo di mezza età, brizzolato e cordiale, la accompagnò, scortandola lungo il corridoio. La invitò ad entrare, facendo segno a sinistra con la mano, e la introdusse entro una delle apposite sale previste per il colloquio detenuto-avvocato.

Si guardò intorno e si sentì a suo agio. La saletta riservata era a norma di regolamento. Il principio da rispettare imponeva di non porre alcuna limitazione al diritto alla difesa, sacra per qualsivoglia, delinquente o non, carcerato.

Una delle due guardie, controllata al computer la validità della nomina, andò a prelevare Marco Donadio nella cella e lo portò al suo cospetto.

Il detenuto venne accompagnato a sedere dietro un grande tavolo di legno massiccio e scuro, posto a separare una linea di posizione dall'altra, creante di fatto una barriera.

L'avvocato Sallustio si pose a sedere di fronte a lui e aprì un fascicolo pieno di carte sul caso.

Si impose una calma e una lentezza ricercata. Lo sguardo immobilizzato sulla sua persona lo fissava, fermo come un geco sopra la libellula abbagliata dalla luce.

Marco Donadio rimase dritto nelle spalle forgiate dallo sport. Le palpebre tremolanti e vacillanti puntavano le scarpe di tela logore.

Alzò gli occhi e li chiuse, fuggendo lo sguardo fulminante dell'avvocato Sallustio.

Si mortificò, forse, e dopo avere vagato intorno, con le pupille lucide, ebbe il coraggio di ricambiarlo.

Velato dal pianto trattenuto, il verde profondo, scuro come una bottiglia di vetro, uscì fuori dagli occhi di Marco che emisero bagliori.

149

Emma Sallustio si fece abbagliare e reagì sbattendo le palpebre.

Lo vide nella sua intera bellezza, con i lineamenti tratteggiati da un fine pennello, con il naso schiacciato che lo rendeva particolare e i capelli morbidi che incorniciavano il viso.

Non poté farne a meno e provò per quel ragazzo un sentimento di tenerezza, misto ad un senso di impotente pietà.

Lo percepì fragile, da abbracciare e consolare, come un cucciolo indifeso e tremolante di sofferenza.

Lo vide fuori posto. La mente andò ad una foto del fascicolo che lo ritraeva mentre indossava la divisa da fantino, reggeva la coppa di vincitore del torneo e baciava sul muso il cavallo bardato da campione.

Come tutto era diverso, come tutto era finito, sepolto sotto l'angoscia della vita spezzata e irrimediabilmente divelta.

Aprì il fascicolo alla pagina di una foto di Maria squartata nel sangue.

<<Mettiamoci al lavoro, abbiamo poco tempo e tante cose da chiarire>>, disse e si ricompose dall'emozione che l'aveva pervasa.

Marco Donadio diede il suo assenso muovendo la testa, imbarazzato e scosso.

<<Perderò mio figlio>> disse, stringendosi nelle spalle per proteggersi dal dolore.

<<Signor Donadio, mi ascolti bene, io sono qui per concordare con lei una linea di difesa. Mi faccia capire come posso rappresentare al meglio le sue ragioni. Ho bisogno di certezze e di comprendere cosa lei si aspetta dal mio lavoro.>>

<<Io, veramente …>>

Lo interruppe, guardandolo dritto dentro ai due laghi verdi bagnati fin sopra le ciglia che trattenevano una goccia lucida.

<<Mi faccia capire>> incalzò l'avvocato, cercando di scuoterlo dal torpore del dolore, <<Lei sa che abbiamo agli atti le prove che sua moglie, mi perdoni ex, convive con un individuo che si fa chiamare professore? Lei è al corrente del fatto che ha precedenti e che, ad oggi, è implicato in faccende di droga? Perché lei che sostiene di non drogarsi presentava tracce di una potente droga chimica agli esami della scientifica? Mi vuole fare capire, Signor Donadio? Comprende che, se si abbandona alla sua sorte, dovrà subire le menzogne che saranno capaci di scrivere sul suo conto e che suo figlio, da grande, leggerà?>>

Rimase attenta ad osservare il guizzo che lo fece sussultare, come se avesse subito un colpo di scudiscio inferto a scuoterlo.

<<No>> gridò e l'orrore arrivò alla guardia fuori che sbirciò ad osservare che tutto fosse in ordine. L'avvocato Sallustio la

tranquillizzò, scuotendo le mani e con un cenno della testa, desiderosa di non creare interruzioni.

<<No>> riprese a dire Marco Donadio, <<Non è giusto. Io voglio che venga fuori solo la verità>> ed emise un sospiro, denso come il rantolo di un lupo che ringrazia la luna dopo la caccia.

<<Bene. E se dalle perizie venisse fuori una probabile infermità temporanea che lo ha reso incapace al momento della commissione del fatto? Se dalle risultanze della fase istruttoria emergesse la verità che lei, a sua insaputa, è stato drogato dal compagno della signora Marianna, magari con la complicità di lei? Se la perizia psichiatrica stabilisse che lei ha agito sotto effetto di sostanze stupefacenti tossiche al punto di esasperare il suo sentimento di rabbia? Se fosse questa la verità?>> disse e rimase a guardarlo per cogliere le sfumature di un linguaggio non parlato.

Marco si contorse nel dolore. Poi si allargò nelle spalle dai muscoli elasticizzati sotto la maglietta logora, morbida e aderente.

<<Lei comprende che una incapacità temporanea sostenuta da tutte le circostanze che le hanno compromesso la vita, supportata dalla perizia psichiatrica, dai referti tossicologici positivi della scientifica e dalle prove testimoniali già agli atti che negano che lei abbia mai fatto uso di droghe, potrebbe condurla ad una scarcerazione a breve tempo?>>

<<Gratis e senza conseguenze per me? Io sono colpevole, come posso negarlo avanti a Dio e agli uomini? La sua difesa negherebbe la verità e io non posso accettarlo. Non posso mentire a me stesso e agli altri. Io devo pagare ed espiare le mie colpe, non posso impiegare tutta la mia vita a fuggire per non affrontarle. Non mi laverò le mani come Ponzio Pilato, dando di tanto in tanto un contentino di menzogne alla mia coscienza solo per obnubilarla, per cercare di stordirla giorno dopo giorno fino ad annullarla per sempre.>>

<<Comprendo>> rispose Emma Sallustio ed attese che continuasse.

<<No. Proprio non posso, avvocato, avvelenerei del tutto la mia anima ed il castigo, per la vita ed oltre la vita, sarebbe ancora peggiore.>>

Abbassò gli occhi belli e si pose in silenzio.

Emma Sallustio lo guardò stupita, esterrefatta, meravigliata, sbalordita e turbata al tempo stesso.

Barcollò nelle sue certezze. Era la prima volta, dopo venticinque anni di carriera da avvocato penalista. Aveva conosciuto e difeso i peggiori delinquenti delle strade di Palermo e provincia, ma non aveva mai incontrato un assassino come Marco Donadio.

Si chiese come fare a condurre una difesa tutta basata sul filo della stessa lama che aveva squartato il petto di Maria.

<<Ha ben chiaro cosa significhi l'ergastolo?>>

Lui, semplicemente, rispose:<<Penso di sì>>.

Chiuse gli occhi, dirigendo il collo proteso verso il tetto scrostato.

<<Lo sa che è molto probabile, se si scava nella verità della sua ex e del nuovo compagno professore, che vengano fuori cose talmente brutte che il Tribunale minorile potrebbe far decadere pure la madre dalla potestà genitoriale?>>

Gli occhi colore del vetro si aprirono di scatto, sgranandosi.

<<Non ci avevo pensato. E mio figlio?>>

<<Potrebbe pensarci il Tribunale per i Minorenni>>, incalzò l'avvocato.

<<Anche mio figlio pagherà le mie colpe, lo so. Ma se la famiglia dove ora si trova il piccolo Giovanni non è degna, è giusto che il Tribunale faccia gli interessi del minore>> disse e gli occhi ebbero un guizzo di speranza, accendendosi di splendore.

<<Vuole rimettere il destino di suo figlio nelle mani di un giudice?>>

<<Non vorrei che fosse così. Vorrei che quella donna diventasse una madre speciale per quel figlio che già porterà il grave peso delle colpe del padre. Vorrei tante cose, avvocato, ma ci sono punti che, appena varcati, non ti consentono più di ritornare indietro>> e il respiro divenne un rantolo di pena.

Si schiarì la voce, per continuare a parlare.

<<Ci sono colpe che non si possono emendare e rattoppare come il buco della vecchia coperta>> disse, talmente animato dalla sofferenza che non si accorse che Emma Sallustio restava ad ascoltarlo con la bocca socchiusa e sempre più esterrefatta.

<<Bene. Cercheremo di trovare la verità. In fondo è sempre meglio della menzogna>> disse e fece per raccogliere le carte del fascicolo sparse per il grande tavolo scuro.

<<Signor Donadio, sono in contatto col collega Maresi che si occupa della separazione e imposterà al meglio la sua difesa avanti al giudice ordinario. Parlerò con lui perché assuma anche la difesa per il procedimento avanti al Tribunale dei Minori. La decadenza dalla potestà genitoriale, come ogni diritto del genitore sul figlio, viene inflitta automaticamente con la pena dell'ergastolo o con quella della reclusione per un periodo di tempo non inferiore a cinque anni. È una pena accessoria che dura quanto la pena principale. Comprenderà che, in caso di ergastolo, diventa una pena accessoria e perpetua.>>

<<Perdere il figlio a vita. È una pena sulla pena.>>

<<È così. Anche se ora mi preoccuperei solo di rappresentare al giudice dei minori il suo amore di padre, epurando il procedimento dalle menzogne sostenute dalla signora Costanza. Sua sorella Marcella si batte per questo e lei? Vorrei capire come impostare il mio lavoro.>>

<<Sì, anch'io devo trovare la forza di battermi. Mi può assistere lei?>> chiese e alzò lo sguardo che si era trattenuto a fissare il pavimento.

<<Se c'è da battersi, certo. Dipendo da lei.>>

<<È mia volontà ricercare solo la verità. Grazie, avvocato. Ma a lei chi pagherà il suo lavoro?>> chiese, guardandola con mortificazione, avvilito di non possedere più neppure un soldo, prosciugato fino all'osso del suo conto chiuso.

Ricordò di come pure quel giorno si era sentito disperato, vuoto, risucchiato. Aveva prelevato tutto il contante per farlo portare, contenuto nei sacchetti del pane, da suo padre fino a casa di lei.

Si sentì umiliato, pensando all'amore del genitore che aveva assistito all'ultimo atto della sua rovina economica, senza dire una sola parola che potesse mortificarlo.

<<Non si preoccupi per la mia parcella. Le spese della difesa d'ufficio sono a carico dell'imputato, ma se questi ha diritto al gratuito patrocino, così come ho spiegato già a suo padre, sono a carico dello stato.>>

<<La pagherà lo Stato?>>chiese sorpreso.

<<Sì. Quando mi pagherà. Forse fra anni. Lei non si preoccupi, riuscirò a sopravvivere, non fosse altro che per riscuotere il mio debito>> disse e si alzò per andare via.

Raccolse pratica e penna e lo lasciò lì, seduto sotto il carico della sua triste pena, ad espiare, qualunque fosse la condanna statuita da regole codificate dagli umani.

Emma Sallustio sapeva che Marco Donadio avrebbe scontato la punizione di un ergastolo infernale e bruciante dentro di lui. Già era condannato.

Questa era la punizione che pagava.

Il resto era solo la cornice del quadro senza la tela.

Gli uomini sono giusti solo per loro convenienza, come gli sta bene o come appare che sia bene. La giustizia diviene lo specchio di ciò che sembra. Spesso è frutto della manipolazione degli esseri umani e del loro innato spirito di sovvertire le situazioni, per opportunità.

Questo lei lo sapeva.

***

Il dottore Pignatelli lesse il rapporto della scientifica e si pose una serie di dubbi e di domande. Se tutti i valori tipo colesterolo, azotemia e trigliceridi erano in perfetto ordine, come mai spuntavano dai referti speciali tracce di sostanze assunte di specie altamente tossica? Il punto su cui si soffermava il perito metteva in evidenza il dubbio determinato dal fatto che, essendo tracce di una sostanza così altamente devastante sul normale funzionamento epatico- renale, il dato che gli esami effettuati subito dopo fossero così "limpidi" e con tutti i valori normali, faceva presupporre che il soggetto ne avesse fatto uso occasionale o sporadico.

"Dalle risultanze espletate, appaiono indenni gli organi altrimenti compromettibili da un uso che tale sostanza comporterebbe anche per breve periodo, stante il grado di tossicità altamente elevato. In ogni caso, l'organismo del periziato non presenta forma alcuna di intossicazione da sostanze in grado di alterare, in modo permanente, lo stato psicofisico."

<<Se dagli esami non risulta essere un drogato se non per tracce minime e sporadiche, che fanno presupporre un uso assolutamente occasionale, come ha rilevato la scientifica, si potrebbe argomentare che, prima di recarsi ad uccidere, il Donadio abbia voluto crearsi l'alibi della droga? La droga per uscire fuori dai binari? No, questo non giustificherebbe il delitto commesso. Manca un collegamento diretto fra l'assassino e la vittima. No, da escludere. L'avvocato della difesa al dibattimento di certo vorrà provare l'incapacità di intendere e di volere di Marco Donadio. Potrebbe anche azzardare la tesi di essere stato drogato da terzi, suo malgrado. Un'ipotesi questa tutta da dimostrare, anche se possibile.>>

Guardò le foto. Era suo compito, considerata l'evidenza del fatto, chiedere l'ergastolo per quel ragazzo.

Doveva farlo, era suo dovere istituzionale di pubblico ministero proporre istanza di rinvio a giudizio e insistere per la condanna del responsabile.

Non aveva altre ipotesi da vagliare. Aveva la certezza che Marco Donadio fosse colpevole.

Si chiese quanto fosse in grado di essere il più obiettivo possibile e, in ogni caso, quanto adeguato ad assolvere correttamente la missione a lui assegnata.

Si fece ancora più pallido di quanto già diafano non fosse per costituzione.

La scientifica aveva trovato nel corpo di Marco tracce di una droga tossica. Si chiese quanto fosse potente nel suo effetto al momento della commissione dell'omicidio. Ne avrebbe parlato con il suo consulente medico legale.

Conosceva bene gli effetti esasperanti procurati da sostanze dalla potente azione eccitante la mente e scombussolante l'anima.

Sapeva di sostanze dai poteri allucinogeni che rimescolavano le immagini proiettate dalla mente in maniera confusa, creando trappole risucchianti nella paura, nella tristezza, nella vergogna, nella colpa o ancora peggio nella rabbia.

Sapeva che gli effetti di certi veleni potevano essere acuti, immediati e devastanti.

Teneva in considerazione il fatto che in persone provate e fragili la tossicità di certi intrugli potesse scatenare gravi turbamenti psichici e forme allucinate di distorsioni e dissociazioni.

Aveva trattato per i primi due anni della sua carriera casi connessi alla droga.

In quel periodo era di moda un veleno che si faceva chiamare con il nome inappropriato di "eroina". Una droga sintetica prodotta già nell'Ottocento da un'industria farmaceutica tedesca e usata come farmaco avente effetto sedativo.

Divenne abusata.

Un soffio di morte bianca iniettata nelle vene consunte di giovani devastati nella dignità di se stessi, senza altro interesse se non quello di rifugiarsi abbracciati nella spirale del vuoto, per una dose di insaziabilità che portava all'overdose nella solitudine di una siringa.

Massimo Pignatelli pensò di avere salvato qualche caso disperato disponendone l'arresto, seppur consapevole che le droghe circolassero anche in carcere e che molti cervelli erano irrimediabilmente compromessi.

Molte menti si erano talmente tanto scollate dall'anima che quel veleno era l'unico scopo di una vita talmente sfatta da poter aspirare solo al fondo del baratro oscuro, come il lupus che li corrodeva dentro.

Ebbe un brivido. Si scosse dai suoi pensieri e vide tremolare la tendina di lino bianco ondeggiante in una danza condotta da uno spiraglio di vento.

Fece mentalmente il conto e contabilizzò quindici ore buone di distacco dall'ultimo pasto appena decente, intervallato solo da un paio di caffè.

Chiuse la finestra e la candida tenda interruppe la danza sinuosa col vento.

Abbottonò la giacca e strinse il nodo della cravatta.

Si preparò per andare e raccolse le sue cose. Scese le scale del Tribunale col bavero della giacca alzato, per proteggere la gola.

Si diresse dritto al bar di fronte al grande spiazzale, desideroso di farsi preparare una coppa di gelato enorme per ripristinare il bisogno di zuccheri nel sangue.

Entrò e si avvicinò al banco per ordinare una coppa di cioccolato e nocciola, ricoperta da una montagna di panna. A parte avrebbe mescolato al gelato un paio di brioche calde di fragranza.

Si diresse alla cassa a pagare quello che aveva ordinato e pensò alla posizione del collega Giovanni Mafone, impegnato alla Procura di Palermo, che un paio di mesi prima circa gli aveva confidato di una inchiesta in ambito delle nuove droghe circolanti sul mercato.

<<Collega, le droghe si evolvono meglio dei virus. Non si riesce a catalogare una sostanza che ne spunta fuori una nuova. A che serve individuarle sulle vecchie tabelle tossicologiche che le classificano secondo la sostanza di base, se oggi esistono tanti di quei veleni chimici che neppure te lo immagini? Sostanze tossiche che puoi liberamente comprare sul libero mercato a prezzi di concorrenza. Veleni legali.>>

Ricordò il velo di triste impotenza del collega Mafone che combatteva, senza arrendersi, una guerra più grande di lui.

<<La cosa peggiore di questa squallida realtà?>> chiese, <<Lo vuoi sapere?>> e ricordò che gli occhi di lui mutarono espressione, assumendo, anche nel colore, un tono incupito.

<<Si producono miscugli di sostanze che corrodono con una forza più devastante di un cancro. Intrugli a base di zolfo grattato dalle scatole dei fiammiferi, benzina, solventi industriali che tolgono la ruggine dai bulloni di ferro, codeine e caffeine varie. Misture composte col peggio dei veleni prodotti sul mercato e tutto a basso costo. È questo il segreto delle nuove droghe che approfitta della miseria data dalla crisi globale. È il mercato dei vari narcotrafficanti di paesi emergenti. Parliamo di esseri ignobili che utilizzano il ricavato per introdursi in affari ancora più loschi. Questa "robaccia" costa un decimo dell'eroina e ha effetti distruttivi cento volte peggiori di tutte le droghe mischiate fra loro.>>

Per la stima accordata all'amico che conosceva da quando studiavano insieme procedura penale, il collega Mafone aveva tirato fuori dal cassetto le foto.

Erano le vittime di una nuova potente droga chiamata "coccodrillo", divoratrice come un predatore affamato fino a sbranare all'osso.

Bastava iniettarsi due dosi di quella pozione devastante, per non

avere più un punto di ritorno alla vita normale e al corpo normale.
Ragazze giovanissime diventavano, dopo solo due mesi, decrepite e sdentate come nonnine ultraottantenni.

I buchi grandi come crateri sulle carni, essendo stato corroso pure il muscolo, arrivavano fino allo scheletro ormai sgranato, cristallizzandosi in un presagio di morte.

Guardò le foto della ragazzina prima e dopo l'assunzione della droga.

Era morta dopo sei mesi. Le gambe e le braccia erano state amputate e il resto del corpo, pieno di crateri alla base dell'osso vivo, si era asciugato come carne secca sotto sale.

Eppure era bella, con le guance rosse e la pelle chiara. Si trattava di una ragazza russa. Dimostrava quindici anni appena ed era morta prima ancora averne compiuto quattordici.

<<Sono le nuove droghe>> disse il collega Giovanni Mafone, mentre raccoglieva le foto per riporle dentro al fascicolo.

Il ricordo era nitido.

<<Costano niente e uccidono tanto. Sono più devastanti dell'atomica. Difficili da punire e difficili da prevenire. I narcotrafficanti emergenti le divulgano come un kit da preparare a casa. Le vittime risparmiano e i carnefici traggono il massimo dei benefici economici.>>

Il cioccolato al bacio misto alla panna bianca e densa provò a scivolare al lato delle labbra e lui ne bloccò il flusso con la lingua.

<<Attualmente, la droga che mi fa più paura, il peggiore dei "bad trip", è quella che chiamano la droga del cannibale. Una polvere bianca e cristallina che può essere fumata, sniffata e iniettata endovena. Circola liberamente per gli Stati Uniti dove viene venduta agli angoli della strada o in rete online, in confezioni da buste di cento grammi, al modico prezzo di cinquanta dollari. È un cocktail che dalla Cina arriva agli Stati Uniti e ora rischia di infestare l'Europa, con effetti devastanti. Una droga sintetica psicostimolante che agisce sul sistema serotoninergico, generando sensazione di benessere e innalzamento del tono dell'umore, con una amplificazione talmente esorbitante da comportare perdita dell'appetito, sbalzi pressori, aumento della temperatura corporea, secchezza delle fauci e mascelle digrignati. Le alterazioni che subisce la coscienza sono talmente gravi e talmente esaltanti da condurre a vere e proprie forme di cannibalismo. La droga del cannibale è giunta già in Italia. A Genova, un ragazzo di ventotto anni acquista, assume una dose e stacca a morsi il labbro di una ragazza ucraina, lasciandola a dissanguare in una pozza di rosso. Un ragazzo

palermitano, a Dublino, mangia a morsi il polmone dell'amico con cui stava giocando a scopone scientifico, dopo averlo squarciato e ucciso con un coltello. Agli agenti intervenuti, in un orrido scenario di sangue, dice di avere mangiato il suo cuore. I medici legali che effettuano l'autopsia accertano, invece, l'assenza di un polmone. La cosa più raccapricciante, caro Massimo, è il dato di fatto che il giovane palermitano viene descritto come un ragazzo onesto e perbene, socialmente attivo e impegnato.>>

Due casi raccapriccianti.

Ricordava ogni parola pronunciata dal dottore Mafone.

<<È solo la prevenzione la carta vincente da giocare.>>

Alla sua mente ritornò l'eco del discorso conclusivo del collega, per l'enfasi che ci aveva messo.

<<L'unica arma vincente è la cultura. È solo la cultura che riesce ad ancorare i ragazzi. Loro sono come canne da mantenere dritte, altrimenti si curvano al primo alito di vento. Una scusa qualsiasi diviene potente come un uragano. Una tempesta infinita>> così disse il suo amico e la scena gli si focalizzò davanti nel richiamare ogni particolare di quell'incontro.

Furono le foto a lasciarlo senza fiato.

Membra e organi erano mangiati da una droga più divoratrice di un coccodrillo.

I veleni divoravano il corpo, oltre che la mente e l'anima.

Brandelli di carne umana squartata da un cannibale che se ne saziava abbarbicato alla preda e che, degustandola, sbranava, con le mascelle serrate sul pasto feroce.

Le ricordò, stampate nella mente, con serena lucidità.

Con il bavero alzato, mentre il clima sotto il sole del pomeriggio misto alle nuvole continuava ad essere incerto, si determinò ad andare a casa.

Aveva bisogno di riposare.

Sentiva la bocca dolce ed impastata dalla panna e dal bacio di cioccolato che si confondeva con la granella delle nocciole.

Doveva andare a dormire e si diresse dritto a casa, spegnendo i due cellulari.

Alle prime ore dell'alba, quando si apre la caccia e i primi raggi del sole svegliano la natura, i sogni sopravvennero rapaci e lo destarono.

***

Quando il tenente Giuliani predispose l'invito per convocare la signora Marianna Costanza e il suo attuale compagno Mario Saputo, quali persone informate sui fatti, guardò con cura l'agenda e gli impegni già assunti.

Fissò giorno ed ora e si raccomandò con tutti i suoi uomini che, anche se per caso e per ragioni di servizio non fosse stato presente, avrebbero dovuto farli aspettare anche fino a tarda ora, perché doveva interrogarli lui.

<<Maresciallo, se non dovesse essere presente lei, lasci detto di inchiodarli ad aspettare. Ho il compito di sentirli personalmente questi due. Se dovessi per caso ritardare, mi faccia uno squillo o incarichi di farmelo fare, per piacere. In ogni caso, gli ordini sono di non farli uscire fuori da questa caserma. Intesi?>> e puntò dritto al suo orgoglio di fiero servitore dell'arma.

Era il maresciallo Prestia. Lo conosceva da tempo e sapeva che su di lui si poteva fare affidamento. Apprezzava il soggetto fiero del suo caldo sangue partenopeo, pieno di fantasia e dalle battute sempre pronte da commilitone goliardico. Era un ragazzone tutto muscoli e pistole agli indiani, che combatteva perfino con Rambo.

Sorrise, immaginando che sarebbe stato capace di trattenerli anche cento ore filate, con la battuta serrata fra i denti bianchi, forti e carnivori come quelli di un fiero leone.

Gli batté la spalla e lo coinvolse ancor di più, schiacciando l'occhio a metà, come se fossero complici.

<<Mi raccomando!>>

Antonio Prestia raccolse la sfida e fece segno col capo che poteva andare tranquillo. Nutriva l'orgoglio di voler fare bella figura con i colleghi. Modestia permettendo, era uno che ci sapeva fare sul serio.

Quando Marianna Costanza arrivò in caserma, mancavano due minuti alle sedici.

Il maresciallo l'accolse e chiese di esibire i documenti di cui doveva far fare le copie.

<<Si accomodi>> disse <<faccio strada, mi segua. Il tenente chiede la cortesia, gentilmente, di attenderlo solo una manciata di minuti. Comprenderà è fuori, di pattuglia, per un caso urgente.>>

Con modi gentili chiese di seguirlo per condurla nella saletta di attesa, stracolma di utenti, cittadini e stranieri di paesi sconosciuti, tutti pazienti e messi a turno per esser ricevuti.

<<Non si preoccupi, sono qui per fare il mio dovere>> esclamò Marianna, con tono affabile e sguardo audace.

Poi lo calò con fare pudico, sbattendo le ciglia intrise di mascara al bel ragazzone biondo e in divisa. "Carino", pensò.

Attraversarono il corridoio.

Quando Marianna Costanza venne introdotta nella sala affollata, odorante di fiati appestati dalle cipolle, di sudori stantii su maglie sudate e pantaloni da lavoro, ebbe a sbottare <<Quanto dovrò aspettare? Devo chiamare il mio avvocato? Mi faccia capire. Lo sa che ho lasciato a casa, con una governante ad ore, un figlio piccolo? Mi faccia capire, sono forse sospettata di qualche cosa, io che sono la parte lesa?>>

Divenne contratta, con il fiato che le mancava. Le parole pronunciate con irruenza grattarono nella gola, facendola tossire.

Il maresciallo la osservò, stando zitto. La fece gracchiare e sfogare. Era paonazza e gesticolava con tutto il corpo, dondolante in piedi saltellanti. Roteava in alto il dito indice minaccioso, proteso a lanciare una sfida di attacco.

Ci provò gusto a vederla inalberare, come se avesse sentito un pizzico di pepe sotto la parte posteriore del jeans super attillato e denso di strass.

Sembrava graziosa. Le ciglia, forse finte, erano lunghe e dense di nero. Le labbra carnose rigonfiavano di rossetto perlato.

Era inquieta, tanto che le catenine dorate e pendule, che ornavano gli stivali di camoscio sfoderati, tintinnarono.

Il maresciallo Prestia la vide fremere, luccicante e vibrante di posticci. Avrebbe voluto filmarla per mostrare al tenente quanto fosse particolare quella strana donna. Avrebbe potuto rappresentarla con la scena del topolino carino che vuole fregare furbetto la trappola colma di grana stagionata, pensando di portarne via un grosso pezzo.

<<Signora>> e il tono del maresciallo si fece luminoso come la dentatura bianca che, beffardo, si pregiò di esibire, mettendola in mostra.

<<Signora, lei gode di un trattamento di tutto privilegio. Sarà ricevuta direttamente dal comandante Giuliani. Si accomodi. Nel frattempo, si aspetta il signor Mario Saputo convocato anche lui alle ore sedici e ancora non comparso.>>

Chiese: <<Lei lo conosce?>>

Con garbo, la invitò a prender posto sull'unica sedia libera accanto ad una donna dalle gambe gonfie come ceri e piene di striature tumefatte entro le vene.

Marianna Costanza, che si agitava come anguilla in un secchio d'acqua, si calmò, irrigidendosi.

Si diede un tono di tranquillità e si pose a sedere, per riprendere a raccolta i sensi. Succedeva ogni volta che si innervosiva di uscire fuori da qualsivoglia coordinamento psicomotorio.

Anche la voce cambiò tono, facendosi più melliflua nell'artefatto, desiderando evitare di dare risposta alla domanda diretta.

<<Non so che dirle. Penso solo a mio figlio e a quanto mi costa ogni ora. Comprenderà il mio stato d'animo. Sono una madre ansiosa. Dal primo momento che è nato, non l'ho mai lasciato solo>> e si mise a sedere con il sistema nervoso scosso in una sorta di strano fermento.

Continuava a tenere nella mano destra il cellulare, con il timore che squillasse proprio in quel momento. Aveva la testa al professore Sapù, al suo maharaja indiano, come lei voleva che fosse. Sapeva che lui fremeva nell'attesa di avere notizie dell'interrogatorio, con la paura di doversi preparare a rispondere a qualche domanda "particolare" che potesse comprometterlo.

Per questo motivo avevano architettato che andasse prima lei a farsi interrogare, per capire cosa volessero.

Lei era più indicata, poteva fare affidamento su qualche moina ammaliante.

<<Mario Saputo è il suo compagno? Conosce il motivo del suo ritardo?>> chiese il maresciallo, in attesa di ricevere risposta, inquisendola con il tono.

<<Non posso dire che sia il mio compagno. Diciamo che è un amico, una spalla su cui consolare le mie disgrazie. Del resto è ancora troppo presto per avere la testa ad un'altra relazione, non pensa?>> disse, sporgendo in avanti il petto già strizzato in un reggiseno che lo innalzava come fosse sospeso.

<<Ha ragione>> rispose di getto il maresciallo, roteando lo sguardo malizioso per incorniciarla dal tacco di camoscio a spillo fino al fiocco rosso sopra la treccia posticcia.

<<È così>> rispose lei, abbassando lo sguardo, timorosa di far scoprire quanto fosse artefatta dentro l'anima.

<<Il tenente vi vuole interrogare entrambi. Se dovesse ritardare molto, rischiate di fare tardi fino a notte. Lo dico per lei, signora. Intanto si accomodi. Si metta a suo agio>> e fece per andare via.

Accostò la porta, continuando a provocarla con il sorrisetto beffardo e divertito che la innervosiva e spiazzava.

Marianna si mise a sedere.

Gli strass del jeans strofinarono sulla plastica della sedia.

Gli sguardi della sala si diressero tutti su di lei, ammiccando in complimenti non espressi ad alta voce.

Accavallò le gambe, per chiudersi a riccio e non dare confidenza.

Trattenne l'impulso di scappare, tenendo stretto il cellulare fra le dita nervose e pensando di mandare a Sapù un sms.

Doveva decidere cosa scrivere. Doveva concentrarsi per essere sintetica e non lasciare tracce compromettenti, magari fossero controllati.

Doveva scrivere e sbrigarsi. Non poteva stare lì ad aspettare il suo Sapù tutta la notte per farsi interrogare da un tenente bastardo che voleva mettere il naso tra le sue cose.

Si impose di stare calma e di fare appello a tutte le sue forze per non sbagliare.

Dalla borsa nuova luccicante di ultimo acquisto, tirò fuori un astuccio di raso rosa.

Aprì la cerniera con il nastro ornato di cristalli penduli che vezzeggiarono sopra lo smalto fucsia delle mani e tirò fuori specchietto e rosso per labbra.

Sospirò. Passò un doppio strato di tinta alla bocca e indugiò, pensando con calma a cosa scrivere al suo professore.

***

Il sole calò presto.

Come se non ci avesse fatto caso prima, Emma Sallustio si accorse che il buio avvolgeva il pomeriggio e Palermo si tingeva del tramonto che sfumava sull'asfalto. Percepì freddo ai piedi dentro le scarpe leggere.

Affrettò il passo e sorrise per essersi fatta sorprendere dal solstizio d'inverno ormai prossimo, quando il sole raggiunge la massima declinazione.

Si sorprese a pensare di avere lasciato il caldo di giugno per giungere al freddo Natale, senza neppure essersene accorta.

Diede onore al merito del clima fantastico della sua amata Sicilia.

Sorrise, pensando che la causa della sorpresa fosse dovuta al fatto di trascorrere tutti i pomeriggi in studio fra carte, telefonate e clienti.

Affrettò il passo e abbottonò la camicia, coprendo la gola percorsa dagli spifferi. Ebbe un brivido per la paura di beccarsi una febbre che l'avrebbe danneggiata fino a farla piangere al solo pensiero di dovere mandare un sostituto alle udienze.

Infreddolita e tremante, accelerò ancor di più il passo, desiderando arrivare presto in studio. Avrebbe guardato l'agenda e le urgenze e magari si sarebbe fatta dare mezza aspirina da Giovanna. Sperò non ci fossero novità o necessità impellenti di assistiti angosciati dalla pendenza della causa in corso.

Bussò, suonando due volte il campanello, come era suo solito.

Giovanna diede lo scatto dal citofono, riconoscendo subito il doppio tocco prolungato come una doppia nota in vibrazione.

Premurosa e diligente, si rivolse alla donna smilza e dall'aria sofferente che aspettava da mezz'ora tossendo in media ogni sessanta secondi.

<<Signora, è l'avvocato Sallustio. È arrivata. La faccio ricevere subito.>>

Si alzò per andare ad accoglierla alla porta, desiderosa di parlarle del lavoro svolto e aggiornarla delle chiamate ricevute e a farsi.

<<Giovanna non mi sento bene>> disse subito, porgendole la grossa borsa per alzare e serrare con le due mani libere il bavero della giacca.

Poi si rivolse alla signora emaciata, attratta da un colpo di tosse violento e rantoloso <<Signora Bellamonte, perché è venuta, l'avrei chiamata io>> disse.

La signora Bellamonte cercò di trattenere un ulteriore attacco di tosse, tamponando la bocca col fazzoletto.

<<Sono stata a colloquio questa mattina con suo marito e ho già presentato istanza al Tribunale di sorveglianza. Vada signora, vada a curarsi. La chiamo io, appena ho notizie. Spero presto, vada. Anch'io ho bisogno di prendere un'aspirina.>>

L'accompagnò alla porta, adagiandole una mano sulla spalla.

La sentì esile e dura come lo spigolo appuntito della punta di un chiodo sfaccettato a piramide.

<<Signora, ma pensa a curarsi? Come arriva a casa?>> chiese e fece per trattenerla, col timore che si afflosciasse come nuvola bucata dalla pioggia.

Francesca Bellamonte, sempre più pallida, rispose con voce debole.

<<Mio figlio è sotto lo studio con la motocicletta. Mi aspetta per lasciarmi a casa mia. Non si prenda pena per me, avvocato.>>

Raccolse le poche forze ammosciate dal digiuno ed estrasse dalla tasca della giacca una banconota da cinquanta euro che porse all'avvocato.

<<Il minimo per il suo disturbo, avvocato. La prenda, per piacere, per tutto quello che fa per noi.>>

Sembrò piegarsi in due e cedere.

Emma Sallustio la rifiutò, decisa. La signora Bellamonte era già mortificata dalla miseria rasente il puzzo della fame.

Colma di gratitudine, la donna le baciò le nocche, raccogliendole alle sue labbra secche, calde e screpolate. Una lacrima scese dagli occhi lucidi di febbricola.

<<Vada>> disse con forza, desiderosa di evitare altra pena all'orgoglio ferito di quell'essere già punito dalla vita. Un crudele destino le aveva riservato un marito stolto che trascorreva più tempo che poteva rinchiuso dentro a un carcere.

L'uomo che aveva sposato era nel suo genere un prototipo.

Era il classico tipo che rientrava nella specie di disoccupato a vita. Disoccupato per mestiere. Il signor Bellamonte ne deteneva il titolo con orgoglio. Questo era quello che sapeva fare e lo faceva bene e meglio di un lavoro. Era la qualifica specialistica per sostentarsi, alla faccia dello Stato bastardo che gli aveva negato i suoi diritti. Era la sua rivincita e gli era dovuta, anche se non conosceva doveri.

Quell'uomo era un concentrato di filosofia spicciola. Quando apriva bocca diceva frasi del tipo: "tanto paga lo Stato e allo Stato non ce ne fotte niente, tanto pagano i contribuenti."

Una delle frasi che lei sentiva sempre era: "Avvocato che ce ne fotte, tanto fotti e fotti che lo Stato perdona a tutti!"

<<Vada>> disse, pensando al marito di quella donna che assisteva dall'inizio della sua carriera di avvocato.

Mariano Bellamonte, nato a Bagheria, di anni cinquantaquattro, aderiva, calzando perfettamente al suo modo di essere, all'etichetta di "delinquente per poltroneria".

Per pigrizia di vita, evitava qualsivoglia impegno non gli fosse consono.

Disoccupato o in galera, importante per lui era essere campato dallo Stato.

Di clienti come lui- che per scansarsi di lavorare facevano colpi, rapine e cose illecite di ogni tipo- ne aveva conosciuti parecchi, nel lungo percorso della sua carriera.

Come a sembrare paradossale, aveva assistito gente che aveva espresso il desiderio di volere restare in carcere perché ci viveva meglio che fuori.

Esseri che preferivano restare dentro ingabbiati, invece che liberi come il vento.

Una specie diversa, uomini e donne senza distinzione di età e nazionalità, desiderosa di farsi beccare per andare in galera e campare serena e senza il peso della vita da percorrere sulle proprie gambe. Una razza atipica che non amava muoversi più di tanto e rimaneva ferma, come galline nelle batterie, ad aspettare che il mangime gli venisse scodellato nelle mangiatoie.

Mariano Bellamonte lo si poteva classificare come il prototipo recordista di appartenenza al club "Delinquente per pigrizia". Lei, che era il suo avvocato, lo considerava deformato nella corteccia mentale, dato che commetteva quante più azioni criminose, tutte quelle poche volte che era fuori, al solo scopo di essere arrestato.

Nelle more, tra una reclusione e l'altra, se la spassava con gli introiti intascati dai lavoretti più meschini.

<<Vigliacco>>, sussurrò a se stessa che lo assisteva da sempre e lo stimava zero, pensando a quella donna che sembrava consumarsi alla vita.

<<Meriterebbe che il carcere per lui restasse chiuso a vita, per non farlo entrare più, punendolo a stare fuori>> disse, con le labbra serrate dall'indignazione.

Sorrise divertita al pensiero formulato solo per sfogo, consapevole che si sarebbe attivata per farlo uscire per giusta procedura, perché la giustizia punisce gli uomini ma non pulisce le menti.

In casi come questo, la sua coscienza entrava in conflitto con la professione che svolgeva, obbligata per dovere ad applicare la tecnica della procedura.

Pensò fosse giusto ingurgitare qualcosa di caldo.

Si sarebbe rincuorata con una minestrina di capellini in brodo, amalgamata con una manciata di parmigiano, grani di pepe nero e un ciuffo dell'ultimo basilico rimasto sulla pianta prima di appassire al freddo dell'inverno.

<<Giovanna, per piacere, mettimi in borsa la pratica Donadio. Vado a studiarla a casa. Sto tremando di freddo. Sono troppo sicula per non subire la mancanza, seppur temporanea, del caldo sole che si propaga dentro le mie ossa. Vai a casa pure tu, sono quasi le otto di sera. Sono stanca, per oggi si chiude>> disse e prese la borsa appena riempita delle pratiche necessarie al giorno dopo.

<<Emma, vuoi che vada io in Tribunale, facendoti sostituire, se anche domani stai male?>> chiese Giovanna, stranita di vederla infreddolita e indolenzita.

<<Spero di no. Se ho bisogno e sto male ti chiamo, pazienza.>>

Si toccò la fronte, calcandoci sopra il palmo della mano per misurarne il grado di calore.

Sollevò la borsa pesante più del solito, almeno così le sembrò ora che era un poco febbricitante.

Starnutì. Salutò Giovanna da lontano per non trasmetterle il virus, semmai fosse stato contagioso. Sarebbe andata di corsa a casa, dalla sua minestra calda, densa di formaggio fuso.

Un senso di vuoto brontolò nello stomaco. Aveva fame. Era digiuna.

Si disse che era questa la causa del suo malessere e non una sciocca influenza. Di certo, il suo corpo aveva consumato tutto il carburante e ora chiedeva una ricarica.

Salutò e andò via, desiderosa di indossare calzettoni di lana e pigiama di flanella.

***

I mesi passarono lenti. Le spesse mura dell'imponente carcere, eretto al centro di Palermo, fecero il cambio di stagione. I conci di tufo non più scaldati dal sole ricominciarono a sputare acqua e il lezzo di muffa riprese a stordire l'olfatto di chi vi viveva dentro.

Il tramonto si faceva sempre più pigro e le celle con le grate di ferro si ammantavano di buio, dopo che l'ultimo fascio di luce si preparava al ritiro della sera.

Marco Donadio, assetato di calore, sistemò la sgangherata sedia sotto gli ultimi raggi rimasti a tremolare come corpuscoli liberati in aria da un flash.

Quando il sole si spense, tuffandosi nei meandri della luna che tendeva ad ergersi, provò una sensazione di freddo.

Un brivido si propagò come corrente e lo fece tremare. Si racchiuse in se stesso, avvolgendosi con le braccia. Si sentì umido, non sudato. Gelido come un pezzo di lamiera lasciata al vento.

Balzò su dalla sedia, che crepitò con rumore di plastica sfatta, per andare a cercare, tra le sue cose dentro l'armadietto, una maglia calda da mettere addosso.

Fabrizio sobbalzò e si destò. Si girò su di un fianco ed emise una sorta di gemito gutturale talmente forte da far pensare ad un cratere eruttante lava.

<<Compare, che hai le paturnie?>>

Fece per alzarsi dalla branda. Le molle sfatte cigolarono e lui si rimise giù, cambiando posizione.

Sbadigliò forte e prese a rimestare la mano dentro le brache molli e cadute.

<<Sento freddo>> rispose e l'osservò grattarsi come se avesse il pube infestato da parassiti.

<<Hai ragione. Si è buttato il freddo>> disse, noncurante della canottiera con un buco sopra il grosso ventre, i piedi scalzi e la mano destra a raspare in mezzo alle cosce aperte come due prosciutti appesi ad asciugare col sale.

Marco non rispose. Infilò le braccia dentro la maglia di lana dello stesso verde dei suoi occhi.

<<Compare, tu sei appena arrivato e manchi di esperienza. Fidati, ti assicuro che qua dentro l'inverno penetra dentro le ossa. Ci sono giorni in cui ti senti come immerso dentro una piscina piena d'acqua. Ti tocchi i capelli e sono bagnati. Apri un cassetto e le calze le puoi strizzare. Le lenzuola sono in ammollo. Se accendi una stufa si innalza una nuvola di vapore. L'acqua per la pasta non bolle mai. Meno male che dura poco e i mesi brutti sono mezzo dicembre, tutto gennaio e tutto febbraio che è corto. Già a marzo esce il sole e la vita continua.>>

Sembrò soddisfatto del monologo pronunciato in italiano corretto e senza una parola di dialetto.

Si disse da solo, tra sé e sé, <<Bravo>>.

Forse si rese conto di essere disgustoso e smise di grattarsi di botto. Con un pizzico di invidia, ammirò il corpo di Marco slanciato come una statua antica con le spalle scolpite.

<<Che hai compare, già ti sei stancato di stare qua?>>

Lentamente poggiò i piedi a terra e si mise in piedi, aggiustando la canottiera alzata sopra il ventre.

Gli si parò davanti, pretendendo una risposta atta ad infrangere il lungo silenzio.

<<Parla. Che hai? Non ti piace la mia compagnia?>>

Annusò la mano con cui si era raspato e la adagiò sul prospiciente addome.

Marco Donadiò alzò lo sguardo in alto, evitando di tapparsi il naso, stante il tanfo di sudore sfatto che il suo compagno di cella emanava. Pompò aria ai polmoni per ossigenare la mente e concentrarsi a dire qualcosa per placarlo, dato che il silenzio lo rendeva impaziente e nervoso.

<<Vedi, Fabrizio, tu sei un amico e forse l'unico che mi sia rimasto. Non sei tu, sono io che mi perdo dentro ai rumori della mia mente e tutto attorno a me diventa più pesante del vuoto creato dall'assenza dei suoni.>>

Gli batté la mano sulla spalla fredda e molla di ciccia accumulata in multistrati.

Fabrizio si rincuorò, contento delle belle parole pronunciate da Marco che, sollevato dal peso, continuò a parlare.

<<Sono contento di stare in cella con te. Tu sei un vero amico che stimo e apprezzo molto. Per me fai tanto e te ne sono grato. Tu sei un uomo duro. Mi ritengo molto fortunato ad averti come compagno di prigione. Tu sei diverso dagli altri e non hai tendenze omosessuali!>> esclamò Marco.

Si sforzò di sorridere, per la battuta gettata lì a voler rompere il ghiaccio.

<<Compare, io veramente, ti farei>> rispose di getto Fabrizio, con un guizzo di luce negli occhietti beffardi pieni di desiderio.

<<Non perché sono frocio, intendiamoci! Ma perché, con l'astinenza, tutti i buchi diventano appetibili. Poi, il tuo culo, per coscienza, merita. Hai due natiche! In carcere, impara, un vero uomo non diventa frocio se soddisfa la sua natura di maschio. Anzi!>>

Si avvicinò di un palmo, per cercare di scrutare meglio la situazione, pensando che, magari, poteva pure starci.

<<Compare, non sei il mio tipo>> rispose pronto Marco e rimase rigido come una colata di cemento asciutto.

<<Compare, che vai pensando! Smettila, siamo amici. Se tu non vuoi, mica ti violento. Non potrei, ti rispetto perché sei mio amico >> e gli porse con slancio la mano fetida che Marco dovette stringere.

Poi lo abbracciò, circondandolo con le braccia pendule di grasso, liberando effluvi stagnati da giorni, pressandosi addosso a lui col ventre.

<<Tu non sei adatto a questo posto, non sei come me. Se potessi ti farei mettere fuori subito, anche a costo di non vederti più per tutta la vita. Dipendesse da me, ti farei uscire ora. Tu per me sei innocente, parlerò col mio avvocato. Ci penso io, ti faccio uscire fuori presto. Tranquillo!>>

Si gonfiò il petto come un tacchino, per poi curvarsi con le spalle in dentro, attratte in avanti dal peso della pancia.

<<Io innocente? Ho infranto il primo dei comandamenti "Non ammazzare". Io ho ucciso. Ho tolto la vita a una povera donna. Una povera e graziosa ragazza di colore che non aveva alcuna colpa. Una donna, capisci? Un essere debole, ignaro e indifeso. Sono un assassino, un vigliacco. Io, che nella vita ho sempre subito, sono esploso contro una donna. Capisci? Ho scoperto dentro di me una doppia personalità che si dibatte e si squarcia fra il sadico e il masochista. Sette colpi di coltello sferzati con rabbia e mortali. Io non merito la tua amicizia, sono un assassino. Sono il peggiore dei delinquenti. Tu rubi, spacci, scippi, quello che vuoi, ma non sei un indegno assassino. Le tue cattive azioni possono trovare riparo, la mia no. Mai. Brucerò all'inferno e il mio senso di colpa mi farà morire dannato. Per me non esiste rimedio. Per te e per la stragrande maggioranza della gente rinchiusa qui dentro, invece sì. Voi potete rimediare. Scippatori, borseggiatori, estorsori, spacciatori, la maggior parte di voi siete delinquenti che potete porre riparo. Io non posso, sono un omicida e merito la pena del rimorso a

vita e oltre la vita, reincarnata in altra forma di vita.>>

Strizzò gli occhi per far scendere giù una goccia di lacrima infranta fra le ciglia.

Fabrizio fece per avvicinarlo, attratto dal desiderio di consolare l'ondata di dolore che si diramava come polvere sottile, infiltrandosi nelle corde della commozione.

Si arrestò, folgorato dallo smeraldo di due occhi che brillarono spandendo intorno un senso di sconforto senza tempo e senza confini.

Fabrizio allargò le braccia, consapevole di non poter offrire all'amico l'unica soluzione agognata. Nessun essere umano, anche il più potente, poteva riportare alla vita la morte.

<<Non ci pensare. Se ti viene in testa un brutto pensiero, fai come faccio io, scaccialo. Fuori. Via. Non tormentarti la vita.>>

Si lasciò andare ad un erutto sonoro. Aveva finito di digerire una doppia porzione di pasta asciutta dal peso medio di circa novecento grammi. Ne aveva calato un intero pacco da un chilo ed era sparita tutta, anche se Marco ne aveva mangiato un piatto raso all'altezza del bordo.

Si accorse che Marco l'osservava frastornato.

Pensò di aver fatto breccia con il valore del suo discorso. Non diede peso agli erutti sonori da animale incolto che aveva imparato a fare fin da piccolo, prendendo esempio da suo padre.

<<Fabrizio, io cerco di non pensare e provo a mettere sotto il dolore, ma è peggio. Sotto, sempre più sotto, per nascondere, per non vedere, per sotterrare e dimenticare. Ci provo e non ci riesco. Per me non è possibile. Per me, questo sarebbe accettare il compromesso peggiore. Dovrei aggiungere bugia sopra bugia per non sentire, per non vedere ed annullarmi come un ebete. Non posso vivere nella convinzione che scollarsi dalla realtà sia una soluzione. Magari potessi farlo, non ci riesco.>>

<<Perché no, almeno fino a quando non trovi altra soluzione. Hai deciso di dannarti da solo o aspetti che le anime dell'inferno vengano a prenderti per portarti fino al cospetto di Lucifero?>> disse.

Si compiacque, pensando di avere fatto un discorso di tutto rilievo ed espresso al meglio della lingua italiana che conosceva, per mettersi all'altezza di Marco che considerava istruito.

Tacque. Si allontanò, dato che la sensibilità e la profondità di quell'anima che si consumava nella sofferenza lo eccitava. E fu così, si eccitò. Si aggiustò le mutande pendule e si girò, timoroso che Marco lo denigrasse come un porco eccitato e basta.

Si allontanò, colto da un brivido di freddo misto al piacere sottile che si muoveva ritmico nell'inconscio del suo desiderio. Si bloccò.

Fermò il flusso dei suoi pensieri erotici. Non poteva. Marco era diverso. Marco era suo amico ed era diverso da tutti gli altri amici e amici degli amici che aveva conosciuto.

Andò all'armadietto posto all'angolo ed estrasse fuori un fagotto di colore scuro riposto già sporco l'inverno precedente. Lo odorò e sapeva di stantio. Lo sbatté in aria, come a cacciare via il fetore di muffa e gli acari ivi residenti da mesi.

Indossò una felpa grigia e informe per contenere la pancia a melone sospesa in aria oltre il cordoncino delle braghe.

Pensò che era giusto evitare di pensare di fare sesso con Marco. Non poteva, anche se era splendido e lo eccitava.

"Non ci sta! Tanto, se non sta con me non starà con nessuno, altrimenti gli faccio stoccare le gambe. Se non lo dà a me il suo bel culetto, non lo darà a nessuno" pensò e sorrise beffardo.

Questo pensiero bastò a farlo sentire soddisfatto.

In anni di residenza in quel condominio speciale, all'interno di quell'aria in fondo riservata solo a pochi e non a tutti, aveva acquistato molto credito. Lui, in quel posto, si sentiva una potenza. Tutti lo conoscevano e, almeno fino ad ora, in molti lo tenevano in buona considerazione. Sarebbe bastata una sua parola. Marco sarebbe stato suo oppure di nessuno. Una forma di prelazione codificata da una sorta di morale interna al carcere. Tutti, ne era certo, in un caso oppure nell'altro, avrebbero rispettato la sua anzianità. Con le buone o con le cattive, nessuno avrebbe avuto il coraggio di mettersi contro di lui che aveva un'esperienza consolidata in quel posto speciale. Sapeva di poter far leva su segreti riscattati rapina dopo rapina, certificati in una fedina penale che formava un fascicolo alto mezzo metro.

Era conosciuto e godeva di protezione, dentro e fuori dal carcere.

Quando usciva, assaporava la gita e andava per le strade del suo quartiere come un turista desideroso di godersi al massimo il poco tempo destinato al sollazzo della vacanza.

Si sentiva uno che valeva. Lui non faceva nomi e sapeva stare al suo posto. Nel suo ambiente era rispettato e, soddisfatto, coltivava l'imponenza che tratteneva nello stomaco, da vero uomo d'onore.

Andò a sdraiarsi sulla branda. Chiuse gli occhi. Sapeva di dovere rimanere in silenzio. Solo le femminucce parlano tanto.

Pensò di schiacciare un pisolino, per godersi la digestione, prima di pensare alla cena.

Si girò sul fianco destro, dando la faccia al muro e poggiando il braccio sulla pancia espansa nella branda come gelatina.

Dopo un paio di minuti iniziò a russare.

170

***

Marianna Costanza andò in cucina.

Prese una pentola grande abbastanza da preparare spaghetti per dieci persone e la riempì d'acqua.

Accese il fuoco e si diresse in bagno.

Sentì il trillo ripetuto del campanello.

Andò a rispondere al citofono.

<<Chi è? Chi è?>> gridò e attese.

Non ebbe risposta.

Ritornò in cucina.

Per un solo attimo aveva sperato che il suo professore Sapù fosse tornato a casa, per dirle che voleva amare lei e solo lei.

Infilò la mano dentro la pentola e tastò l'acqua. Spense il fuoco, era tiepida. Per lavarsi andava bene, dato non voleva consumare gli ultimi residui della bombola del gas. Da due mesi lo scaldabagno era guasto.

Sospirò nervosa e si affrettò a sbrigarsi. Doveva uscire in strada a racimolare qualcosa. Aveva bisogno di rimediare soldi.

Il campanello suonò altri tre tocchi ripetuti.

Desiderò fosse Sapù. Era ritornato per stare con lei e i guai sarebbero finiti. Avrebbe organizzato in suo onore una festa fra veli indiani, con grandi cuscini a terra e incensi a profumare gli ambienti nella luce suffusa delle candele. Lui ritornava e lei ricominciava con la bella vita, con i festini fino a notte fonda e le spaghettate dopo i bagordi.

Avrebbe comprato un abito nuovo e scarpe con il tacco alto.

Si aggiustò i capelli e si diresse alla porta.

Erano due giorni che non usciva da casa e non si era neppure lavata.

Imprecò, accorgendosi di puzzare.

Guardò all'occhio magico dello spioncino e vide il profilo di Marcella.

Non era Sapù, era la sua ex cognata.

Aprì la porta e la tenne accostata, mantenendosi a debita distanza, per il timore che potessero arrivarle gli effluvi dell'alcool ingurgitato e il lezzo del sudore stagnato sotto le ascelle.

<<Tu qua? Che vuoi? Sbrigati. Non sei gradita, lo sai>> disse con labbra serrate e braccia strette.

La guardò da cima a fondo per osservare con attenzione scarpe, gonna, maglietta, pettinatura, orecchini e trucco.

<<Fammi entrare, ti prego, voglio vedere il bambino. Solo un minuto. Per favore. È mio nipote>> rispose Marcella, sgranando pietosi

171

occhi grandi, per comunicare compassione e convincerla ad aprire la porta.

<<Sono in ritardo. Non posso riceverti, devo scappare.>>

<<Per favore, voglio solo vederlo un paio di minuti e poi vado via.>>

<<Hai cento euro? Dimmelo subito. Se sì, posso fare un'eccezione e rimandare a dopo la mia uscita.>>

Lo disse con tono rabbonito, pensando che magari valesse la pena farla entrare qualche minuto.

<<Sì>> rispose Marcella.

<<Mio padre, il nonno, manda cento euro al suo nipotino. Se me lo fai vedere, ti sgancio il centone>> disse e fece per aprire la borsa.

<<Va bene. Per questa volta puoi entrare, farò un eccezione. Bada, non prenderti l'abitudine delle visite, sai che non gradisco vedere la tua brutta faccia che si dà arie da grande principessa.>>

Aprì la porta spalancandola fino alla cerniera, per farla entrare e rimanere a distanza anti olezzo.

Marcella balzò dentro. Si pose al centro dell'ingresso adiacente alla cucina. Entrare fu facile. Conosceva la potenzialità malefica di quella donna e temeva che facesse un sacco di storie.

Rimase zitta a guardarsi intorno, con gli occhi bassi.

Un nugolo di polvere addensata, con fili di ovatta scura, usciva fuori a metà da una scarpa da tennis bianca.

Cuscini e tappeti si confondevano, ammassati insieme a riviste di gossip.

La televisione era accesa, col volume alto e gracchiante.

Una pila di piatti era accatastata sopra il tavolino accostato al divano.

Due bucce di banane secche e striate di marrone giacevano in cima ad un piatto sporco.

Avvertì uno strano odore. Rimase zitta e aprì con discrezione le narici per cercare di individuare la causa del tanfo stantio.

<<E i soldi del bambino?>> chiese Marianna, mentre tentava di aggiustarsi più che poteva i capelli, attenta a tenere socchiuse le labbra e serrate le ascelle.

<<Appunto. E il bambino?>> rispose pronta.

Era fermamente determinata a non mollare il verdone senza aver prima visto il piccolo Giovanni e deciso lei stessa di andare via. "Sempre decidessi di darglielo", pensò con il desiderio malcelato di punirla.

Marianna non disse una parola e con la mano le fece cenno che poteva dirigersi alla camera del bambino. Era chiusa e lei, tenendosi qualche passo indietro, indicò con il capo che poteva aprirla per entrare. Poi, col dito indice portato a sfiorare il naso, le indicò di fare silenzio. <<Sta dormendo. Piano.>> Marcella aprì la porta dolcemente. Entrò e la richiuse. Il piccolo respirava piano nel sonno.

Si guardò intorno e si fermò a guardarlo senza toccarlo, timorosa di svegliarlo e traumatizzarlo.

Marianna tornò alla sua pentola. Tastò con mano l'acqua quasi fredda. Non aveva tempo e gas a sufficienza per farla scaldare ancora di più. L'afferrò per portarla in bagno e l'adagiò dentro la vasca. Chiuse la porta per lavarsi in fretta. Insaponò viso e corpo con il residuo dell'unico detergente rimasto. Si versò l'acqua, gettandosela addosso con un pentolino dal manico di plastica nera bruciacchiato dalla fiamma del fornello.

Si vestì in fretta. Aprì la porta del bagno, abbassò il volume troppo alto della tv e si guardò intorno intenta a spiare.

Si avvicinò alla porta di suo figlio. L'aprì e vide che Marcella lo guardava dormire.

"Forse con trenta gocce di sonnifero ho esagerato", pensò e richiuse piano l'uscio. Forse troppe, probabilmente, ma aveva fatto il conto di mancare almeno fino alle dieci di sera. Si sarebbe accontentata di imboscarsi un uno di quei bar-pub super affollati per l'aperitivo rinforzato, di recuperare denaro e rientrare a casa in tempo utile a trovare il bambino sul punto di svegliarsi per la fame. Avrebbe comprato il latte per lui e qualcosa di forte per consolare lei che doveva passare sola la serata.

Marcella rimase dentro la camera del piccolo una buona mezz'ora.

Marianna ebbe il tempo di darsi un tocco di trucco leggero come un velo, per indossare la veste di brava ragazza emaciata e sofferente.

Andò a sedere sul divano e si mise in posa con un libro in mano, facendo finta di leggerlo.

Aspettò ferma, cambiando posizione solo alle gambe che si davano intreccio nervoso per accavallarsi a vicenda.

Quando la sentì uscire dalla camera, restò ferma e in posa, immersa nel massimo grado di concentrazione sulla pagina di un libro che non avrebbe mai letto.

Aspettò che si avvicinasse, prima di muoversi, per dar segno di essersi destata dall'immersione profonda nella lettura.

<<Non scordare i cento euro>> disse e ritornò a far finta di leggere.

Marcella le porse la banconota verde che lei afferrò, guardò e infilò dentro al reggiseno.

<<Hai finito il danaro che ti ha portato mio padre?>> chiese con voce bassa, temendo le reazioni lunatiche di lei.

<<Certo che sì. Pensi abbia la rendita? Hai idea di quanto costi mantenere un bambino? Capisci che sono sola e che non posso avere un lavoro serio con un bimbo piccolo a cui badare?>> disse con tono aspro che tentò invano di mitigare.

Si alzò di scatto dal divano, gettando il libro sopra un cumulo di pezze accantonate sul tappeto, e iniziò ad andare avanti e indietro per la stanza, impaziente.

<<Vuoi che lo tenga io?>> chiese Marcella in un sol fiato, sperando che non la buttasse fuori senza un minimo di grazia.

<<Magari!>> rispose lei.

Lo sguardo e il tono della voce si fecero dolci e pacati. Si fermò al centro della camera e congiunse le mani a preghiera.

<<Magari. Potrei partire per qualche giorno. Finalmente, potrei pensare un poco a me stessa. Avrei modo di cercare un lavoro e tentare di fare carriera. Sono giovane e molto piacente, non mi posso sprecare>> rispose con tono aggraziato, battendo le ciglia a ventaglio.

Marcella la guardò.

La conosceva da tanti anni ed era la prima volta che non era truccata e infronzolata dalla testa ai piedi.

<<Hai bisogno di pensare un poco a te stessa. È vero, il tempo passa e la bellezza sfiorisce. Se vuoi, lo porto via ora>> disse disinvolta, muovendosi appena di un passo.

<<No. Non è possibile, non posso. È mio figlio. Non posso turbare la mia coscienza di madre attenta e scrupolosa. No, non posso.>>

Marcella sentì alla gola i battiti del cuore in tumulto.

<<Giusto, hai ragione. Comprendo i tuoi dubbi. Saluto il piccolo e vado via.>>

<<Aspetta. Se lo lasciassi a te solo per un paio di giorni, il mio scrupolo e amore di mamma attenta non verrebbero meno, che pensi? Devo riflettere. Non sai quanto soffro per la situazione che si è creata a causa di quello screanzato di tuo fratello. Non posso pagare sempre e solo io le conseguenze delle sue cattive azioni. Sapessi a quante opportunità ho dovuto rinunciare!>>

Marcella fece appello a tutte le sue forze per evitare di risponderle a tono, come meritava.

<<Hai ragione, sei troppo sacrificata. Non è giusto. Saluto Giovanni e vado, è tardi.>>

<<Aspetta. Ascolta, facciamo così, domani portami almeno altri

cinquecento euro e te lo prendi, così potrò partire tranquilla. Sia chiaro, è solo per pochi giorni, poi me lo riporti a casa>> disse trattenendo l'eccitazione.

Cercò di frenare il suo ardore e continuò<<sempre che tu voglia tenerlo sul serio.>>

Abbassò gli occhi, per non lasciar trasparire il desiderio di correre a fare i bagagli e telefonare a Sapù per tentare di raggiungerlo.

<<Certo che voglio tenerlo. Lo sai che sono libera. Se è per i soldi, vado a prenderli e te li porto. Dammi mezz'ora, il tempo di arrivare a casa e tornare>> rispose.

Marcella tentò di tenere sotto controllo lo stress procurato dall'emozione, per non cedere alla tentazione di scappare via con il bambino fra le braccia e portarlo al sicuro.

<<Ma, non saprei. Ora è troppo presto, magari domani, magari in seguito>> rispose Marianna, sperando che sollevare obiezioni potesse far lievitare la cifra.

Era una tattica che utilizzava spesso e con grande maestria.

Marcella aveva assistito più volte a strategie superbe azionate a stregare suo fratello Marco.

<<Bene. Domani sera, oppure la settimana prossima, come vuoi tu. Non c'è problema, figurati!>> azzardò Marcella e continuò <<Ti saluto. Grazie. Chiamami tu, quando vuoi>> e si diresse a prendere la borsa lasciata sul tavolo in mezzo alle tazze incrostate di schiuma addensata dall'ossidazione.

<<In mezz'ora potresti fare in tempo? Invece di cinquecento, però, facciamo ottocento euro. In contanti, naturalmente.>>

Puntò gli occhi su Marcella, le alzò il dito indice contro e rimase fissa con sguardo e dito alzato, in attesa di risposta immediata.

<<A casa abbiamo solo cinquecento euro. Se ne vuoi ottocento dovrai aspettare una settimana, il tempo che venga accreditata la pensione di mio padre. Se ti accontenti degli unici cinquecento euro che possediamo, vado subito. Se vado ora faccio in tempo.>>

<<Ora sarebbe di certo meglio. Cinquecento, sia chiaro, oppure niente. Domani non saprei. Vai subito, nel frattempo preparo il bagaglio con le cose del bambino. Sei sicura che mi porti ora i soldi?>>

<<Certo che sono sicura. Vado. Solo il tempo della strada e sono di ritorno>> e si diresse alla porta.

<<Aspetta, lasciami subito, ora, i soldi che hai nel borsellino>> disse, agitando in aria le dita con unghia smaltate di viola e fucsia.

Marcella avvampò. Ebbe un impulso di rabbia. Si trattenne. Traendo un respiro, tentò di sbollire. Aprì la cerniera della borsetta e dal taschino interno trasse una banconota da venti euro.

<<È tutto quello che ho.>>

Marianna la colse al volo, con le unghia bicolore a pinza.

<<Sbrigati>> la incalzò, spingendola fuori e chiudendo la porta.

Rigirò fra le mani la banconota, la portò alle labbra per baciarla e la ripose, sistemata e piegata, insieme al centone, dentro lo scollo del reggiseno a balconcino.

Prese il cellulare.

Chiuse la porta e scrisse un messaggio al suo professore, anche se non aveva mai avuto la curiosità di chiedergli cosa insegnasse.

Marianna, alle otto di sera in punto, consegnò il piccolo nelle mani della sua ex cognata.

Non la fece entrare e si impose affinché restasse avanti all'uscio.

Porse due ceste, adagiandole sullo zerbino.

Incassò cinque banconote verdi e chiese a Marcella, che abbracciava il piccolo come fosse un fagotto di pezza, di dargli un bacino.

Marianna Costanza si dileguò in meno di dieci minuti contati.

Prese un borsone ed una tracolla ed uscì, dando un doppio giro di chiave alla porta.

Chiuse il gas, anche se la bombola era quasi vuota, perché era una sua fobia.

Lasciò la spazzatura nel secchio, i piatti ammassati dentro al lavandino, le tazze sulla tavola e nugoli di pelo e polvere a nutrire mobili e pavimento.

Sulle labbra calcò un rosso pastoso e indelebile.

Agganciò alle orecchie orecchini pendenti di strass, intonati al colore azzurro dell'ombretto.

***

Marco Donadio si sentì chiamare a colloquio.

Adagiò sul pavimento due bidoncini da cinque litri pieni d'acqua, utilizzati come pesi per allenarsi. Glieli aveva procurati Fabrizio.

Si asciugò la fronte con un telo di cotone bianco e si accostò alle sbarre della cella per capire dalla guardia chi fosse venuto a trovarlo.

<<Chiedi sigarette e salsicce. Pure due belle bottiglie di vino rosso. Vedi tu. Fatti portare roba da mangiare, da bere e da fumare>> disse Fabrizio, alzando in alto le braccia per sgranchirsi, mentre lo guardava uscire fuori dalla cella.

La dottoressa Marina Mattei lo attendeva seduta avanti a un fascicolo alto un palmo.

176

Marco Donadio entrò e sorrise, contento di rivederla. Dall'ultima volta erano trascorsi giorni sempre uguali e perduti nella memoria. Ricordò che indossava una maglia di cotone bianco leggera e sentiva caldo ed ora, avvolto entro un maglione di lana, sentiva freddo.

<<Come sta?>> chiese lei, percependolo sereno.

<<Bene, grazie>> rispose lui e si mise a sedere.

<<Sono contenta per lei>> rispose Marina Mattei ed attese che la guardia si allontanasse.

<<Mi dica, che posso fare per lei, dottoressa?>>

<<Per me nulla. Devo concludere la mia relazione e depositarla agli atti. Sono qui per spiare il suo cervello, ha scordato?>>

Marco Donadio sorrise.

<<Per lei, invece, che intende fare? Lo sa che il dottore Pignatelli potrebbe chiedere di sua iniziativa la perizia psichiatrica per accertare il suo stato di capacità al momento della commissione del fatto e, altresì, per accertare se lei è un soggetto che presenta grado di pericolosità sociale?>> disse d'un fiato.

Lo sguardo di Marco Donadio emise bagliori di clorofilla.

<<Non sapevo.>>

<<Il suo avvocato dice che lei è fermo nel rifiutare il rito abbreviato. È vero? Vuole andare al dibattimento per ottenere l'ergastolo?>>

<<Sì>> rispose secco, alzando al suo cospetto uno sguardo fiero e fisso.

<<Il mio avvocato è stato chiarissimo. Sono io che rinuncio a scegliere una procedura che mi eviterebbe l'ergastolo e mi premierebbe al massimo, se si accertasse l'incapacità temporale. Lo so>> disse e trasse un sospiro.

<<Posso conoscere le motivazioni poste a base di questa scelta?>> chiese e si aspettò di ricevere una risposta sensata.

<<Perché rifiuto l'idea di potere avere sconti di pena? Semplice, voglio il processo e voglio ricevere la punizione che merito. Almeno in galera sconterò le mie colpe>> disse e la voce si fece tremolante e indecisa.

Lo sguardo iniziò a roteare intorno alla stanza, per cercare un punto fermo su cui posare una certezza.

<<Giusto>> rispose la dottoressa Mattei, intenta a rimirare la punta della sua penna.

<<Giusto>>, ribatté, ripetendo con il tono della nenia.

<<Sì è giusto, perché ho distrutto tutto. Non ho soltanto ucciso una povera donna, ho distrutto la vita alla signora cui badava, alla gente povera che viveva con quello che lei mandava loro, ai miei cari, a mio

figlio. Tutto. Ho distrutto tutto con la morte. Ed io? Io che sono l'artefice di tanta morte e distruzione, come posso avere il coraggio di chiedere favori per ottenere sconti e migliorare la mia posizione?>> disse e gli occhi brillarono come alghe nel mare.

<<Giusto>>rispose la dottoressa Mattei, mentre con flemma immobilizzante continuava a fissare la stilo come fosse un pendolino da ipnosi.

<<Giusto, se è una sua scelta, ne prenderemo atto. Una scelta bisogna rispettarla>> e sollevò lo sguardo, puntandolo entro ai suoi occhi.

<<Magari avessi una sola possibilità di scelta>> disse Marco e asciugò la goccia di una lacrima brillante come rugiada sull'erba.

Drizzò le larghe spalle.

<<Giusto. Conosco tanta gente che sceglie di non avere una scelta. Tanta altra gente, invece, una possibilità ce l'ha e se la prende. Altrimenti, che senso avrebbe parlare di scelta?>> disse scandendo le parole al ritmo della penna che faceva girare fra le dita.

<<Espiare senza compromessi non è forse una scelta dettata dalla coscienza?>> chiese Marco.

<<Forse. Sulla base di quali parametri lei pensa di avere operato una scelta libera da qualsivoglia compromesso? Come può dire di avere operato una scelta pura?>>

<<Quali compromessi non rendono libera la mia scelta? Non capisco.>>

Si arrese, abbassando lo sguardo al pavimento e alle scarpe di tela bianca.

<<Della sua scelta non ho ancora individuato le motivazioni. Potrei, però, analizzare le cause che potrebbero portare, in genere, un soggetto a questo tipo di scelta.>>

Bloccò la penna fra indice e medio.

<<Una causa tipica e molto comune, per esempio, potrebbe essere data dal timore di affrontare il mondo esterno e, dunque, cercare la protezione di un carcere a vita>> disse.

Marco Donadio impallidì.

Incalzò, facendo riprendere ad ondeggiare in altalena la biro.

<<Una motivazione seria potrebbe essere data dal voler nutrire un senso di vittimismo che sublima. Potrebbe trattarsi di un modo di annullarsi senza reagire. Una sorta di resa incondizionata, per l'incapacità di operare scelte pesanti. Un modo furbo per mettersi al sicuro, lasciandosi andare. Comprende quante costruzioni calzanti al caso di specie potrebbe architettare questo tipo di mente? Lei ritiene sia

giusto e doveroso giustificare una scelta di abbandono? Anche questa è una scelta, non pensa?>> chiese e gli puntò contro lo sguardo per vedergli alzare gli occhi.

Notò Marco piegarsi su se stesso. Sperò che le sue certezze si frantumassero come un vaso di porcellana schiantato a muro.

Continuò a parlare con voce cadenzata in melodia, come fanno i guru che dirigono meditazioni di massa.

<<Ognuno si assume le conseguenze delle decisioni che prende nella vita. Importante è esserne convinti ed avere coerenza.>>

Concluse la frase e si alzò con una flemma studiata per raccogliere le sue cose e andare via. Aveva deciso che era scaduto il tempo.

Pensò che non avrebbe aggiunto una sola parola in più.

Era giusto che se ne andasse.

Uscì in silenzio, poggiando con cura i piedi sul pavimento, come a non voler smuovere l'aria.

Non salutò neppure e lasciò Marco al suo oblio.

Fuori dal carcere, attraversò la strada, cercando di camminare sotto i raggi del sole per scaldarsi.

Si fermò a cercare nella sua grande borsa il cellulare che squillava.

Ebbe un tuffo al cuore, leggendo sul display il nome Andrea Giuliani.

<<Pronto, tenente, mi dica.>>

<<Dottoressa Marina, sempre impegnata ad analizzare menti perverse?>>

<<Certo che sì. Io lavoro, mentre lei gioca a guardie e ladri.>>

<<Dato il suo eccellente umore, posso approfittarne per invitarla a cena questa sera?>>

<<Ci devo pensare, mi dia una settimana di tempo.>>

<<Alle diciannove passo a prenderla sotto casa?>>

<<Non può, non le ho mai dato il mio indirizzo.>>

<<Certo che posso. Io so tutto di lei, non ci crede? Mi interroghi.>>

<<Mi dica il numero di scarpa che calza il mio piede.>>

<<Allora, considerata l'altezza, la caviglia ben tornita e la coscia lunga e snella, direi che il numero del suo piede è il trentanove. Indovinato, vero?>>

<<Come ha fatto, mi lascia senza parole.>>

<<Bene, dato che è a corto di fiato, dica solo sì.>>

<<Sì.>>

Fu un sibilo. Chiuse la conversazione.

***

Marcella Donadio arrivò in Tribunale verso le ore undici, sperando di incontrare l'avvocato Sallustio.

Girò una per una le aule di udienza del piano terra. Non vedendola, salì a piedi le scale per andare a cercarla nei piani di sopra, sperando non fosse già andata via. Entrò in una delle aule di Corte di Appello e la vide. Stava parlando con un uomo con la toga lunga fino a coprire le scarpe e che si muoveva con gesti aggraziati. Sembrava un essere altezzoso e pomposo, anche se alto quanto un pony.

Si mise seduta, senza cercare di attirare la sua attenzione. Avrebbe aspettato.

Provò un fascino sottile nel sedere sulla vecchia panca di legno.

Si mise comoda, attenta ad ascoltare esseri umani che si atteggiavano a depositari di verità assoluta da pronunciare con parole solenni.

In fondo cercava di capire, pur facendo appello a tutta la sua fede, come la scritta "La legge è uguale per tutti" potesse avere valore di verbo saggio e giusto nel peso della bilancia tarata dagli uomini.

La legge dispensava e distribuiva giustizia.

Per non dubitarne, bastava esaminare la scena che si prospettava ai suoi occhi. Quegli esseri togati sembravano essere i padroni dell'imparzialità assoluta, sopra la pedana che li innalzava. In basso, una fila di detenuti veniva tenuta a bada dagli agenti di polizia penitenziaria. Ingabbiati entro al panico e mesti come cani bastonati, sembravano uguali solo a schiavi, non meritevoli di essere liberi.

In nome della legge, le toghe svolazzavano in aria ad ogni salita e discesa dal palchetto e le anime immobili si strizzavano nel timore di non poter evitare la meritata condanna.

Marcella percepì l'essenza del dolore che si propagava.

I cuori in basso battevano, saltando colpi. Stomaci ignoti gorgogliavano per l'ansia inghiottita e accumulata. I respiri si ingolfavano, lenti e pesanti.

Marcella Donadio incrociò gambe e braccia.

L'avvocato Sallustio era salita sulla pedana e parlava con un giudice che scriveva un verbale. Stava in piedi dritta e teneva una fascicolo in mano. Lo porse al magistrato che lo raccolse, osservò con attenzione e, poi, riprese a verbalizzare.

Aspettò per ben due ore.

Emma Sallustio era così assorta che non si accorse della sua presenza.

Capì che aveva finito quando la vide raccogliere un pugno di fogli e sistemarli dentro la borsa di cuoio. Scese dalla pedana, tolse da dosso la toga, la consegnò al suo assistente e si diresse verso l'uscita.

Quando si accorse di Marcella sorrise, porgendole una stretta di mano vigorosa.

<<Che ci fa qui?>> chiese e continuò <<Io ho una fame da lupo e lei? Andiamo a mangiare qualcosa? Mi fa compagnia?>>

Non ascoltò risposta, andando avanti con il passo svelto, desiderosa di uscire fuori da quel luogo spazioso e chiuso da freddi marmi.

La seguì fin dentro al mercato del Capo, facendosi largo fra la gente che si accalcava lenta in mezzo a vicoli stretti e bancarelle piene di mercanzie.

Turisti giapponesi scattavano foto a raffica, pronunciando frasi incomprensibili. Sembravano divertiti e incuriositi al contempo.

Emma Sallustio andava spedita, su scarpe dal tacco accennato e la pesante borsa nella mano destra. Scansava persone e cose, sbirciando fra ceste di frutta e bancarelle di pesce, fra fasci di verdure riposti su cassette di legno e sacchi di patate adagiati sul marciapiedi.

Molta gente la salutava e lei ricambiava a voce alta e cordiale.

Un vecchio magro appollaiato sopra una cassetta di legno, la salutò.

<<Ossequi, avvocatessa.>>

Aveva una bancarella piccola e scarna con sopra un cesto di lumache, teste di aglio sparse disordinatamente e fasci di menta verde.

Emma Sallustio ricambiò il saluto.

<<Salve, zio Pino, tutto a posto?>>

Lui, di rimando, la intrattenne elencando gli acciacchi portati alla grande dai suoi novanta anni.

Emma Sallustio gli dedicò cinque minuti buoni, per sentire di esami, medicine, consigli di amici e anche di dottori. A elenco completato si salutarono a voce alta.

<<Ossequi, avvocatessa.>>

<<Il mio rispetto, ossequi, zio Pino.>>

Marcella Donadio, scansando di tutto, dietro di lei, riprese a seguirla. Ad ogni passo, la lunga coda di capelli dondolava come quella di un mustang liberato nella prateria.

Balzò con un salto, per raggiungerla sull'uscio di un portoncino di legno e vetro decorato con la grande insegna rossa sopra "Trattoria Mamma Ciccina".

<<Qui si mangia bene>> disse Emma Sallustio e si diresse ad uno dei tavoli apparecchiati di bianco.

Scostò una sedia, per adagiarvi sopra la borsa che pesava.

Stropicciò mano contro mano e invitò Marcella a scegliere il posto per accomodarsi a tavola.

Marcella scostò la sedia e si mise a suo agio.

Emma Sallustio sedette di fronte a lei.

Dal secchiello col ghiaccio posto sulla tavola apparecchiata prese la bottiglia di acqua minerale, svitò il tappo, riempì due bicchieri e bevve dal suo, fino a svuotarlo. <<L'acqua purifica. L'acqua è vita>> disse e distese le gambe per rilassarsi del tutto.

<<Avvocato, mi scuso, ma sono in ansia. A breve, presumo, sarà fissata l'udienza preliminare per Marco. Mi fa capire cosa comporterebbe la scelta del rito abbreviato?>> chiese Marcella con l'aria dinoccolata di chi sa che può abusare per simpatia.

Ordinarono alla ragazza con il jeans attillato sotto al grembiule bianco, che attendeva con carta e penna in mano, dopo avere guardato il menù, facendosi attrarre dagli odori che provenivano dalla cucina posta in bellavista.

Emma Sallustio scambiò due chiacchiere con la ragazza figlia della proprietaria che conosceva da quando era bambina.

Quando si allontanò, si rivolse a Marcella.

<<Marco può chiedere che il processo si definisca all'udienza preliminare, allo stato di quelli che sono gli atti presenti, con gli elementi del fascicolo del pubblico ministero e della difesa. È un rito speciale che Marco potrebbe chiedere all'udienza preliminare, entro la formulazione delle conclusioni. È un rito sommario che nasce per l'esigenza di abbreviare, appunto, il processo. In pratica è un mezzo di procedura speciale che evita, rispetto al rito tipico, la fase del dibattimento. Tutto si conclude nell'ambito dell'udienza preliminare. A questo punto l'udienza, da preliminare che era e di rito, diviene un'udienza dove si deciderebbe la sorte di Marco>> disse, mentre Marcella si sbiancava per la preoccupazione.

<<Potrebbe essere danneggiato, dunque, se ho capito bene, da un rito così breve?>> e si strinse nell'attesa di potere essere rassicurata.

<<Dato che si tratta di un rito breve, l'imputato rinuncia alle garanzie tipiche del dibattimento e, per compensare tale rinuncia, siccome accetta di essere giudicato sulla base degli atti del pubblico ministero e raccolti nella sola fase istruttoria, viene ricompensato. È un rito che, per invogliare, premia e sconta la pena, al fine di evitare aggravi di udienze e sprechi cavillosi>> disse, sperando di essere stata comprensibile.

<<Ora mi è chiaro, grazie>> rispose Marcella, facendo spazio alla ragazza che portava due piatti colmi dei cibi odoranti che avevano ordinato.

<<È un tipo di processo che tende ad una forma di risparmio che conviene a tutti, per primo alla macchina lenta e costosa della giustizia>> concluse l'avvocato.

Sotto al suo naso la fanciulla ripose un piatto pieno di calamaretti fritti, insalata di mare, salmone affumicato, gamberi in salsa rosa adagiati su un letto di insalata e un'ostrica al lato di un quarto di fetta di limone.

Marcella guardò piena di stupita curiosità la pietanza ordinata dall'avvocato e si ritrovò davanti ad un fumante piatto di spaghetti al dente pieni di vongole veraci sparse sopra con il guscio.

Sembrava una porzione enorme, cosparsa di prezzemolo triturato a pioggia, sotto un filo di olio extravergine.

<<Consiglio sopra una grattata di pepe fresco>> disse Emma Sallustio e la ragazza col grembiulino candido grattò le spezie con il macinino.

Frantumi di grani scuri scesero giù, pizzicandole il naso.

<<Con il rito abbreviato, dunque, Marco potrebbe avere la possibilità di non morire in galera, vero?>>

<<Marco rischia l'ergastolo e con il rito abbreviato potrebbe scontare una pena che non sia a vita, dipende da come viene impostata la difesa.>>

<<Se lo accettasse, quale consiglio darebbe a Marco?>> chiese Marcella con gli spaghetti infilzati nella forchetta a mezz'aria sotto il mento.

<<Decisamente, dovendo fare bene il mio mestiere che è una missione oltre che una professione, andrei diritta al dibattimento per sostenere la tesi che Marco ha ucciso per avere altri alterato il suo stato psicofisico, somministrandogli sostanze altamente tossiche. Questo, se solo lui volesse, riusciremmo a provarlo, molto probabilmente. Abbiamo una serie di elementi a suo favore, già acquisiti agli atti. Potrei giocare delle buone carte. Io credo in questa possibilità. Marco, però, vuole il dibattimento solo per evitare sconti di pena e pagare al massimo il debito con la giustizia. Non vuole coinvolgere altri. Dice che aggiungerebbe fango su fango su suo figlio. Rispettando la sua volontà, a questo punto, chiederei l'instaurazione di un rito abbreviato, al solo fine di evitargli l'ergastolo.>>

<<Eviterebbe solo il carcere a vita, con il rito speciale. Ho capito bene? Un rito veloce per una condanna veloce e senza possibilità di provare nulla?>> chiese Marcella, piluccando nel piatto.

<<Anche in sede di rito abbreviato potrei subordinare la richiesta ad integrazione probatoria e potrei chiedere una perizia psichiatrica, per

valutare lo stato di capacità di Marco al momento in cui ha commesso il fatto. Anche questa linea di difesa è rifiutata, però, da Marco. La sua determinazione è ferma. Rifiuta il rito abbreviato e chiede di andare al dibattimento perché vuole espiare il massimo della pena. Le sue scelte mi turbano, non accetta consigli. Affronterò con lui le sorprese, a questo punto, che un dibattimento può presentare.>>

Bevve una lunga sorsata d'acqua dal bicchiere appannato di brina.

<<Per fargli ottenere il minimo della condanna, che si traduce in anni trascorsi in carcere, mi batterei per escludere che Marco abbia commesso con senno e volontà quell'atroce delitto. Lui, però, ripeto, non vuole chiedere perizia psichiatrica. Nell'attesa della sentenza, altro non potrò fare che auspicarmi che Marco abbia la forza di rimediare al grave impegno della vita.>>

Alle labbra portò un gamberetto affogato nella mousse di salsa rosa piccante di tabasco.

<<Se dentro la vita è semplice e garantita, fuori ha un peso ben più grave.>>

Intinse un grissino nella salsa maionese preparata da mamma Ciccina, proprietaria e madre della ragazza che serviva ai tavoli.

Marcella Donadio posò la forchetta con gli spaghetti arrotolati e portò le due mani a congiungersi.

Prese fiato e parlò greve.

<<Avvocato, a lei lo posso dire, anche se non voglio che c'entri nulla la legge per ora.>>

Prese aria con le narici e raccontò, senza nulla omettere, di come la sua ex cognata le avesse affidato il bambino. Gli avvenimenti di quel giorno erano impressi nella memoria come foto stampate.

Disse che il piccolo Giovanni era a casa con suo padre.

Raccontò della sporcizia di quella donna, del suo squallore, dei soldi chiesti e dati e della voglia di liberarsi del piccolo per partire a cercare fortuna e carriera.

<<Marianna dice che, forse fra quattro giorni, viene a riprendersi il piccolo. Io spero, invece, che me lo lasci. Prego che sparisca per sempre, che si rifaccia una vita ai tropici o dove desidera e che esca di scena definitivamente. Sono sicura che a lei del piccolo poco o niente importi.>>

Bevve anche lei un lungo sorso d'acqua, sentiva la bocca asciutta.

<<Nel frattempo appunto tutti i particolari e raccolgo ogni dato che possa essere utile al processo>> disse e con lo sguardo cercò conferma che stesse facendo bene.

<<La stessa sera che portai Giovanni a casa, chiamai la sua pediatra.

Non vedeva il bambino da mesi e, comprensiva, venne a curarlo a domicilio. Lo ha visitato da cima a fondo e lo ha trovato malnutrito, con le gengive e il palato arrossato. Sembrava imbottito di calmanti. Dal prelievo effettuato viene in rilievo la presenza di sonniferi somministrati al bambino. Io stessa ho ritirato gli esami questa mattina, guardi i referti avvocato, queste sono le copie. Li ho già mostrati alla pediatra che farà partire nei confronti della madre la denuncia d'ufficio. Mi ha spiegato che agisce per dovere professionale, dato che il medico ha il dovere di informare l'autorità giudiziaria dei fatti criminosi riscontrati nell'ambito della professione.>>

Una smorfia di dolore le contrasse i lineamenti del viso.

Si interruppe e rimase in silenzio a rimestare gli spaghetti già freddi nel piatto.

<<Il quadro della scena si evolve. Bene Marcella, continui il suo lavoro>> disse l'avvocato Sallustio con slancio e poi, dopo una breve pausa di riflessione, continuò <<In merito, Marco permettendo, penso che potrei sfruttare il comportamento della moglie come causa scatenante l'omicidio. Il bambino lo lascerei fuori dal processo penale, affrontando la questione della potestà genitoriale nella sede opportuna.>>

<<Mio padre e io ci batteremo per avere l'affido del piccolo Giovanni, ci aiuti, avvocato. Domani ho il colloquio in carcere con Marco. Lui, ancora, di tutto questo non sa nulla. Domani glielo dirò, con molta calma e serenità, sperando che il desiderio di potere riabbracciare suo figlio lo faccia determinare a cambiare idea, chissà. Devo giocare bene questa unica carta che ho nelle mie mani.>>

<<È un jolly che può sovvertire le sorti del gioco. A lei l'azzardo, Marcella. Nel frattempo, raccogliamo prove ed elementi per portare la richiesta di affido avanti al Tribunale per i Minorenni.>>

<<Bene. Facciamolo. Quando?>>esultò Marcella e le guance pallide si riempirono di colore.

<<Attendiamo che il pubblico ministero faccia richiesta di rinvio a giudizio e dopo, all'udienza davanti al GUP, ovvero il giudice dell'udienza preliminare, vedremo i risvolti che assumerà il processo. Non forzerò il volere di Marco. Alla luce delle risultanze emerse da una serie di dati e rilievi, comunque e ribadisco, con buone probabilità potrei ottenere per Marco risultati positivi in dibattimento.>>

Marcella la guardò e lei sperò di essere stata esaustiva.

Ordinarono ravioli dolci con ricotta fresca.

Li prendeva tutte le volte che andava in quel locale. Li preparava la mattina la proprietaria, sfoderando il suo orgoglio di cuoca. Erano delizíosi, con pezzi di cioccolato dentro e la cannella spruzzata a velo sopra.

<<Per il Tribunale dei Minorenni, invece, agiremo a tempo debito. Ancora è prematuro, intanto si raccolgano quanti più elementi possibili>> disse con le labbra pronte ad affondare nella delizia.

<<Va bene. Per adesso, l'unica esigenza è il bene del piccolo Giovanni>> rispose Marcella, con il naso imbrattato di polvere di cannella.

<<Per procurarmi le prove filmo e fotografo ogni cosa. Da quando è arrivato a casa, imbottito di farmaci ed affamato, sporco e malnutrito, ad oggi, che gioca e ride. Ogni mattina compro il Giornale di Sicilia, dato che la vecchia macchina fotografica di mio padre non riporta data e ora, per dare la certezza dei tempi, scattando la foto con la prima pagina del quotidiano.>>

<<Ingegnoso. Sono convinta che col tempo molte cose si metteranno a posto. Certo il mio lavoro sarebbe molto più semplice se Marco collaborasse>> disse Emma Sallustio, dando un'occhiata all'orologio.

Marcella abbassò gli occhi, sconfortata dal fatto che avesse ragione e che lo scoglio più grave da superare era proprio dato dal rifiuto testardo di Marco.

<<Ho fatto tardi, devo andare.>>

Chiese due caffè e il conto.

Uscirono in strada, satolle, leggere nel passo. Si rituffarono dentro i vicoli del Capo e ritornarono alla grande piazza del Tribunale.

Si salutarono, stringendosi le mani.

Andarono via, confondendosi fra la folla.

***

Alle ore diciannove, puntuale, Andrea Giuliani montava la moto spenta e posteggiata sotto il portone di casa di Marina Mattei.

Dalle persiane socchiuse, attenta a non farsi vedere dal terzo piano, lei aveva accertato la sua presenza in strada. Lo osservava, mentre si agitava facendo scuotere la moto sotto.

Marina Mattei era arrivata a casa alle cinque, per tuffarsi in una vasca colma d'acqua carica di sali da bagno all'aroma di gelsomino bianco.

Prima di immergersi, versò ancora dentro mezzo flacone di olio essenziale di rosmarino. Si disse che sarebbe servito a tonificarla, dandole carica.

Accese candele e musica di sottofondo con archi e violini e si lasciò andare a meditare in pieno relax.

Asciugò i capelli al phon, dando pochi colpi di spazzola e raccogliendo le chiome entro un paio di mollette dello stesso colore ramato.

Cambiò tre paia di jeans e due magliette.

Provò scarpe con tacchi, ballerine e scarponcini.

Alla fine, dopo avere devastato armadio e scarpiera, scelse di indossare pantaloni di seta lavata colore blu scuro cangiante, una blusa dello stesso colore e scarpe di tela con la zeppa sottile sotto che la rendevano slanciata e al contempo sportiva.

Tirò fuori dall'armadio una borsa con la tracolla, riempiendola solo dell'essenziale.

Scelse con cura il profumo, annusando l'aroma dal tappo, scartando le essenze forti e spruzzando sulla pelle il più fresco.

Scostò la tendina delle persiane. Vide che il tenente passeggiava sul marciapiedi col passo lungo e scattante da pantera e parlava al cellulare accostato all'orecchio.

Si era imposta di portare ritardo, per misurare la pazienza di lui, come fanno in genere le donne. Guardando l'orologio, si accorse che erano le diciannove e venti. Ebbe il timore di avere abusato e si precipitò per le scale, evitando l'ascensore occupato, fermo al settimo piano.

Andrea Giuliani si accorse della sua presenza dalla vetrata del portone. Sorrise, nel vederla ancora più bella di quanto non ricordasse, ora che si era vestita e pettinata per il tempo libero e non per andare a lavoro. Sembrava una ragazza spensierata e ben disposta a lasciarsi andare all'amore.

Non fece caso al ritardo, pur fremendo. Volle abbandonarsi all'idea di trascorrere con l'intrigante rossa una serata da fiaba.

Erano secoli che non usciva con una bella ragazza. Da quando era stato trasferito a Palermo, per la precisione. A Bologna aveva chiuso il rapporto con una vera bellezza, degna di vincere un concorso da miss mondo. Una tipa super sofisticata che era riuscita però a tediarlo e a stancarlo. Scacciò via, infastidito, l'immagine di lei che petulava sterile.

Marina Mattei emanava un fascino particolare.

Andrea Giuliani l'ammirò e il sangue guizzò nelle pieghe di un piacere intenso che gli procurò un brivido lungo la schiena.

Se la trovò davanti, con l'aria curata e noncurante, con le labbra lucide di rosa e la tracolla sulle spalle.

Le strinse la mano che lei porse tesa e imbarazzata.

<<Alleluia!>> esclamò Andrea Giuliani.

<<È la prima volta, dopo anni, che esco con una donna che non porta i tacchi a spillo. Comprende la mia dedizione alle sue caviglie e ai suoi piedini?>> chiese, porgendole il casco capovolto a cesto contenente un dono.

Marina Mattei, senza parole, prese la confezione dal casco e scartò un'orchidea pregiata di striature colorate riposta entro un'ampolla.

<<Grazie>> disse ridendo<<Vuole sottolineare il fatto che sia sciatta, incolta e poco femminile?>>

<<Certo che sì. A me piace la donna incolta, cavernicola e selvaggia, senza tanti trucchi e posticci. Io sono schietto nei sentimenti e fedele ai valori che contano.>>

<<Grazie, accetto il cavernicola e selvaggia come un complimento.>>

<<Avevo pensato di portarla a cena in un locale di Mondello sulla spiaggia, che ne pensa?>> chiese, invitandola a prendere posto sulla sella della moto.

La aiutò ad indossare il casco, affibbiandolo a dovere e toccandole i capelli per scostarli e riadagiarli morbidi a ciocche sulla nuca.

Ripose nel bagagliaio la confezione con l'orchidea striata di vermiglio.

<<Mi piace il mare>> disse Marina Mattei, saltando a cavalcioni sul sellino e adagiandosi al corpo del tenente che accese la moto, facendola rombare.

Lui andò piano, annusando i profumi dei sali impregnati di rosmarino che evaporavano dalla sua pelle e lo inebriavano.

Volutamente ondeggiò, cavalcando le buche, per sentire il corpo di lei morbido e flessibile come un giunco che si stringeva ancor più forte alle sue spalle.

Il parco della Favorita brillava di luci ed emanava aromi di piante rare, selvatiche e spontanee.

La temperatura era mite e molto apprezzata da Andrea Giuliani che la riteneva ideale, dato che al contempo non si sudava e non si sentiva freddo.

La sera lasciava spazio alle cene all'aperto in ogni strada, piazza o vicolo di Palermo e dintorni.

Erano diretti a Mondello, con i ritrovi sul mare che invogliavano a sciogliere i lacci alle scarpe, liberando i piedi alla sabbia luccicante di polveri dorate, sotto la luce di candele profumate accese tra le sdraio bianche.

Si fermò sul ciglio del parco, frenando bruscamente la moto per farla sobbalzare, al fine di sentire il corpo di lei che si fondeva al suo.

Issò le due ruote sul cavalletto con lei ferma sopra e raccolse un fiore di campo dai colori bianco e blu striati sulla corolla.

Lo porse a lei che apprezzò molto il gesto colmo di dolcezza e continuò ad andare, riprendendo nella marcia la danza altalenante sulla strada.

Decelerando la moto con le marce, sperando che la meta fosse ancora distante, sussurrò senza parole all'aria frizzante che lo investiva di petto: "Mi piaci, vorrei poterti amare tutta la notte senza darti sosta. Vorrei sentirti gemere mentre ti tolgo il respiro, lasciandolo al piacere".

Marina Mattei si ritrovò abbarbicata alle sue spalle, riparata dietro la sua schiena.

Si era aggrappata forte a lui che rideva e scherzava, la stuzzicava e la faceva ridere, cullando le note che il cuore intonava con una serenata di preludio.

***

A casa Donadio, nonno Giovanni era alle prese con la pappa da preparare al nipotino.

Marcella si girava intorno, indaffarata a mettere ordine nel gran groviglio di giocattoli e pupazzi sparsi per la camera.

Il piccolo li aveva sparpagliati tutti fuori dal box imperante nel tinello dove non c'era spazio neppur per passare in punta di piedi senza calpestare un robot spaziale.

Un lampo attraversò la luce del giorno e un tuono scosse, con gran fragore, l'aria intorno, frangendosi ai vetri delle finestre chiuse.

Il piccolo si irrigidì ed emise un rantolo di pianto che cessò non appena suo nonno l'abbracciò ricoprendolo di baci e carezze.

Aveva appena completato la cottura del filetto di manzo sulla piastra e ora lo frullava con olio extravergine, una carota pelata e cruda e due cucchiai di parmigiano. Ci aveva già svezzato i suoi figli con quel mix super proteico.

<<Dai, dai, andiamo a lavare le manine che la pappa buonissima di Giovanni è pronta>> disse con voce buffa e con tono pieno di dolcezza.

Lo afferrò, facendolo saltare sulla spalla, per portarlo in bagno.

Marcella avvertì l'intenso sentimento che il vecchio genitore provava per quel cucciolo d'uomo. Un sentimento senza limiti d'amore che non lo distoglieva dal dolore che si affannava a squarciare con la gioia.

189

Marco era sempre presente nel suo cuore di padre e il piccolo Giovanni acuiva e al contempo leniva il dolore della sua mancanza. Lo vide contrarsi, sorpreso di poter ridere e giocare. Aveva cessato di sentirsi felice come era sempre stato nella sua lunga vita, da quel giorno di maledetta morte.

Marcella sospirò con sollievo e dedicò una preghiera di ringraziamento al suo Dio che riportava un po' di brezza fresca a cuori bruciati dal dolore.

Sorrise al trenino carico di pappa che suo padre infilava nella bocca del bimbo che, giocando, si ricopriva di crema dal bavaglino ai calzini. Si sentì serena per la salute di suo padre che ora vedeva attivo e pieno di interesse. Era sempre appresso a suo nipote, tanto da scordare pillole e acciacchi.

Pensò di dovere imporre un bagno ad entrambi e, dopo cena, avrebbe acceso la lavatrice.

Fece bene a fare la voce dura e ad imporsi senza se e senza ma. Quando uscirono dal bagno profumavano di odori mischiati su pelle, capelli e vesti.

<<Marcella pensavo di trasferirci per un paio di giorni, una settimana al massimo, a Pioppo, in montagna, nella baita del mio amico Giuseppe. Ho le chiavi. Lui è a Milano per lavoro e rientra fra circa sei mesi. Avevo promesso che sarei andato a trascorrere lì un fine settimana, per dare una pulita e controllare. Che ne pensi, ti piacerebbe?>> e adagiò, piegandosi in due sulle ginocchia, il bambino sulla seggiola di legno rosso.

Marcella rimase a pensare silenziosa.

<<Mi piacerebbe. Ma se sua madre torna a riprenderlo e non ci trova? Probabilmente rischiamo una denuncia per sottrazione di minore>> disse e pensò di chiedere consiglio all'avvocato.

<<Macché denuncia. Sono pochi chilometri da casa nostra. Con il peggiore del traffico, in un'ora al massimo, arriviamo al centro di Palermo. Lasceremo sotto l'uscio di casa sua un biglietto in cui diremo di essere usciti a fare la spesa, con il tuo e il mio recapito telefonico>> disse, eccitato all'idea come un bambino e più piccolo ancora di suo nipote.

Marcella sorrise.

<<Ho la scusa del medico curante che mi ha prescritto riposo e lunghe passeggiate in campagna. Guarda>> e andò alla scrivania per tirare fuori il certificato compiacente.

<<Va bene, hai vinto>> rispose Marcella.

<<Fammi solo organizzare con la materia da preparare e corro a

comprare i testi. Ne approfitterò per studiare, mentre tu passeggi con tuo nipote.>>

Per un attimo assaporò la vecchia sensazione di spensieratezza che da tempo era sparita e credeva per sempre.

<<Amore, andremo in montagna. Ti farò conoscere i conigli, le galline, i gatti, i cani, i maialini, le caprette, le oche e ti insegnerò ad andare a cavallo, così diventerai bravo come tuo padre>> disse, accompagnandosi con gesti di mille moine.

Marcella li guardò e pensò di scattar loro delle foto, per mostrarle a Marco, sperando di continuare a far breccia, scardinando le sue convinzioni.

Avrebbe comprato una macchina fotografica digitale.

<<Domani esco e sbrigo tutto. La partenza è prevista per subito dopo pranzo>> esclamò <<tu pensa al bagaglio tuo e del pargolo e cercate di non scordare nulla di essenziale.>>

Andò in camera sua, per decidersi a scegliere la materia da studiare per il prossimo esame.

Dalla porta aperta sentiva suo padre giocare e pronunciare parole scandite.

<<Ca ne … Ca ne … Dillo a nonno, ca ne …>> ed emetteva strani guaiti.

<<Ca … ne … ne …>> e provò ad abbaiare, sputacchiando saliva in mezzo ai dentini appena spuntati.

***

L'inverno stava per finire.

Venne fissata l'udienza preliminare.

Il dottore Pignatelli aveva depositato richiesta di rinvio a giudizio ed il giudice dell'udienza preliminare, dottore Salvatore Paterniti, tempestivamente dispose, entro i trenta giorni assegnati dal codice, la fissazione dell'udienza.

Fece notificare a Marco Donadio e all'avvocato Emma Sallustio l'avviso dell'udienza con "l'avvertimento della facoltà di prendere visione degli atti e delle cose trasmessi dal pubblico ministero e di presentare memorie e produrre documenti."

Il giorno dopo la notifica dell'atto, Giovanna fece richiesta con urgenza di tutte le copie degli atti contenuti nel fascicolo del pubblico ministero e le dispose sulla scrivania dell'avvocato.

Emma Sallustio arrivò in studio un quarto alle sedici, anticipando, con la speranza di avere un poco di serenità per leggere gli atti del

191

fascicolo Donadio.

A meno di un mese da oggi era fissata l'udienza. Esaminò foglio dopo foglio, attenta alle date e alla regolarità degli atti.

Si soffermò sulla relazione di consulenza della dottoressa Marina Mattei. Era scritta in maniera chiara e corretta. Descriveva Marco Donadio come un ragazzo semplice, un soggetto che aveva sempre incassato le situazioni avverse della vita e che, compresso a dovere, a seguito di circostanze da lui vissute come devastanti, era esploso inconsapevolmente. Il sentimento della ragione e del cuore erano andati in tilt, dirompendo in un boato di violenza devastante.

Alle sedici e sedici, lo studio ospitava il primo assistito.

Era un cliente affezionato. Sedette in sala attesa ed iniziò a sfogliare una rivista. Si presentava puntualmente in studio almeno una volta al mese, se non era in galera. Non sapeva né leggere e neppure scrivere e per questo era solito maneggiare fra le mani le riviste che scorreva veloce per guardare le figure.

Entrava e chiedeva dell'avvocato.

Emma Sallustio era solita andargli incontro, ricevendolo in piedi nel corridoio antistante la sua camera, perché se si accomodava stazionava più del dovuto.

Con la cantilena del disco incantato, poneva la consueta domanda: <<Avvocato, ci sono novità?>> cui l'avvocato Sallustio rispondeva, facendo un sunto dei pregressi risvolti, e lo liquidava dicendo<<Stia tranquillo, vada.>>

Era il tipo spavaldo che esibiva modi di fare sfrontati, per dar modo agli altri di crederlo uno sicuro del fatto suo.

Giovanna lo teneva sempre sotto controllo. Di lui non si fidava, aveva il potere di tenerla sulle corde e la innervosiva. Avvertiva la sua mano leggera e furtiva quando si avvicinava alla scrivania a toccare di tutto.

Sistematicamente, le rimaneva la sensazione che l'avesse alleggerita di qualche penna o matita.

Emma Sallustio prese il cellulare e compose il numero di Marcella. Sentiva il dovere di avvisarla e di prepararla all'imminente evento.

Dovendo depositare memorie e produrre documenti, si chiese se allegare tutte le foto raccolte da Marcella.

Ancora non sapeva neppure con quale rito affrontare la difesa di Marco Donadio che, come l'ultima volta al colloquio, continuava a ripetere di non meritare sconti di pena e rifiutava di sottoporsi a perizia psichiatrica.

Lei era il suo avvocato ed era la prima volta che le capitava di non avere chiara la procedura da seguire e se chiedere o meno la consulenza specialistica. In cuor suo aveva sperato che la chiedesse il dottore Pignatelli, indipendentemente dalla volontà di Marco. Del resto era dovere del pubblico ministero il ricercare, in fase di indagini preliminari, anche quelli che sono gli elementi a favore dell'imputato.

Conosceva bene il dottore Massimo Pignatelli e lo apprezzava per essere parte imparziale nel processo, per come era doveroso fare e senza affezione ad una tesi da seguire con forzature. Il compito di rappresentare la giustizia era rimesso alla sua coscienza.

Rappresentare la pubblica accusa gli attribuiva la funzione non di accusare alla cieca, bensì di ricercare tutti gli elementi per potere giudicare un imputato e, se gli elementi erano a suo favore, chiederne, conformemente alla procedura e alla sostanza della legge, anche l'assoluzione, se era il caso.

Marco avrebbe rinunciato all'udienza preliminare, senza avvalersi della possibilità di richiedere giudizio abbreviato? In tal caso il giudice, accogliendo la richiesta, avrebbe emesso decreto di giudizio immediato con la conseguente fase dibattimentale. Anche in questa fase Marco avrebbe chiesto di essere condannato a vita?

Marcella rispose al terzo squillo.

<<Avvocato, ci sono notizie?>> e rimase con il fiato in gola, sospesa.

Emma Sallustio le fece una sintesi degli atti e dell'udienza fissata a breve. Rispose ad una serie di dubbi posti dalla ragazza e poi concluse.

<<Marcella, mi sembra avere già detto del fatto che solo Marco, ad oggi con capacità di intendere e di volere, ha facoltà di manifestare la richiesta del rito personalmente. Lo può richiedere ora, avanti al GUP, avanti al giudice dell'udienza preliminare, oppure dando a me procura speciale ad effettuare tale istanza. Stop. Magari potessi decidere io, sarei molto più serena circa l'esito di questo processo, sicura di affrontare anche la fase dibattimentale.>>

Pensò che intanto avrebbe depositato una memoria minuziosa e attenta a mettere in evidenza i tanti lati buoni di Marco e le sue eccellenze come sportivo e padre esemplare, prima che la donna che aveva sposato e madre di suo figlio lo abbandonasse, facendolo crollare come un puledro azzoppato implorante di essere abbattuto con un colpo secco alla nuca.

Sapeva che avrebbe dovuto faticare, lottando con se stessa, per tenere a freno la penna ed evitare di calcare in maniera dovuta la mano sul modo di essere della signora Marianna Costanza.

Guardò una foto dove lui era a cavallo e chiese a Marcella quanto più materiale possibile delle sue coppe e dei suoi trofei, compresi gli articoli che parlavano di Marco come sportivo. Chiese di recuperare quello che poteva.

Agli atti risultava che la signora Marianna Costanza aveva raccolto in un sacco nero le coppe e i trofei di Marco per buttarli in strada dentro un bidone della spazzatura.

Avrebbe allegato le foto tra i documenti da produrre. Molto spunto avrebbe tratto dalla consulenza della dottoressa Marina Mattei.

Chiamò l'interno e parlò con Giovanna che le ricordò la presenza del cliente che la innervosiva tutte le volte che si alzava dalla sedia e si muoveva per la sala.

Emma Sallustio conosceva il tipo e sapeva quanto fosse indisponente e pericoloso per ogni oggetto a portata della sua lesta mano.

Diede disposizioni perché si iniziasse la ricerca giurisprudenziale e perché il giovane collega di studio iniziasse la stesura della bozza dell'atto.

Dettò appunti a Giovanna, liberandola dal cliente in attesa.

Sospirò, cercando di tranquillarsi sul caso. Avrebbe incontrato il dottore Pignatelli e parlato con lui del timore che la scelta di Marco le procurava circa l'esito del processo. Avrebbe raccontato al giudice della sua ostinazione a non chiedere sconti di pena. In fondo questa sua testardaggine era volta al riscatto e all'espiazione del male inflitto.

A suo personale modo di vedere e di pensare, da avvocato e da essere umano combattivo, la scelta di Marco era la scelta del perdente. La scelta della vittima, già carnefice di altri e di se stesso, che si sublima nell'infliggersi dolore.

Fece accomodare il cliente dalle mani leste.

Da tempo era il suo avvocato fisso, per qualsivoglia cattiva azione facesse e ne faceva tante. La sua presenza innervosiva anche lei.

Sapeva di non poter distogliere lo sguardo da oggetto alcuno, pena la fine.

Iniziò con il togliere ed infilare dentro al cassetto quanto più materiale fosse alla sua portata, senza porsi scrupoli, tanto lui non aveva ritegno.

Più volte già l'aveva fregata. Aveva preso atto e aveva taciuto, per non scendere al suo livello nell'accusarlo.

Ascoltò la solita lagna che precedeva ogni sua richiesta: <<Avvocato, ci sono novità?>>

La trattenne mezz'ora per sfoghi senza senso, insistendo affinché lei avvocato li rappresentasse a sua volta al giudice.

Lo accompagnò alla porta, assecondandolo.

Sulla soglia, quando stava per uscire disse <<Avvocato, preghi per me. Se trovo un lavoro finisco di rubare>> e congiunse le mani, alzandole al cielo in segno di preghiera.

<<Dovrò pregare tanto. Lo faccio per tutti, lo farò anche per lei. Chiederò per lei la grazia, il miracolo, il possibile e l'impossibile. Lo farò. Però, mi domando, è giusto così? Ho il timore che l'Onnipotente mi risponda: "non è giusto". Domandi, domandi, per questo, per quello, sempre a pretendere stai? Sempre a te devo accontentare? Non ti sembra di esagerare? Tutti soffrono. Tutti chiedono, ma loro, i tuoi assistiti, che sono disposti a dare? Manco una preghiera per loro stessi sanno fare? Anche per pregare si risparmiano e succhiano il sangue al prossimo, delegando. Anche le preghiere si fanno per procura? E io che rispondo? È vero. Onnipotente, non è giusto.>>

Lo lasciò senza una parola.

Forse non capì.

Chiuse la porta.

Desiderò di sentire dentro di sé una sensazione di pace.

Non seppe spegnere l'interruttore della mente.

Aspirò vorace una boccata d'aria e la soffiò fuori piano, per espellere ogni oncia di energia che potesse creare un'onda di disturbo.

***

Arrivò il giorno dell'udienza.

La primavera era esplosa violenta in bagliori di luce che nutrivano gerani e glicini sbocciati ai balconi e agli angoli della città.

Il grande piazzale del Tribunale si riempiva di telecamere, giornalisti e gente curiosa.

Il caso Donadio attraeva l'interesse di molti ed era seguito da un pubblico diviso in giustizialista e non.

Un consulente psicologo invitato in un salotto televisivo su rete nazionale parlò del caso di Marco come di un "caso atipico di femminicidio". Definì il femminicidio come un fenomeno di nuova generazione che crea centinaia di vittime di sesso femminile ogni anno. L'etichetta di atipico basava sul fatto che nella tipicità di specie i carnefici erano mariti, compagni o fidanzati rifiutati dalle loro donne che vessavano con violenza e morte.

Marco, invece, e per questo il consulente lo definì come un caso atipico, aveva ucciso una donna a caso; una sconosciuta su cui aveva riversato tutta la rabbia, in luogo della moglie che, nei casi di specie, è la donna tipica destinata a subire e/o a morire.

Le poltrone degli ospiti del programma nazionale "Quale Potere" si scaldarono nel sostenere tesi opposte.

Una nota criminologa imputò il gesto di Marco alla rabbia repressa che, in maniera direttamente proporzionale alla sua compressione, era esplosa incontrollata.

Definì tale fattore scatenante talmente patologico da comprometterne le facoltà intellettive in quel dato arco temporale. Attimi, secondi, minuti che oscurarono la mente fino al buio orrido dell'inferno, in un viaggio di andata senza ritorno. Un trip in altra dimensione e con effetti letali.

La criminologa negava che la personalità di Marco fosse di tipo socialmente pericolosa, tanto da concludere di potere escludere che fosse da definire un mostro.

Un avvocato invitato alla trasmissione sosteneva una possibile tesi difensiva atta a poter prevedere un buon esito nel processo di Marco, puntando sul dato certo dei referti della scientifica che evidenziavano tracce di una potente sostanza tossica propinata senza il volere del Donadio, come evidenziato dalle testimonianze rese.

Una sociologa senegalese di colore, attivista nelle battaglie concernenti la tutela delle donne, metteva in evidenza come il fenomeno fosse importato dai paesi ove le donne venivano vendute bambine e divenivano mogli stuprate, a soli sei anni. Sosteneva che l'esempio di certi popoli, ove il maschio aveva potere di vita e di morte su donne e madri, costituiva il presupposto che aveva dato luogo al reato di femminicidio di espandersi in paesi occidentali come l'Italia.

Nel caso di specie, si parlò della Sicilia ove nell'ultimo decennio il reato spargeva più sangue di donne rispetto alle canne dei fucili che tuonavano, anni or sono, per cause di delitto d'onore.

Il giornalista conduttore di "Quale Potere" concluse la serata sul caso Donadio auspicando che il processo fissato a breve facesse luce sui lati oscuri della personalità di un soggetto che uccide a causa di una presunta dose di rabbia e magari, e tutto questo da verificare in seguito ai risvolti della vicenda e in ambito processuale, sotto effetto di sostanze stupefacenti.

***

Il giorno dell'udienza preliminare, alle ore nove circa, il giornalista Tobia Caltastello e i tecnici di ripresa di CT23, canale 99, si preparavano ad effettuare le riprese sul caso "omicidio Donadio".
Sistemarono telecamere e microfoni e si appostarono nella grande

piazza del Tribunale avanti alla scalinata di marmo. L'edizione avrebbe trasmesso la notizia in diretta, collegata alla trasmissione in corso.

La voce era quella del giornalista Tobia Caltastello che commentava <<È in corso l'udienza preliminare del caso che vede il giovane Marco Donadio imputato del reato di omicidio con l'aggravante dei futili motivi. L'udienza si svolge in camera di consiglio, senza la presenza del pubblico, nella stanza del giudice per l'udienza preliminare che è il giudice che ha il compito di verificare se accogliere o meno la richiesta di rinvio a giudizio formulata dal pubblico ministero dottore Massimo Pignatelli. Le prove sul Donadio sono schiaccianti. Riassumendo brevemente, si ricorda che il ragazzo venne ritrovato riverso sul corpo della vittima che muore a seguito di sette coltellate inflitte all'altezza del cuore. La coscienza degli italiani è dilaniata tra coloro che ritengono che Marco Donadio meriti l'ergastolo per l'efferatezza del suo gesto, considerandolo un mostro, e una parte data da coloro che ritengono che il giovane, fino a ora considerato un ragazzo modello, un lavoratore ed uno sportivo, abbia agito sotto un impulso irrefrenabile di rabbia generata dalla ex moglie. Tanta è cieca la collera, determinata anche dall'effetto di sostanze stupefacenti accertate dalla scientifica, che Marco uccide una vittima a caso. Presupposti questi che fanno presupporre che la difesa di Marco sarà incentrata su una perizia psichiatrica a disporre anche in ambito di udienza preliminare, se la difesa dovesse optare per il rito abbreviato. L'udienza, iniziata alle ore dieci di questa mattina, si svolge in camera di consiglio alla presenza del pubblico ministero dottore Massimo Pignatelli e dell'avvocato Emma Sallustio che rappresenta la difesa. Marco Donadio, tradotto in manette dal carcere al Tribunale, è stato immesso in aula da una entrata secondaria, per evitare l'assalto di curiosi, cronisti e fotografi. Non è prevista la costituzione di alcuna parte civile, considerato che la famiglia della vittima abitante nel Ghana non ha possibilità economiche per potere affrontare la spesa che tale rappresentanza richiederebbe in un processo. Tale circostanza ci induce a chiedere di dedicarle un minuto di silenzio, in memoria di una vittima talmente innocente da meritare di essere ricordata nel cuore di tutti noi. Chi la conosceva descrive Maria come una ragazza dolcissima e perfettamente integrata nell'ambiente di lavoro che l'aveva accolta come una figlia.>>

Si fece il segno della croce e guardò l'orologio per segnare il minuto. Rimase in religioso silenzio. Al sessantesimo secondo scoccato riprese in mano il microfono per concludere.

<<Questo per ora è tutto, vi restituisco la linea, in attesa che si

definisca l'udienza in corso.>>

Tobia Caltastello chiuse il microfono. Le telecamere vennero spente per la sosta.

In camera di consiglio, prima di aprire la discussione, il giudice dell'udienza preliminare accertò la presenza del pubblico ministero. Il dottore Massimo Pignatelli scandì qualifica, nome e cognome.

Il dottore Salvatore Paterniti verbalizzò e diede atto della presenza dell'imputato Donadio Marco e del suo difensore avvocato Emma Sallustio.

Quando finì di guardare con attenzione i documenti, le date e le notifiche dichiarò con voce schiarita e acuta aperta la discussione. Con il gesto del braccio destro cedette la parola al dottore Pignatelli.

A lui, da pubblico ministero, era lasciato il compito di esporre nella sintesi i risultati delle indagini preliminari e gli elementi di prova che sostanziavano la richiesta di rinvio a giudizio.

Il dottore Pignatelli, con la pelle chiarissima arrossata dal sole che spiccava sotto la toga scura, tenne la parola per venti minuti buoni, esponendo gli elementi dell'accusa con il peso della sofferenza che impregnava la sua voce.

Mostrò foto di sangue che ricoprivano un corpo sfregiato.

Concluse dicendo <<Pertanto, con tali elementi di prova sostanzio la richiesta e chiedo il rinvio a giudizio di Marco Donadio.>>

Si tolse dalla scena, andando a sedere al suo posto.

La quiete gestì la scena per un paio di minuti.

L'avvocato Sallustio si avvicinò al giudice e prese la parola.

<<Vorrei chiedere al mio assistito se ha interesse a rilasciare dichiarazioni spontanee>> e si rivolse al ragazzo ammutolito e con gli occhi rivoti al pavimento.

<<Io?>> chiese e si accorse che i presenti lo stavano guardando, in attesa che si pronunciasse a dire o a non dire.

<<È una sua facoltà. Desidera rilasciare dichiarazioni spontanee?>> ribadì il giudice, pacifico e solare sotto la toga pesante, in attesa di una risposta, dubitando che avesse compreso la domanda.

Marco Donadio assorbì un fremito che lo pervase lungo la schiena. Poi si aprì, come il fiore bella di notte che si schiude con la complicità della sera che imbruna.

<<Io vorrei dire>> e si interruppe, abbassando lo sguardo.

<<Ha il diritto di parlare, se chiede la parola>> incalzò il giudice che lo incoraggiò ad accostarsi e a prendere la parola.

<<Io vorrei chiedere scusa per tutto il male che ho inferto, come fossi stato il padrone della vita e della morte. Al male che ho fatto non

posso porre rimedio e con il mio gesto ho condannato l'esistenza di molte persone alla sofferenza perpetua. Ho ucciso una donna per rabbia, senza che lei mi avesse fatto nulla, ignara, debole e indifesa. Ho ferito a morte i suoi cari, i suoi amici, la persona anziana presso cui lavorava. Ho rovinato la vita dei miei cari, di mio padre, delle mie sorelle, di mio figlio. Ho rovinato la mia vita che si tormenta nell'angoscia di non potere avere soluzione e riparo. Quella che vivo è la dannazione eterna.>>

Continuò a parlare.

<<Per espiare le mie colpe, prima mi dicevo fosse giusto passare il resto della vita chiuso in carcere. Poi, passando i giorni in cella a tormentarmi, ho capito che qui dentro avrei espiato senza combattere, magari assistendo solo ad altre violenze impunite, con il compromesso di vivere la vita a spese degli altri, creando miseria su miseria. Ho compreso che per espiare bisogna attivarsi con pensieri, parole ed opere. È giusto che io lo faccia. È giusto che mi renda utile il più possibile, per lenire il grave peso che ho imposto a tanta gente cara e ignara. È il momento che mi adoperi da uomo. È il tempo di fare. Voglio essere pronto a dare, io che ho preso tanto e senza chiedere permesso. È per questo che chiedo il rito abbreviato, per essere giudicato senza acquisire altre prove, perché io sono un assassino che non vale il tempo che si spreca. Chiedo di essere condannato per come è giusto che sia per la comunità e per le regole degli umani. Chiedo che venga condannata la rabbia. Chiedo che, con il mio caso, la giustizia dia esempio di come la violenza sia da biasimare come il peggiore dei peccati mortali. Ho commesso un delitto che punisce alla dannazione in vita e oltre la vita. È la rabbia la causa che mi ha portato ad uccidere ed è la rabbia che deve essere condannata senza esimenti e scusanti, per come è giusto che sia.>>

Si accorse di avere parlato senza prendere fiato, come in un soffio di vento che non trova ostacoli e deve espandersi per l'aria.

Rimase zitto, in un vergognoso silenzio dagli occhi bassi.

Emma Sallustio ascoltò il discorso di Marco Donadio come lo bevesse a sorsi, assetata di acqua fresca.

Provò un sottile brivido di soddisfazione, da essere umano prima e da avvocato dopo e di conseguenza.

Marco Donadio era di colpo diventato un uomo. Era pronto a ricominciare a combattere. Dopo avere toccato il fondo del fondo, altra alternativa non aveva se non di iniziare a rialzarsi.

Aveva il compito di prendere la parola e si diresse verso Marco Donadio.

D'istinto cercò di rincuorarlo, nel dire a voce alta<<Bene>> quando lui ebbe finito, prima che si smarrisse nell'oblio.

<<Bene. Chiedo che la richiesta di rito abbreviato sia condizionata alla sola ed unica istanza istruttoria di cui facciamo, formalmente, in questa sede, richiesta.>>

Si girò e si pose davanti al giudice dell'udienza preliminare.

<<Questa difesa chiede che il signor giudice ammetta richiesta di perizia psichiatrica sulle sole risultanze degli atti acquisiti ai fascicoli, rispettivamente dell'accusa e della difesa, ad oggi.>>

Si schiarì la voce, notando, soddisfatta, che i presenti attendevano sospesi che lei concludesse.

<<Che la scelta di questo rito, abbreviato nei tempi e nelle conclusioni, specchi la sete di giustizia che oggi, in maniera esemplare, Marco invoca perché sia da monito>> e si apprestò ad uscire di scena.

<<Ho concluso. Questa difesa niente altro tiene ad aggiungere>> disse e andò a prendere posto.

Nessuno osò infrangere il silenzio.

Le parole rimasero vane e sospese.

Era giunto il momento da dedicare all'ascolto dei suoni interni.

La rabbia chiedeva giustizia all'assassino.

L'assassino chiedeva riscatto alla rabbia.

Grazia Favata

Finito di stampare nel mese di Giugno 2015
per conto di Youcanprint *Self - Publishing*

www.ingramcontent.com/pod-product-compliance
Lightning Source LLC
Chambersburg PA
CBHW060218180626
46813CB00007B/2867